Droemer
Knaur

Gita Mehta

Narmada

oder Geschichten vom menschlichen Herzen

Roman

Aus dem Englischen von
Margarete Längsfeld

Droemer Knaur

Für Aditya

Originaltitel: A River Sutra
Originalverlag: Heinemann, London

Die Deutsche Bibliothek – CIP-Einheitsaufnahme

Mehta, Gita:
Narmada oder Geschichten vom menschlichen Herzen:
Roman/Gita Mehta.
Aus dem Engl. von Margarete Längsfeld:
München: Droemer Knaur, 1993
ISBN 3-426-19319-1

Die Folie des Schutzumschlags sowie die Einschweißfolie
sind PE-Folien und biologisch abbaubar.
Dieses Buch wurde auf chlor- und säurefreiem Papier gedruckt.

Umschlaggestaltung: Agentur ZERO, München
Satzarbeiten: Franzis-Druck GmbH, München
Druck und Bindearbeiten: Spiegel, Ulm
Printed in Germany
ISBN 3-426-19319-1

2 3 5 4 1

Höre, o Bruder.
Die größte aller Wahrheiten ist der Mensch.
Darüber ist nichts.

Chandidas, *Liebesgesänge*

1. Kapitel

Die Regierung bezahlt mir noch mein Gehalt, doch ich betrachte mich nicht mehr als Beamten. Beamte sind der Welt zu sehr verbunden, ich aber habe meine weltlichen Pflichten erfüllt. Jetzt bin ich ein *wanaprastha*. Ich habe mich in den Wald zurückgezogen, um nachzudenken.

Natürlich sah ich mich gezwungen, die Tradition abzuwandeln. In Bombay geboren und ausgebildet, habe ich mein Leben als Staatsbeamter in anderen Städten verbracht, und obwohl mein Verlangen, mich von der Welt zurückzuziehen, sich mit dem Älterwerden immer dringlicher bemerkbar machte, unterdrückte ich es lange, denn ich wußte, daß ich einfach nicht dazu geschaffen war, wie der echte *wanaprastha* in den Dschungel zu wandern und zu hoffen, mittels Früchten und Wurzeln zu überleben.

Kurz nach dem Tode meiner Frau erfuhr ich dann von einer vakanten Stelle in einem regierungseigenen Gästehaus, von dem aus man den Fluß Narmada überblickte. Ich hatte oft in solchen Gästehäusern übernachtet, wenn ich in Regierungsgeschäften über Land reiste. Mit der

Zeit hatte ich gar eine Zuneigung zu diesen einsamen Zufluchtstätten gefaßt, die von den Mogulenherrschern in ganz Indien als Herbergen für Reisende und Pilger errichtet und von späteren Administrationen klugerweise beibehalten worden waren.

Die Nähe des Gästehauses zum Fluß machte seinen besonderen Reiz aus. Als Tochter des Gottes Schiwa verehrt, gehört die Narmada zu unseren heiligsten Pilgerstätten. Auf einer meiner Rundreisen hatte besonders die Entdeckung, daß das Delikt des Selbstmordversuchs häufig ungeahndet bleibt, wenn der Delinquent sich in den Wassern der Narmada das Leben zu nehmen trachtet, Interesse in mir geweckt.

Zur großen Verwunderung meiner Kollegen bewarb ich mich um den bescheidenen Posten des Verwalters des Gästehauses an der Narmada. Da sie davon überzeugt waren, daß die Trauer über den Tod meiner Frau zu meinem abartigen Vorhaben geführt habe, versuchten sie zunächst, es mir auszureden. Dienstältere Beamte, hieß es, sollten nur nach höheren Ämtern streben. Als ich jedoch hartnäckig blieb, empfahl man mich schließlich für den Posten, und schon bald war ich in der Stadt vergessen.

Seit sechs Jahren nun ist dieses auf halber Höhe im Vindhya-Gebirge gelegene Gästehaus mein grünes Refugium. Es ist ein zweistöckiges, aus dem Granit dieser Gegend errichtetes Gebäude. Das Obergeschoß besteht aus drei geräumigen, abgeschlossenen Wohnungen mit Blick auf den Garten, das Parterre aus einem Speisezimmer und einem Salon, die auf eine breite Veranda hinausgehen. Glücklicherweise sind in diesen Räumen die ursprünglichen Mosaikkacheln noch erhalten, da sie der

Aufmerksamkeit eines britischen Verwalters entgingen, der um die Jahrhundertwende ein Kontor anbaute und die Außenmauern verputzte, wodurch er dem Bungalow mit seinem Säulengang und der mit einer Balustrade versehenen Treppe ein eher viktorianisches denn moguliisches Gepräge verlieh.

Auf einer Seite des Gartens liegt, hinter Mangobäumen verborgen, das Häuschen, in dem ich wohne. Auf der anderen Seite führt der Garten zu einer Steinterrasse mit Blick auf die Narmada.

Der Fluß, der mehr als zweihundert Meter unterhalb der Terrasse vorbeifließt und von einem Ufer zum anderen anderthalb Kilometer mißt, bildet nun den Gegenstand meiner Betrachtungen. Unsere schöne Lage ist eine große Hilfe für meine Meditationen. Der Terrasse gegenüber, jenseits der breiten Wasserfläche, kann ich flache, grüne Felder sehen, die sich meilenweit zum südlichen Horizont erstrecken, bis sie auf die grauen Schatten der Satpura-Berge treffen. An unserem Flußufer schließen hohe Bambusdickichte und mit wildem Jasmin und Kletterrosen überwucherte Bäume das Gästehaus in ein derart dichtes Dschungelgeflecht ein, daß ich die nur neunzehn Kilometer entfernte Stadt Rudra nicht erkennen kann, wo mein Sekretär, Herr Chagla, wohnt.

Der arme Chagla braucht mit dem Fahrrad über eine Stunde, um zu uns zu gelangen, aber da wir kein Telefon haben, ist Chaglas tägliche Rückkehr in die Stadt unerläßlich, um Vorräte zu bestellen und andere Geschäfte zu erledigen. In Rudra befinden sich das nächstgelegene Postamt, ein Arzt, der einem kleinen Krankenhaus vorsteht, sowie eine Polizeiwache mit vier Beamten.

Unterhalb Rudras an der Biegung des Flusses breitet sich die Tempelanlage von Mahadeo aus. Oft sitze ich bei Sonnenuntergang mit unseren Hausgästen auf der Terrasse, um die winzigen Gestalten der Pilger, die sich vor den leuchtenden Karmesin- und Purpurtönen des Abendhimmels abheben, die Steinstufen hinabsteigen zu sehen, die von den zahlreichen Tempeln Mahadeos ans Ufer des Flusses führen. Wenn die Dämmerung hereinbricht und den Himmel verdunkelt, flimmert das Wasser bei Mahadeo, als finge es Feuer von den Flammen Hunderter von Tonlampen, die man zur Abendandacht auf dem Fluß treiben läßt.

Gewöhnlich beginnt mein Tag auf dieser Terrasse. Ich habe es mir zur Gewohnheit gemacht, schon vor dem Morgengrauen aufzustehen und hier im Dunkeln zu sitzen, das Gesicht der Quelle des Flusses zugewandt, der unterirdisch entspringt und erst sechshundert Kilometer weiter östlich an die Oberfläche kommt.

In der Stille der schwindenden Nacht meine ich manchmal den Herzschlag des Flusses unter der Erde pulsieren zu hören, bevor sich die Narmada schließlich den Einsiedlern Schiwas zeigt, die um die heilige Zisterne bei Amarkantak tief in Meditation versunken sind. Ich stelle mir die Sadhus vor, wie sie in langen Reihen im Dunkeln sitzen, ihre nackten Leiber mit Asche beschmiert, das verfilzte Haar nach dem Vorbild ihres asketischen Gottes um den Kopf gewunden. So wohnen sie der Geburt des Flusses bei und singen:

»Schiwa-o-ham, Schiwa-o-ham,
Ich bin Schiwa, Schiwa bin ich.«

Streifen bleichen Lichts zerteilen die Wolken und scheuchen Vogelschwärme auf, die zeternd gen Himmel steigen, wie die Pilger, die für ihr Morgengebet in die Tempel von Amarkantak strömen.
Wenn der rote Sonnenball über den Bergen auftaucht, wird das Treiben, das ich mir an der Quelle des Flusses ausgemalt habe, mit dem Erscheinen unserer Gärtner, unserer Straßenkehrer und des Milchmannes im Gästehaus Realität.
Nachdem ich der Frühschicht Anweisungen erteilt habe, verlasse ich den Bungalow durch den Nordeingang und begebe mich auf meinen Morgenspaziergang. Wenig später trete ich in den Dschungel. Der Lehmpfad unter den mächtigen, von Tau glitzernden Bäumen – Teak-, Feigen-, Kapok-, Mango- und Banyanbäumen – ist noch menschenleer; nur hüpfende Affen, springende Hirschziegenantilopen, streunende Wildschweine kreuzen ohne Scheu meinen Weg, als weideten sich die Tiere an ihrem kurzzeitigen Besitz des Dschungels. Wenn ich in zwei Stunden zurückkehre, werde ich hier den stämmigen, glatthäutigen Eingeborenenfrauen aus dem nahegelegenen Dorf Vano begegnen, die Feuerholz zum Kochen sammeln.
Unsere Wächter werden stets aus diesem Dorf rekrutiert, denn als Nachfahren der Stammesgeschlechter, welche die arische Invasion Indiens in diesen Bergen jahrhundertelang aufgehalten haben, gelten die Bewohner Vanos als wild und grimmig. Tatsächlich ist die Göttin von Vano das steinerne Bildnis einer Frau mit den vollen Brüsten des Fruchtbarkeitssymbols, deren untere Hälfte jedoch eine geringelte Schlange ist. Die Eingeborenenstämme

glauben nämlich, daß sie hier einst ein großes Schlangenreich beherrschten, bis sie von den Göttern der Arier besiegt wurden. Durch eine göttliche Personifizierung des Flusses Narmada vor der Vernichtung bewahrt, verliehen die dankbaren Stämme dem Fluß die Gabe, Schlangenbisse unwirksam zu machen. Oft habe ich Pilger, die nie einem Angehörigen dieser Stämme begegnet waren, die folgende Anrufung rezitieren hören:

»Sei gegrüßt am Morgen und am Abend, o Narmada!
Bewahre mich vor dem Gift der Schlange.«

Die Dorfleute von Vano glauben zudem, daß ihre Göttin den Wahnsinn heilt und die Besessenen von ihrem Fluch befreit.

Jenseits des Tales, auf der nächsten Hügelkette, liegt ein moslemisches Dorf mit einer kleinen Moschee unmittelbar neben dem Grabmal von Amir Rumi, einem Sufi-Heiligen des 16. Jahrhunderts. Mein Freund Tariq Mia ist der Mullah der Dorfmoschee, und meistens wandere ich morgens den ganzen Weg bis in dieses Dorf, um mit Tariq Mia zu plaudern. Der alte Mann ist von allen meinen Freunden der weiseste.

Auf dem Weg zu Tariq Mia bleibe ich zuweilen auf unserer Hügelkuppe stehen, um die Aussicht zu genießen. Nach Osten hin erblicke ich schäumende Wasserfälle, dort wo der Fluß durch enge Marmorschluchten in das Tal unterhalb des Gästehauses stürzt; wende ich mich nach Westen, so sehe ich den Fluß, während er dem Arabischen Meer zueilt, immer breiter werden, bis er am Delta eine Spanne von siebzehn Kilometern erreicht.

Selten vergeht ein Tag, an dem ich nicht weit unter mir an den Ufern des Flusses die weißgekleideten Pilger umherwandeln sehe. Viele sind mir ähnlich, ältere Leute, welche die ersten Stationen des Lebens, wie unsere Hindu-Schriften sie vorgeben – Kindheit, Studienzeit, Gründung eines Haushalts – der Haushaltsvorstand –, durchlaufen haben und nun in das Stadium des *wanaprastha* eingetreten sind, um ihre persönliche Erleuchtung zu suchen.
Ich staune immer wieder über ihre Ausdauer, denn ich weiß, die Narmada-Pilgerreise ist ein mühsames Unterfangen, dessen Vollendung fast zwei Jahre dauert. An der Mündung des Flusses müssen sich die Pilger aus Ehrerbietung vor Schiwas Askese in weiße Gewänder kleiden, bevor sie fast eintausenddreihundert Kilometer vom Arabischen Meer bis zur Quelle des Flusses in Amarkantak wandern, wo sie auf das andere Flußufer hinüberwechseln und den ganzen Weg bis ans Meer wieder zurückgehen müssen. Nur während des Monsunregens rasten sie in einer kleinen Tempelstadt wie Mahadeo, welche im Laufe der Jahrtausende Legionen von Andächtigen beherbergt hat, die auf dieser Route gepilgert sind.
Dann besinne ich mich darauf, daß ja gerade die Ausdauer Zweck der Pilgerreise ist. Durch ihre Ausdauer hoffen die Pilger jene Hitze, die *tapas*, zu erzeugen, welche die Menschen mit der Energie des Universums verbindet, so wie von der Narmada gesagt wird, daß sie die Menschheit mit der Energie Schiwas verbinde.
Es heißt, Schiwa, der Schöpfer und Zerstörer der Welten, habe sich in einer derart anstrengenden asketischen Trance befunden, daß Schweißbäche von seinem Körper die Berge hinabrannen. Der Strom nahm die Gestalt ei-

ner Frau an – der gefährlichsten ihrer Art: einer schönen Jungfrau, die in aller Unschuld sogar Asketen dazu verleitet, ihr nachzustellen, und die ihre Begierde entflammt, indem sie in einem Augenblick als tänzelndes Mädchen erscheint, in einem anderen als romantische Träumerin und in wiederum einem anderen als Verführerin, von träger Gelenkigkeit wie die Begierde selbst. Ihre erfindungsreichen Verwandlungen amüsierten Schiwa derart, daß er sie Narmada, die Erquickliche, taufte und mit den Worten segnete: »Du sollst auf ewig heilig, auf ewig unerschöpflich sein.« Dann vermählte er sie mit dem Herrn der Flüsse, dem strahlendsten ihrer vielen Freier, dem Ozean.

Wie ich hier auf der Böschung stehe und ein leichter Wind meinen vom Marsch erhitzten Leib kühlt, kann ich die Narmada in all ihren Verwandlungen, die den Asketen entzückten, zur Vereinigung mit ihrem Bräutigam fließen sehen, während an ihrem Ufer die Pilger gemächlich ihrem Ziel zustreben. Aus dieser Entfernung sehen die weißgewandeten Männer und Frauen wie Gischt auf den Wellen des Flusses aus. Während ich sie betrachte, warte ich darauf, Tariq Mias Stimme zu vernehmen, welche die Gläubigen zum Gebet ruft.

Ich möchte nicht ankommen, bevor der alte Mullah seine Pflichten als Geistlicher erfüllt hat. Wenn ich zu früh bin und das *Allāhu akbar*, »Gott ist groß«, noch nicht durch das uns trennende Tal hallen gehört habe, gehe ich deshalb zu den Dschain-Höhlen, die in das kupferfarbene Gestein geschnitten sind.

Ich betrete die Höhlen nie – aus Angst vor Schlangen, denn ich kann einfach nicht glauben, daß die Narmada

mich vor den Giftzähnen einer Schlange beschützt. Lieber setze ich mich vor den Höhlen auf einen großen Steinblock und spähe in ihr dunkles Inneres. Die Höhlen sind seit Jahrhunderten verlassen, aber ich hoffe immer, auf einen vorübergehenden Dschain-Wanderer zu treffen, der hier vielleicht für eine kurze Andacht Rast gemacht hat.
Einmal bin ich zwei nackten Dschain-Bettlern begegnet, Angehörigen der Sekte der »Luftgekleideten«, deren strenge Buße sogar die Überwindung der Scham erfordert. Zu meiner großen Enttäuschung gaben sie mir durch Zeichen zu verstehen, daß sie nicht einmal mehr sprachen. Nachdem ich sie eine halbe Stunde angelächelt hatte, ging ich betrübt meines Weges.
Ein andermal traf ich einen Dschain-Mönch von einer anderen Sekte, der erst kürzlich der Welt entsagt hatte.

Ich erinnere mich noch gut an diese Begegnung. Es war im Winter, ich saß auf meinem Steinblock, die Wintersonne wärmte mir das Gesicht. Ich hielt einen Strunk Bananen in den Händen, die ich unterwegs als Geschenk für Tariq Mia von einer Staude gebrochen hatte. Gerade wollte ich eine Banane für mich selbst schälen, als hinter mir jemand hustete.
Ich drehte mich um und sah eine in weißes Musselin gehüllte, schlanke Gestalt neben mir stehen. Der Kopf des Mannes war kahl rasiert. Große, sonderbar strahlende Augen musterten mich. Eine Mullmaske bedeckte den Mund des Mannes, aber ich konnte ihn deutlich verstehen, als er fragte: »Wenn ich auf dieser Straße weitergehe, komme ich dann nach Mahadeo?«

Ich erklärte ihm den Weg nach Mahadeo, indes meine Neugierde mich drängte, nach einer Möglichkeit zu suchen, ihn durch ein Gespräch aufzuhalten. Da erblickte ich die Bettlerschale in seiner Hand. »Darf ich dir ein wenig Obst anbieten, mein Freund?«
Er nahm an, und ich legte die Bananen in seine Schale. »Befindest du dich auf der Narmada-Pilgerreise?«
»Ich gehöre nicht dem Hindu-Glauben an. Ich will zu meinen Kameraden, den Dschain-Mönchen in Mahadeo, die dorthin gegangen sind, um einen Barbier zu finden. Wir wollen ihn um die Barmherzigkeit bitten, uns die Häupter zu scheren.«
Ich schützte Unwissenheit vor, um ihn zum Weitersprechen zu bewegen. »Warum müßt ihr euch die Häupter scheren?«
»Wir scheren uns die Häupter, um der Eitelkeit zu entgehen.«
»Und bedeckt ihr eure Münder aus demselben Grund?«
»Nein. Die Masken verhindern, daß wir durch unachtsames Einatmen ein unschuldiges Insekt töten.«
Er nahm die Maske ab, um zu essen, und ich blickte in die markanten Züge eines ansehnlichen, durch ein vorspringendes Kinn nur wenig verunstalteten, schmalen Gesichts. »Ein Dschain-Mönch sucht sich durch die Gelübde der Armut, Keuschheit und Gewaltlosigkeit von den Fesseln der weltlichen Begierde zu befreien.«
»Sage mir, mein Freund, welches dieser strengen Gelübde ist am schwersten zu befolgen?«
Er lächelte. Die plötzliche Entspannung seiner ernsten Miene ließ erkennen, daß er ein junger Mann war, nicht älter als dreißig Jahre. »Das mag dich vielleicht überra-

schen: Gewaltlosigkeit. Es ist überaus ermüdend, die ganze Zeit darauf zu achten, keinem Lebewesen etwas zuleide zu tun. Wandere ich durch den Dschungel, muß ich ständig zu Boden blicken, aus Angst, eine Ameise zu zertreten. Sogar das Bananenpflücken ist eine mit Gefahr befrachtete Handlung. Wer weiß, was für kleine Geschöpfe in den Blättern oder im Strunk einer Bananenstaude leben?«

Er verstummte, und ich beobachtete ihn beim Essen. Als er fertig war, faltete er die Bananenschalen und legte sie säuberlich am Fuße des Steinblocks nieder. Während er sich die Maske wieder vor den Mund band, bemerkte ich ein wenig schüchtern: »Auch ich habe der Welt entsagt.«

»Gab es aus Anlaß deines Abschieds ein großes Fest?«

Fast hätte ich gelacht, als ich an die Reaktion meiner Kollegen zurückdachte, aber zu dem Mönch sagte ich nur: »Meine Frau war unfruchtbar, so daß ich keine Kinder habe, denen mein Entschluß hätte Kummer bereiten können. Meine Eltern leben nicht mehr, meine Frau ist gleichfalls gestorben, und an meinem Arbeitsplatz hat man meinen Weggang kaum wahrgenommen.«

»Da hast du Glück gehabt. Mein Vater brüstet sich, zweiundsechzig Millionen Rupien für meine Entsagungsfeier ausgegeben zu haben.«

»Hast du zweiundsechzig Rupien gesagt?« Ich glaubte ihn durch die Maske mißverstanden zu haben.

»Nein. Zweiundsechzig Millionen Rupien.«

»Millionen! *Zweiundsechzig* Millionen! Wie ist so etwas möglich? Bitte, schildere mir deine Feier.«

»Es schickt sich nicht für mich, über das Leben zu sprechen, das ich aufgab, als ich Mönch wurde.«

Ich blieb beharrlich. »Als Mönch ist es deine Pflicht, mich zu erleuchten. Du bist ein noch junger Mann. Ich habe viel zu lernen von einem, der der Welt so früh entsagt hat ...«

»Verleihe meinen Taten nicht soviel Gewicht«, unterbrach mich der Mönch streng. »Der Welt zu entsagen war kein Opfer für mich.«

»Aber welch ein Opfer für deinen Vater! Zweiundsechzig Millionen Rupien!« Ich klopfte auf den Steinblock und bedeutete dem Mönch, sich neben mich zu setzen. »Wir Hindus verehren die geistlichen Lehren, die in unseren *upanishads* enthalten sind. Weißt du, was das Wort *upanishad* bedeutet? Es bedeutet, setze dich und lausche. Hier sitze ich, begierig zu lauschen. Kannst du, ein Mönch, mir den Weg zur Erleuchtung verweigern?«

Er warf den Kopf in den Nacken und blähte mit einem Schwall hemmungslosen Gelächters die dünne Mullmaske nach außen. »Ihr Hindus! Immer benutzt ihr eure vielköpfigen Götter und vielköpfigen Argumente, um eure Habgier zu verbergen.«

Er stellte seine Bettelschale zu Füßen des Steinblocks nieder. »Aber wenn meine Geschichte dir auf den Pfad der Wahrheit verhilft, sollst du sie gerne hören.«

Er ging zu einem Baum in der Nähe und holte einen Holzstab, an den Wolltroddeln gebunden waren. Mehrere Minuten lang fegte er vorsichtig den Steinblock, bis dieser frei von Insekten war. Als der Mönch endlich überzeugt war, daß er keinem Lebewesen etwas zuleide tun würde, kletterte er zu meiner Freude neben mich.

2. Kapitel

Die Erzählung des Mönches

Ich habe in meinem Leben nur eines geliebt.
Du fragst nach dem Ritual, mit dem ich die Freiheit erlangte, diese Liebe zu pflegen. Warum? Ein Ritual bedeutet nichts, wenn du das Verlangen nicht kennst, das ihm vorausging.
Kann die Liebe zwischen einem Mann und einer Frau in den Blumen enthalten sein, die sie sich schenken, oder die Liebe eines Kaufmanns zum Reichtum in einem Geldstück? Aber stelle dir vor, wie es ist, wenn du nur die Symbole der Liebe haben darfst und nicht die Liebe selbst.

In der stickigen Hitze eines Sportstadions stehend, werde ich Zeuge der Hysterie von vierzigtausend Menschen. Jedesmal, wenn ich mich rühre, erhebt sich tosender Beifall, als vollbrächte ich allein durch mein Atmen eine außergewöhnliche Tat.
Um den Hals trage ich Girlanden aus Diamanten, die in der strahlenden Morgensonne blinken. Sagte ich blinken? Sie blitzen, durchziehen das Stadion mit Galaxien von Licht.

Auf dem Kopf habe ich einen Turban. Daran sind Schnüre mit Diamantsolitären gebunden, die mir ins Gesicht hängen und mich vor der Gier der Menschenmenge schützen, die kreischend meinen Namen ruft. Aber es sind nicht nur die Diamanten, die diese Menschen in Erregung versetzen. Auch und vor allem ist es ihr Unglaube, daß ich meinem unerhörten Reichtum entsage.

Jeder im Stadion weiß, daß ich der Erbe eines Diamanten-Imperiums bin, das sich von den Minen Afrikas und den Schleifern Indiens bis hin zu den Auktionen in Hongkong, Tel Aviv und Moskau, den Handelshäusern in Antwerpen, den Bankinstituten in Zürich erstreckt. Meinem Vater gehört eine der größten Diamantengesellschaften der Welt. Die heutige Prozession ist nur der Höhepunkt von einem Dutzend Zeremonien, die bereits in aller Welt stattgefunden haben und bei denen Limousinen mit Angehörigen des internationalen Diamantenhandels dem Rolls-Royce folgten, in dem ich neben meinem Vater fuhr, um unsere Almosen an die Büros des Roten Kreuzes und von UNICEF zu verteilen.

Ich kann die zornige Skepsis im Stadion spüren, noch bevor ich das Hohngeschrei unterhalb des Podestes höre, auf dem ich mit meinem Vater stehe. »*Arrey, Ashok bhai*, o Bruder Ashok, wie willst du ohne deinen Luxus leben?«

»Ohne Rolls-Royce mit Chauffeur, der dich nach Hause bringt, wenn du deiner aufreibenden Spiele müde bist, Bruder! Überlege es dir, solange noch Zeit ist!«

Unter mir lacht eine Reihe junger Männer mit pomadigen Haaren. Als sie sehen, daß ich mich ihnen zuneige, klatschen sie in die Hände und springen in die Luft.

»Armer Ashok! Kein Whisky mehr, keine Kartenspiele!«
»Keine Flugzeuge mehr, die dich ins lustige Paris bringen!«
»Bedenke, Bruder, du wirst nie wieder zwischen den Schenkeln einer Frau liegen können.«
»O Ashok, bereue deine Eitelkeit! Es ist nicht menschlich, auf diese seidigen Zärtlichkeiten zu verzichten.«
»Die langen schwarzen Zöpfe!«
Ihre betelfleckigen Münder öffnen sich zu rauhem Gelächter, und sie schlagen sich gegenseitig übermütig auf die Schulter. Ich wende mich ab. Wie ist diesen höhnischen Jünglingen die Sehnsucht begreiflich zu machen, mit der ich darauf gewartet habe, mich von der Welt zu befreien? Sie sitzen im Kino auf den billigen Plätzen und begaffen in hoffnungslosem Verlangen eine sinnliche Leinwandsirene, während ich diese weiblichen Ikonen in solchem Übermaß besaß, daß ich sie längst satt hatte.
Eine Gruppe Musikanten klettert auf das Podest. Für einen Augenblick ist meine Sicht durch eine Posaune verdeckt. Ich kann nichts weiter sehen als den von Füßen hochgewirbelten Staub, der sich, wegen der sommerlichen Trockenheit fein wie Puder, über die Spielfelder gelegt hat. Die Temperatur beträgt über vierzig Grad. In der sengenden Sonne beginnt mir der Kopf zu schwirren, aber ich weiß, wenn ich um Wasser bitte, wird es lauwarm sein.
Es gibt kein Eis mehr in der Stadt. Keine Flaschen mit alkoholfreien Getränken, kein Gemüse, kein Obst. Gestern hat mein Vater in diesem Stadion zwanzigtausend Menschen gespeist, und aus der hundert Kilometer ent-

fernten Stadt Ahmedabad sind Lastwagen mit Vorräten unterwegs, denn morgen sollen hier weitere zwanzigtausend Menschen gespeist werden.

Ich darf sowieso nicht um Wasser bitten. Ich habe mit dem Fasten begonnen. Heute morgen habe ich die letzte Mahlzeit mit meiner Familie eingenommen, obwohl ich nicht hungrig war. Ich konnte die Tränen nicht übersehen, die aus den Augen meiner Frau auf den Tisch fielen, während sie mir stumm meine Leibspeisen vorsetzte. Bis zu meiner *Dikscha*-Zeremonie, durch die ich endlich ein Mönch werde, ist mir jede weitere Nahrung verboten. Erst danach darf ich durch die Straßen der Stadt wandern, um mir Speis und Trank zu erbetteln.

Der Gedanke, daß ich vierundzwanzig Stunden warten muß, um meinen Durst zu stillen, macht mir angst. Ich fürchte ohnmächtig zu werden, bevor die Prozession beginnt, doch da verlassen die Musikanten das Podest, so daß ich wieder atmen kann.

Sieben Elefanten stampfen in einer Reihe an dem Podest vorüber. Und nun stelle dir meine Demütigung vor: Szenen aus meinem Leben sind in den grellen Farben der Plakatkunst auf die faltige Haut der Elefanten gemalt – ich auf der Treppe von meines Vaters Bank in Zürich, bei meiner Hochzeit, mit meinem ersten Kind auf dem Arm.

Mein Vater neben mir glüht vor Stolz. Er hat einen Freund angerufen, dem eines der großen Filmateliers in Bombay gehört, worauf ihm der Filmmogul ein Dutzend Plakatmaler schickte, deren schreiende Kunst die Stadt bereits mit Reklametafeln, auf denen kommende Ereignisse angekündigt werden, verunstaltet. Und nun

ist in überwältigender Vulgarität auf den Hinterteilen, den Schenkeln, den Beinen, den schwankenden Leibern, sogar auf den großen Ohren der Elefanten die Frucht ihrer neuesten Bemühungen dargestellt: mein Leben.
Ein Tier sucht den Schimpftiraden des Elefantentreibers zu entgehen und weicht in Richtung Podest zurück. Ich sehe mich einem Abbild von mir gegenüber, wie ich, in der Kleidung eines Kricketspielers, einen Kricketball zu einer Reihe Dreistäbe werfe, die auf das andere Bein des Elefanten gemalt sind. Dem *mahout* gelingt es, den Elefanten vorwärts zu drängen. Bei jedem Schritt des Elefanten dehnen sich die Dreistäbe wie Gummi.
Hochrufe gellen durch das Stadion, als eine Kavalkade von Pferden auf mich zutrabt. Goldene Decken sind über die Sättel gebreitet, goldene Quasten fegen den Staub. Die Reiter spornen ihre Pferde zum Galopp rings um das Spielfeld an, und die Menge lehnt sich Beifall brüllend in die Bankreihen zurück, bis ihre Aufmerksamkeit von den Kamelen abgelenkt wird, die mit wiegendem Schritt die Tore des Stadions durchqueren. Sie ziehen Kamelkarren, auf denen sich Musikanten, verschleierte Sängerinnen und Männer mit über die Schultern gebundenen länglichen Trommeln drängen.
»Achtzehn, neunzehn, zwanzig, einundzwanzig ...« schreit die Menge. Die Trommler schlagen ihre Trommeln im Takt, steigern die Raserei der Massen mit immer schnelleren Wirbeln, bis alle vierzig Kamelkarren ins Stadion gerollt sind.
Die Menge hat sich an die Darbietung immer neuer Schauspiele gewöhnt. Zu ihrem Entzücken wirbeln nun Scharen von Tänzern ins Stadion; sie halten leuchtend

bunt lackierte Stöckchen in die Höhe, während sie in immer weiteren Kreisen vor den Pferden tanzen. Unterhalb des Podests treiben die *mahouts* ihre Elefanten zwischen die Seile, die von den Stoßzähnen des ersten Elefanten bis zu dem versilberten Wagen gespannt sind, in dem ich neben meinem Vater fahren werde. An jeden Elefanten sind mächtige Fässer geschnallt, die gewöhnlich als Behälter für Öl und Getreide dienen. Heute sind diese Fässer mit Geldscheinen und Münzen gefüllt, die als Almosen in die Menge geworfen werden. Die Elefanten sinken auf die Knie, und die Menge bricht erneut in Jubel aus, als mein jüngerer Bruder, drei Onkel sowie drei Cousins auf je eines der Tiere klettern, bemüht, auf ihren schwankenden Thronen majestätisch auszusehen.

Was der Zweck dieser Zurschaustellung ist, fragst du?

Nachahmung, lautet meine Antwort.

Mein Vater wiederholt die Prozession, mit der Mahavira, der große Lehrer des Dschain-Glaubens, der Welt entsagte.

Anders als ihr mit eurem von Hindu-Göttern wimmelnden Pantheon, folgen wir Dschains den Fußstapfen eines Menschen. Gewiß, er war ein großer Fürst, aber er war dennoch nur ein Mensch, der merkte, daß all sein Reichtum, seine Macht und Schönheit ihm nur vorübergehende Befriedigung verschafften, und den es nach Befriedigungen verlangte, die von Dauer waren. Bei Tag vom Luxus eines großen Gefolges, bei Nacht vom Luxus einer schönen jungen Frau umschlossen, sehnte sich Mahavira nach der Freiheit, den Zustand der Seligkeit zu finden, so es ihn gab.

Mithin verließ er eines Tages seinen goldenen Käfig in einer mächtigen Prozession: Tänzer bahnten den Weg für die Elefanten, Pferde und Kamele, welche beladen waren mit Reichtümern, die an die Armen verteilt werden sollten.

Seither begleiten, wann immer ein Dschain Mönch wird, eine Prozession und die Verteilung von Almosen seinen Abschied von der Welt.

Meines Vaters Kummer über meine Abkehr von der Welt erweckte in ihm den Wunsch, daß mein Abschied dem Glanz des Lebewohls von Mahavira gleichkomme.

Im Stadion entsteht Tumult, als man für die Prozession Aufstellung nimmt. Menschen strömen auf das Spielfeld, Wächter mit Rohrstöcken schlagen sie zurück, aus Furcht, ein in Panik geratenes Tier könne jemanden verletzen. Von dem Podest aus kann ich sehen, wie die Reiter ihre Pferde vor den Kamelen postieren, während sich die Kamele vor den Elefanten aufstellen, die vor den silbernen Wagen geschirrt sind. Mein Vater zupft mich am Arm, und ich folge ihm die Stufen des Podestes hinab in den Wagen.

Die Tänzer wirbeln aus dem Stadion, gefolgt von tänzelnden Pferden und Kamelkarren auf ihren hölzernen Rädern. Als letzte stampfen die Elefanten schwerfällig durch das Tor des Stadions und ziehen mein silbernes Gefährt in die schmalen Gassen des Basars hinaus.

Ein Gewoge von Menschen schließt sich der Prozession an; durch die gewundenen Straßen bahnen wir uns einen Weg zu dem Laden, wo meine Vorfahren den Grundstein für unser Geschäft legten.

Einmal, es war zu der Zeit, als ich in England die Schule besuchte, hatte mir mein Vater in den Ferien den Laden gezeigt, und er lachte über meinen Abscheu, als ich

den offenen Rinnstein neben der schmutzigen Holzbaracke sah.
»Du hast zu lange in England gelebt. Du siehst nur den Schmutz dieser Basare. Aber dies ist eine ganze, in sich geschlossene Welt, in der die Geheimnisse des Reichtums flüsternd von einer Generation an die andere weitergegeben werden. Diese Gassen lehrten deine Vorfahren die zwei Dinge, die für den Erfolg lebenswichtig sind: eine nahende Gefahr zu spüren und flexibel zu sein.
Als der Großvater dieses Großvaters ankam, war er so arm, daß er seinen gesamten Warenbestand, drei kleine Diamanten, in einem Stoffgürtel unter seinem Hemd trug, und er zeigte nie einen Stein vor, bis er ganz sicher war, daß der Kunde ernsthafte Kaufabsichten hegte. Von der Türschwelle dieses Holzschuppens aus studierte er die Geheimnisse des Basars, lernte, wie die Straßen ihre Gestalt änderten, um sich den Erfordernissen anzupassen. Wie sie sich weiteten, um die Mogulenarmeen irrezuführen, die kamen, um sie zu erobern. Wie sie sich in Friedenszeiten zu heimeliger Kleinheit verengten, so daß man sie mit zwei Schritten überqueren konnte, um einem Geschäft nachzugehen oder sich ein Darlehen zu sichern. Wie sie sich verbreiterten, um die Waren aufzunehmen, die sich aus den Fabriken des englischen Empires in dieses Land ergossen. Wie sie schrumpften, um der von Mahatma Gandhi gepredigten Enthaltsamkeit Genüge zu tun.
Denke daran, in diesem schmutzigen Basar hat deine Familie Verhandeln, Manipulieren, Intrigieren und Feilschen gelernt. Mit diesen Kenntnissen bewaffnet, haben

wir in nur vier Generationen aus drei kleinen Diamanten ein Imperium geschaffen.«
Heute nun liegt der Reichtum meiner Familie wie ein Teppich in diesen Gassen, ein Teppich aus Geldscheinen, die in den schmelzenden Teer getrampelt werden. Durch mein Visier aus Diamantsolitären sehe ich meinen Vater an. Er lächelt vor Freude, als er seine Verwandten mit vollen Händen Geld in die Menge werfen sieht. Das Papiergeld schaukelt eine Sekunde in der Luft wie Konfetti, bevor es sachte in den Wald aus grapschenden Händen hinabschwebt.
Mein Vater reicht mir ein silbernes Gefäß. Dankbar, daß niemand meine Scham sehen kann, tauche ich meine Hände hinein und werfe Perlen, Diamantsplitter und Silbermünzen in hohem Bogen über die wogende Masse von Köpfen.
Silbermünzen fallen klimpernd auf die Blechdächer der Basarläden, Perlen rollen über die zerborstenen Treppen, die die Gossen überspannen. Die glitzernden Edelsteine, die Spiegel in den Schleiern der Sängerinnen, die goldenen Decken der Pferde, der silberne Wagen verleihen der Szene einen Augenblick lang etwas Schwereloses, Unwirkliches. Dann beginnt die Menge, gegen die Wächter zu drängen, die Leute kreischen und winken meiner Kutsche, in der Furcht, bei der Verteilung solcher Kostbarkeiten leer auszugehen.
Es kommt zu einem Tumult, als die Prozession aus dem Basar biegt. Die Leute purzeln übereinander, um den silbernen Wagen zu erreichen, aus dem so sorglos Reichtümer verteilt werden. Ich höre die Reiter ihren sich aufbäumenden Pferden zurufen, sehe, wie die

Wächter versuchen, einen Weg durch die wogenden Massen zu bahnen. Die Kamelkarren schaukeln gefährlich, während die Kameltreiber sich mühen, ihre Tiere zu beruhigen.

Es ist ein Gefühl, als würde unser Wagen unter uns zerbrechen. Ich ergreife den Arm meines Vaters, damit er nicht stürzt. Als er sich umdreht, sehe ich Angst in seinen Augen. Ich weiß, es ist die Angst vor Gewalt.

Als ich ein Kind war, hatte mich mein Vater die Kardinaldoktrin der Dschains gelehrt.

»Das Wichtigste an unserem Glauben ist *ahimsa*, die Ausübung der Gewaltlosigkeit. Deswegen sind wir Bankiers oder Kaufleute. Es gibt so viele Tätigkeiten, die wir aus Furcht, Leben zu verletzen, nicht ausüben können. Wären wir Bauern, könnten wir unter unseren Pflugscharen Lebewesen töten, ohne es zu wissen. In der Industrie wird in der Erde nach Öl gebohrt, werden Eisen und Kohle gefördert. Kannst du dir vorstellen, wie viele Leben durch diese Maschinen ausgelöscht werden?«

»Diamanten werden aus der Erde geschürft«, hatte ich ihm als Kind entgegengehalten.

»Ich habe nie eine Diamantenmine gekauft«, hatte mein Vater darauf erwidert. »Obwohl Minen den Reichtum der Gesellschaft unermeßlich gesteigert hätten. Aber wenn man an die Lehre von *ahimsa* glaubt, muß man sie auch bis in ihre letzte Konsequenz befolgen.«

Als ich heranwuchs, wurde mir klar, daß die Würde meines Vaters auf seinem weithin anerkannten kaufmännischen Können sowie seinem insgeheimen Festhalten am Prinzip der Gewaltlosigkeit beruhte; letzteres führte dazu, daß er einen großen Teil der Gewinne der

Gesellschaft in wohltätige Stiftungen einbrachte, und ich bewunderte ihn mehr als jeden anderen Menschen auf Erden.

Bevor ich die Universität besuchte, war ich mit meinem Vater ein Jahr um die Welt gereist und hatte mich mit dem Diamantenhandel vertraut gemacht. Im Laufe dieses Jahres änderte sich meine Einstellung zu ihm. Ich stellte erschüttert fest, daß die Bedingungen, unter denen die Diamanten geschürft wurden, oder die bedrückende Armut der Bergleute meinen Vater ungerührt ließen.

»Wie kannst du dich wegen eines toten Insekts mehr bekümmern als wegen eines Menschen?« hatte ich zu fragen gewagt.

Mein Vater hob ob meiner Dreistigkeit die Stimme. »Und was ist mit unseren Stiftungen? Sind die für Insekten? Weißt du, wie viele Menschen täglich von mir unterstützt werden, die sonst im Elend sterben würden? Sie werden gespeist und gekleidet, ihre Krankenhausrechnungen werden bezahlt, ihre Toten verbrannt. Wir können die Probleme der Welt nicht lösen. Wir können nur den Menschen innerhalb unserer Reichweite helfen.«

Zum erstenmal hatte ich erkannt, daß der Reichtum die Gefühle meines Vaters beschnitten hatte, was ihn befähigte, Menschen zu betrachten wie abstrakte Begriffe. Seine Wohltätigkeit war geprägt von Kalkül, das ihn ungerührt ließ und ohne Interesse für jene, denen er half.

Das Unmenschliche an seiner Philanthropie erschreckte mich. Ein Teil von mir wollte nach wie vor werden wie er. Bei den wenigen Malen, die er mir gestattete, eine geringfügigere Verhandlung zu führen, hatte ich mich später über seine Gratulation gefreut, und doch spürte ich während jenes Jahres fortwährend die unterschwellige Angst in mir, ich könnte mit meines Vaters Geschäftstüchtigkeit auch seine Unmenschlichkeit geerbt haben.

Heute sehe ich wieder die Angst in meines Vaters Augen, als Fäuste gegen unseren silbernen Wagen hämmern. Er begreift Armut nicht. Er weiß nicht, warum die Menschen womöglich imstande wären, sich gegenseitig umzubringen, um der Chance willen, eine Handvoll Edelsteine zu ergattern, die sein Sohn ihnen zuwirft, oder warum er ausgerechnet im Augenblick größter Wohltätigkeit das entfesselt hat, was er am meisten haßt: Gewalt.

Der Tumult macht die Elefanten unruhig. Die Elefantentreiber versuchen, ihrer Herr zu werden, indem sie den großen Tieren mit gezinkten Eisenstangen über die Köpfe streichen, bis Blut an ihren Ohren hinabrinnt. Die Elefanten brüllen vor Wut, und die Menschenmenge weicht zurück aus Angst, von den riesigen grauen Füßen zertrampelt zu werden. Vor uns spornen die Reiter ihre Pferde zum Galopp an und räumen die Straße, damit die Prozession den Basar verlassen kann.

Als wir die Hauptstraße der Stadt erreichen, wird es ruhiger. Polizisten patrouillieren reihenweise auf den von Bäumen beschatteten Bürgersteigen, um zu verhindern, daß die Zuschauer über die Stahlbarrieren am Straßenrand klettern.

Wir halten kurz an. Ein Elefant hat sich mit dem Fuß in dem goldenen Seil verheddert und damit die anderen Elefanten durcheinandergebracht. Der *mahout* steigt ab, um das Seil freizubekommen, und das Tier stapft zur

Seite. Plötzlich erblickte ich ein Bild von mir, auf dem ich eine Frau ohne erkennbare Züge umarme.
Sie braucht keine Gesichtszüge. Für die Zuschauer genügt es, daß sie von einem Heiligenschein aus blonden Haaren umflort ist. Buhrufe und bewundernde Pfiffe erfüllen die Luft. Sogar die Polizisten lachen. Der *mahout* steigt wieder auf den befreiten Elefanten. Ich sehe die blonden Haare in das Panorama meines Lebens zurückschwinden.
Mein Bruder genießt die Reaktion der Menge. Er lehnt sich auf seinem Sitz hoch oben auf dem Elefanten zurück, um mir zuzuwinken, und ich weiß, er denkt an den Zorn meines Vaters über meine Eröffnung, ich wünschte der Welt zu entsagen.

Er war zugegen gewesen, als ich meinen Vater zu überzeugen versuchte, daß mein Entschluß keine Laune des Augenblicks sei.
»Und ob er das ist!« hatte mein Vater geschrien, nicht gewillt, mir zu glauben. »Ich hätte dir nie erlauben sollen, im Ausland zu leben. Der Westen hat deinen Seelenfrieden zerstört!«
Ich vermute, es war etwas Wahres an den Vorhaltungen meines Vaters. Wir waren stillschweigend übereingekommen, daß er meiner Jugend mit allem ihm zur Verfügung stehenden Wohlstand freien Lauf lassen würde, bis ich die Verantwortung für das Familienimperium übernahm. Dann würde ich mich den Traditionen der Dschains zuwenden, sogar einer arrangierten Eheschließung zustimmen, sofern ich nicht bereits eine angemessene Verbindung eingegangen sei.

Damit tat mein Vater weiter nichts, als meine Jugend und seinen Reichtum gegen meine Zweifel auszuspielen. Im Laufe der Jahre hatte ich oft behauptet, daß unser Reichtum sich auf Gewalt stütze, auch wenn wir selbst keine körperliche Grausamkeit ausübten. Ich glaube, mein Vater erkannte, daß ich denselben unversöhnlichen Charakter besaß wie er, und er fürchtete, meine Zweifel würden mich eines Tages bewegen, seiner Welt zu entsagen.

Eine Weile schien es, daß mein Vater richtig kalkuliert hatte. In dem Wissen, daß meine genüßlichen Jahre in Europa gezählt waren, hatte ich mich mit fieberhafter Vergnügungssucht in mein leichtsinniges Leben gestürzt. Schöne Frauen wurden durch meine schnellen Sportwagen angelockt, durch den Reichtum, den ich in schicken Diskotheken verschleuderte, und durch mich selbst – denn mit meinen adlerhaften Zügen und meinem schlanken, muskulösen Körper galt ich als gutaussehend. Zudem unterhielt meine Familie luxuriöse Ferienhäuser, und ich verfuhr großzügig mit meinen Einladungen.

Wenn die schmachtenden Filmsternchen aus den Ateliers in Bombay, die ehrgeizigen Sekretärinnen der europäischen Diamantengesellschaften, die gelangweilten Mädchen, die sich in den Diskotheken herumtrieben, zuweilen das Gefühl hatten, ich ginge bei unseren Liebesspielen mit allzuviel Gewalt vor, so taten sie es alsbald lachend ab, wenn sie meine freigebigen Geschenke erhielten, und prahlten sogar vor ihren Freundinnen, ich verfüge über ein Übermaß an Männlichkeit.

Nach und nach vermochte mein Leben unaufhörlicher Vergnügungen mich nicht mehr zu befriedigen; noch erschöpft von der letzten Schwelgerei, sah ich schon der nächsten entgegen. Mit sechsundzwanzig Jahren war ich der Welt bereits überdrüssig geworden; ich hatte erkannt, daß selbst im Augenblick der Befriedigung der Samen neuer Begierde gesät wurde.

Als mein Vater befand, es sei für mich an der Zeit zu heiraten, erhob ich keine Einwände dagegen, mein Leben mit einer vollkommen Fremden zu teilen. Die Aussicht, nicht mehr dauernd auf neue Mittel zu sinnen, um mich zu amüsieren, bedeutete eine Erleichterung für mich.

Nach meiner Rückkehr nach Indien erwies es sich als leicht, meiner Rastlosigkeit Herr zu werden. Meine Frau war eine sanfte Natur, die ihre Förmlichkeit nicht einmal in unserem Ehebett ablegen konnte. Ich kam ihr mit ebensolcher Höflichkeit entgegen, nur darauf bedacht, daß sie sich bei unseren Intimitäten wohl fühlte, wußte ich doch, daß sie weder die nötige Phantasie noch das Interesse an körperlichen Wonnen besaß. Ich persönlich vermißte die sexuellen Ausschweifungen meines früheren Lebens nicht, und als nach der Geburt unserer Tochter auch noch ein Sohn das Licht der Welt erblickt hatte, ging meine Frau dermaßen in ihren Mutterpflichten auf, daß ich es nicht mehr nötig hatte, den Ehemann zu spielen.

Tatsächlich kümmerte es mich nicht, was als nächstes geschehen würde. Mein Leben glich einem traumlosen Schlaf, reibungslos wechselte sich die Routine des Büros mit dem häuslichen Einerlei ab.

Meine Frau pflegte zweimal wöchentlich zu fasten, und eher halbherzig fing ich selber zu fasten an, und sei es nur, weil es mich verdroß, daß ich bei meinem untätigen Leben an Gewicht zunahm. Überzeugt, den Kampf gegen meine Zweifel gewonnen zu haben, schickte mein Vater einen älteren Dschain-Mönch zu mir, auf daß er mit mir über unsere Traditionen spreche, um die Wirksamkeit meines Fastens zu unterstützen.

Die Zufriedenheit, die der alte Mönch ausstrahlte, war so betörend, daß ich ihn sehr lieb gewann, obwohl ich nicht auf seine Reden achtete.

Jeden Morgen, bevor ich zur Arbeit ging, lauschte ich seiner sanften Stimme hinter der Mullmaske, die seinen Mund bedeckte, lauschte ihm, wie man einem Musikstück lauscht, das weder zu laut noch zu leise, weder zu schnell noch zu langsam ist.

»Traue der Gelassenheit deiner gegenwärtigen Stimmung nicht«, warnte mich der alte Priester eines Tages. »Irgendeine Umwälzung wird dich gewiß erwachen lassen.«

Ich neckte ihn, weil er astrologische Prophezeiungen machte wie ein Hindu. Er brachte mich mit unerwarteter Strenge zum Schweigen: »Du denkst, ich bin nur ein alter Mann, der die Schriften laut liest. Aber ich sehe, daß du etwas unterdrückst. Und was unterdrückt wird, wird ausbrechen.«

Ich war erstaunt. Wir hatten nie über persönliche Belange gesprochen. »Wie kommst du darauf?«

»Ich sehe, daß du dich von deinem Leben, deinem Besitz zurückziehst. Du hast sogar aufgehört zu essen.«

Ich lachte. »Bist du zu diesem Schluß gekommen, weil ich finde, daß ich zu dick bin?«

Der Mönch ließ sich durch meinen Sarkasmus nicht beirren. »Du bist durch die Welt gereist und glaubst alles

gesehen zu haben. Das hast du vielleicht auch. Aber die Geheimnisse des Herzens hast du noch nicht erfahren.«
»Wie kannst du mit deinem untadeligen Leben von Geheimnissen sprechen?«
»Mein Leben ist nicht untadelig. Es ist auch nicht einmalig. Das habe ich aus den Lehren Mahaviras gelernt.«
»Ah, natürlich. Der große Lehrer. Was konnte er schon von bloßen Sterblichen wissen?«
»Daß sie sich sehnen, frei zu sein. Viele Menschen sterben, ehe sie begriffen haben, daß der Wunsch nach Freiheit tief in ihnen ist, wie ein eingedämmter Fluß, der darauf wartet, die Ufer zu sprengen. Aber hat ein Mensch einmal einen flüchtigen Blick auf die Freiheit erhascht, braucht er weitere Unterweisung.«
Ich winkte höhnisch ab, war jedoch gleichzeitig gefesselt von der Möglichkeit, daß dieser alte Mönch mit seinem beschränkten Wissen von der Welt ein Geheimnis des Herzens kannte, welches den Panzer der Fühllosigkeit aufbrechen könnte, der mich umschloß.
Als würde er meine Gedanken lesen, sagte der Mönch listig: »Was hast du zu verlieren, wenn du dir Mahaviras Beschreibung von Skeptizismus und Nihilismus anhörst, die einen Mann verstören, wenn er feststellt, daß er nicht frei ist, und dennoch die Rolle weiterspielt, die die Gesellschaft von ihm verlangt?«
Ich war baß erstaunt. »Mahavira hat über diese Dinge gesprochen?«
Der Mönch war über meine Reaktion belustigt und erbot sich, mich weiter zu unterweisen.
Im Laufe der Monate überraschten die Lehren des Mönches mich immer aufs neue. Er war imstande vorauszu-

sagen, wie ich mich fühlen würde, noch bevor ich die entsprechende Empfindung hatte, und konnte mir den jeweiligen Zustand meiner Verzweiflung mit größerer Genauigkeit beschreiben, als ich sie zu erleben vermochte, bis es mich schließlich verlangte, an seiner Erkenntnis teilzuhaben.

»Aber ich besitze keine Erkenntnis. Ich beschreibe nur, was klügere Männer als ich beobachtet haben.«

Ich wollte ihm nicht glauben. Ich war überzeugt, daß er über eine außergewöhnliche Macht verfügte, und die wollte ich besitzen. Der Mönch versuchte, mich vor solchem Streben zu warnen. Ich wollte nicht auf ihn hören. Ich war geworden wie mein Vorfahr, entschlossen, durch jede Tür zu gehen, die der Mönch öffnete, so wie mein Vorfahr durch jede Gasse des Basars gegangen war, um dessen Geheimnisse zu erfahren.

Jetzt wirbeln die Tänzer unter dem erleuchteten Bogengang hindurch, welcher die Straße überspannt, die zu dem mit dem Reichtum meines Vorfahren erbauten, weitläufigen Haus führt. Mein Vater legt mir einen Arm um die Schulter. Ich schiebe die Schnüre mit Diamantsolitären beiseite, ängstlich darauf bedacht, meinen Verdruß darüber zu verbergen, mit welchem Aufwand er meinen Abschied von der Welt in Szene gesetzt hat. Lächelnd wende ich mich ihm zu und sehe Tränen in seinen Augen.

Plötzlich demütigt mich der Kummer meines Vaters. Als er mich zum erstenmal in seine Arme schließt, erkenne ich, daß diese machtvolle Prozession, diese ungeheure Zurschaustellung von Wohltätigkeit nichts anderes sind als der Versuch meines Vaters, zu verschenken, was mir, seinem ältesten Sohn, zu schenken ich ihm verweigert habe, und Mitleid erfüllt mich angesichts des Grams meines Vaters, so wie ich einst von Zärtlichkeit überwältigt war, als ich seine Sorge um mich erkannte.

In meiner Kindheit hatte mir mein Vater so oft gesagt, die Fähigkeit, eine nahende Gefahr zu spüren, sei nur den größten Kaufleuten eigen, so daß ich zu der Erkenntnis kam, er sei stolz darauf, zu der Handvoll Männer zu gehören, die diese Fähigkeit besaßen.
Vielleicht war es dieser Instinkt, der meinen Vater bewog, mir davon abzuraten, den Mönch wiederzusehen. »Seine Gelassenheit ist verführerisch. Aber du hast keine Ahnung, welchen Preis er dafür bezahlt haben mag.«
Ich hatte mich entrüstet widersetzt. »Er versucht, das Leid rings um ihn zu lindern. Das tut mir sehr gut.«
»Wir tun jeden Tag mehr Gutes durch unsere Stiftungen, als er in einem Leben als Mönch tun wird. Ohne unser Wirken gäbe es keine Almosen, die es ihm ermöglichen, von Wohltätigkeit zu leben.«
Ich erhob meine alten Vorwürfe gegen meinen Vater: »Er besitzt immerhin eine gewisse Menschlichkeit. Du hilfst den Menschen nur, um deine Macht zu beweisen.«
Statt Zorn prägte Furcht die Erwiderung meines Vaters: »Du weißt nicht, was du sagst. Kein Leiden ist so hart wie das der Dschain-Mönche. Unsere Asketen glauben nicht, daß Duldsamkeit einen Zweck hat. Sie erdulden zunehmendes Leid nur, bis sie es nicht mehr fürchten. Glaube mir, ich tue jeden Tag mehr Gutes als sie, ohne Leid zu erdulden wie sie.«

Meine Frau stand in der Türe und hörte meines Vaters leidenschaftliche Ausführungen besorgt mit an.
»Ihre Lebensweise ist trostloser, als du es dir vorzustellen vermagst. Weißt du, was es heißt, ein solcher Mönch zu sein? Kennst du den Grad der Askese, die er erleiden muß?« Mein Vater sprach mit solcher Eindringlichkeit, daß ich ihn nicht zu unterbrechen wagte. »Weißt du, daß der heitere alte Mönch zu sterben hofft? Er hungert sich zu Tode. Er zollt dem Leben Respekt, während er unentwegt dem Ziel zustrebt, sich seines eigenen Lebens zu entledigen.«
Er blickte mich an, auf eine Antwort wartend, doch ich konnte nicht sprechen. Indem ich die Qualen meines Vaters wahrnahm, hatte ich gespürt, wie die Fühllosigkeit, die mein Herz erstarren ließ, zu zerfließen begann. Ich war übermannt von Mitleid mit ihm, mit mir selbst, mit meiner besorgten und neugierigen Frau, mit der Hilflosigkeit, die uns alle verband.
Das war meine erste Erfahrung mit *ahimsa*.
In seinem Bemühen, mich abzuschrecken, hatte mein Vater mich zu der Erkenntnis gebracht, daß man, um Leiden zu verhindern, zum Leiden fähig sein muß, und daß ein Mensch, der nicht leiden kann, nicht lebendig ist.
Mein Vater konnte nicht verstehen, warum ich mehr denn je mit dem Mönch zusammensein mußte, und ich konnte es ihm nicht erklären, denn die Lehre von *ahimsa* muß mit dem Herzen gelernt werden, nicht mit dem Verstand.
Ich wußte nun, daß ich nie mehr in die Welt des Reichtums zurückkehren konnte, die mich so lange hatte ab-

stumpfen lassen gegen das Leiden, durch das ich erst zum Menschen werden konnte.
Der alte Mönch lächelte, als ich ihm von dem plötzlichen, unerwarteten Mitgefühl erzählte, das mich angesichts der Furcht meines Vaters übermannt hatte.
»Aber es währte nur kurze Zeit, und ich habe es nicht wieder erlebt«, hatte ich geklagt.
Bis *ahimsa* zur Lebensweise werden kann, muß das Herz des Menschen viele Hürden überwinden, um dieser Vision wieder teilhaftig zu werden.
»Ich bin bereit, die Hürden zu nehmen.«
»O mein unwissender junger Freund, kannst du deinen Abscheu vor all den Dingen überwinden, vor denen der Reichtum deines Vaters dich behütet hat? Kannst du im Schmutz der Basare betteln? Kannst du essen, was andere fortgeworfen haben? Solange du diese Kleinigkeiten nicht tun kannst, wirst du weder die Gewaltlosigkeit von *ahimsa* verstehen noch Freiheit von der Welt erlangen.«

Die Prozession kommt vor unserem Tor zum Stehen, und Wachen geleiten die Kamelkarren und Reiter in eine Seitenstraße. Diener kommen aus unserem Haus gelaufen und helfen meinen Verwandten, von den Elefanten zu klettern.
Als ich an den dichtgedrängten Tänzern vorbeigehe, fällt mein Blick auf den Balkon, wo die Frauen des Hauses stehen – meine Ehefrau, meine Mutter, meine Schwägerin, meine Cousinen. Sie weinen, aber ich weiß, sie haben sich mit meinem Fortgang abgefunden; ihre Tränen sind nur das Ventil für die Aufregungen des Tages.

Auf der Veranda warten die Kinder, um mir Lebewohl zu sagen. Sie sind noch zu klein, um mein Handeln zu begreifen, und weil ich sie nicht ängstigen möchte, umarme ich sie einfach, wie ich es an jedem beliebigen Abend getan hätte.

Als ich in meine Gemächer gelange, helfen mir die Bediensteten beim Auskleiden, sie befreien mich von dem Diamantenhelm und den Edelsteingirlanden, die mir den ganzen Tag die Luft abgeschnürt haben. Ich betrete die Stille meines Marmorbadezimmers. Unter der Dusche lasse ich das kalte, klare Wasser den verkrusteten Staub von meinem Körper spülen und die hektischen Szenen der Prozession aus meinen Gedanken. Plötzlich bin ich vor Angst gelähmt. Dies ist das letzte Mal, daß ich meine Kinder umarme oder mit meinem Bruder lache. Das letzte Mal, daß ich die Ungestörtheit meines Badezimmers genieße.

Ein Diener klopft an die Badezimmertür. »Ihr Vater ruft nach Ihnen. Er bat mich, Ihnen auszurichten, daß der Barbier da ist.«

Nun gibt es kein Zurück mehr. Die Zeremonien der Entsagung sind zu weit gediehen. Ich wickele ein Handtuch um meinen Leib und gehe hinaus zu dem Barbier. Sieben Mönche sitzen mit gekreuzten Beinen in einer Reihe vor dem Zimmer.

Ich halte dem Barbier meinen Kopf hin, und er beginnt, mein dichtes Haar abzuschneiden. Als die nassen Locken rings um mich auf den Boden fallen, rezitieren die Mönche die Heimsuchungen, die ich als Mönch erleiden werde.

»Du wirst aus der Gesellschaft ausgestoßen sein.
Du wirst gekränkt werden,
Du wirst verfolgt werden.«

Mein Vater weint, und ich höre meinen Bruder husten, bemüht, seine Rührung zu unterdrücken. Indessen beginnt der Barbier, mir den Kopf kahlzuscheren.

»Du wirst für deine grundlegendsten
Bedürfnisse auf Fremde angewiesen sein.
Sie werden deine Schwäche verachten, die sie zur
Wohltätigkeit zwingt.«

Der Barbier hat meinen Kopf fertig geschoren, und ich streiche mit der Hand darüber, um mich zu vergewissern, daß er die fünf Haare stehenließ, die ich für die *Dikscha*-Zeremonie benötige.

»Du wirst Kälte erleiden.
Hunger.
Hitze.
Durst.
Krankheit.«

Meine nackte Kopfhaut fühlt sich fremd an. Ein Schauder durchläuft sie, als die Mönche ihre Litanei der Heimsuchungen rezitieren, mit der sie mich auf die Zukunft vorbereiten. Ich weiß, ich habe nicht die Kraft, die Entbehrungen meines neuen Lebens zu ertragen.

»Du wirst unter Schmerzen vom ständigen
Gehen leiden.

Du wirst unter Einsamkeit leiden.
Du wirst um deine Kinder trauern.
Du wirst der Dienste einer Frau beraubt sein,
Auf daß sie nicht deine Begierde errege.«

Die Persönlichkeit meines Vaters scheint eine Veränderung zu erfahren, während er dem Gesang lauscht. Nach den Ausschweifungen der Prozession ist er bedrückt; er bleibt die ganze Nacht bei mir sitzen, aber in einem Abstand, der auszudrücken scheint, daß meine neue Rolle und die unablässigen Ermahnungen der maskierten Mönche draußen im Dunkeln vor meinen Gemächern ihm bereits Ehrfurcht einflößen.
Er verläßt mich erst, als er ins Stadion zurück muß, um als Gastgeber dem Festmahl beizuwohnen, das er für die Massenversammlung organisiert hat.
Die Mönche reichen mir jetzt eine Mullmaske, die ich mir vor den Mund binde. Sie händigen mir die drei Stoffstücke aus, die von heute an meine einzige Kleidung sein werden. Ich gehe ins Badezimmer, um mich umzuziehen. Ein letztes Mal betrachte ich mein Spiegelbild, und eine böse Vorahnung erfaßt mich, als ich die fünf Haare an meinem kahlrasierten Schädel hängen sehe. So stehe ich eine lange Weile, die Stirn an die Marmorwand des Badezimmers gedrückt, und versuche, wieder Mut zu fassen.
Als ich schließlich aus dem Badezimmer trete, reicht mir der alte Mönch einen Stab mit Wolltroddeln, mit dem ich meinen Weg säubern werde, und eine hölzerne Bettelschale. Wir steigen in die wartenden Autos, die uns ins Stadion bringen.

Am Eingangstor trennen sich die Mönche von mir. Unablässig singend schreiten sie hintereinander zu dem Podest, auf dem ich vor nur vierundzwanzig Stunden begonnen habe, der Welt meines Vaters Lebewohl zu sagen. Mein Vater kommt mir entgegen, um mich abzuholen. Als er mich in den Kleidern eines Bettelmönches sieht, weint er wieder, aber ich kann ihm keinen Trost spenden. Ich berühre ein letztes Mal seine Füße, dann trete ich ins Stadion.

Schweigend beobachtet die Menge meinen Einzug. Ich kann nicht glauben, daß dies derselbe Ort ist, daß dies dieselben Menschen sind wie gestern. Es herrscht eine Atmosphäre gespannter Erwartung, als ich die Bankreihen abschreite und die Menschen um ihren Segen bitte. Es dauert eine lange Zeit, bis ich das Stadion umrundet habe, und ich höre das Geräusch meiner bloßen Füße auf dem verkrusteten Schlamm des Spielfeldes, als die Menge mir mit gefalteten Händen in stummer Achtung ihren Gruß entbietet.

Am Ende erklimme ich die Stufen zum Podest und geselle mich zu den singenden Mönchen. Plötzlich bricht das Stadion in Beifall aus. Die Leute springen auf, klatschen und rufen mir ermutigende Worte zu. Eine halbe Stunde stehe ich vor ihnen, ihre Hochrufe gellen in meinen Ohren. Noch einmal steige ich herab, um das Spielfeld zu umrunden, noch einmal ersuche ich die vielen tausend Zeugen meines Entsagungsaktes um ihren Segen.

Dann kehre ich zu den Mönchen zurück. Sie nehmen meinen Stab und die Bettelschale. Ich hebe meine Hände an meinen geschorenen Kopf. Stille senkt sich über das Stadion, als ich mich bereit mache, Mahaviras letzte Geste gegen die Eitelkeit nachzuahmen.

Eines nach dem anderen reiße ich die langen Haare aus, die der Barbier übriggelassen hat. Jedesmal, wenn ich die Hand mit einem Ruck vom Schädel ziehe, schreit die Menge auf, als würde sie meinen Schmerz mit mir teilen.

Die Mönche schließen einen Kreis um mich, bis die Menge nicht mehr erkennt, welcher von uns derjenige ist, der heute der Welt entsagt hat. In diesem geschlossenen Kreis höre ich meine Brudermönche singen:

»Du wirst von Zweifeln befreit sein.
Du wirst von Verblendung befreit sein.
Du wirst von Unmäßigkeit befreit sein.«

Ich sehe, daß mein Vater mich sucht, aber wir sind alle weiß gekleidet, und unsere Münder sind mit Masken bedeckt.

»Du wirst Beständigkeit erringen.
Du wirst nach Erleuchtung streben.
Du wirst zu selbstloser Liebe gelangen.
Du wirst das Leben achten.«

Und nun, mein Freund, warten meine Brudermönche in Mahadeo auf mich.

Nein, ich kann nicht länger bleiben. Du mußt einen anderen finden, der dir deine Fragen beantwortet.

Wenn ich mich verspäte, werden sie fortgehen, und ich werde mich einer anderen Sekte von Bettelmönchen anschließen müssen.

Verlange dies nicht von mir, mein Freund.

Ich bin zu arm, um der Welt zweimal zu entsagen.

3. Kapitel

Die Erinnerung an den Mönch beunruhigt mich eine Weile. Wenn ich vor Sonnenuntergang auf der Terrasse sitze, das Gesicht der Quelle des Flusses zugewandt, kann ich mich nicht konzentrieren, weil ich die durchdringenden Augen des Mönches über der weißen Mullmaske so deutlich vor mir sehe, als würde sein fotografisches Abbild in die Dunkelheit projiziert.

In der Stille höre ich das Wasser an die Flußufer plätschern, und ich denke an die Asketen an der heiligen Zisterne in Amarkantak, die sich durch ihre Meditationen aus dem ewigen Zyklus von Wiedergeburt und Tod zu befreien suchen. Um diese Stunde sah ich zuweilen eine fahle, unförmige Masse auf dem Strom treiben, und ich wußte, es war der Leichnam eines Asketen, der sich mit einem brennenden Kohlestück im Mund ins Wasser geworfen hatte. Ob eines Tages, während ich hier im Dunkeln sitze, der Leichnam des Mönches unterhalb der Terrasse vorüber treiben wird? Diese Frage läßt mich nicht mehr los.

Auf meinem Morgenspaziergang im Dschungel schlendere ich langsam unter den Bäumen dahin, bis es an der

Zeit ist, Tariq Mia zu besuchen; dabei meide ich bewußt die Höhlen, damit ich nicht wieder ein Gespräch mit einem Fremden beginne. Um meine morbiden Gedanken zu zerstreuen, zwinge ich mich, die roten Blüten zu bewundern, die kletternde Affen von den Dhakbäumen schütteln. Oder ich bleibe zwischen den Luftwurzeln eines mächtigen Banyanbaumes stehen, die wie die Säulen eines antiken Tempels anmuten, und beobachte Vögel, die ihre Nester vor den grauen Eichhörnchen schützen, welche durch das dünne Blattwerk flitzen.

Als ich die Hügelkuppe erklommen habe, verflüchtigen sich meine Gedanken an den Mönch wie der Tau, der ringsum in der Sonne vergeht. Am jenseitigen Flußufer streift das Licht der Morgensonne die Kanäle, welche die Felder bewässern, und ich sehe die Bauern hinter ihren Büffeln über die blühenden, mit silbernen Wasserbändern durchwobenen Äcker gehen.

Jetzt erfüllt mich große Vorfreude auf das Zusammensein mit meinem Freund. Obwohl Tariq Mia mich oft hänselt, mir hin und wieder sogar vorwirft, anmaßend zu sein, steige ich leichten Schrittes in das Tal hinab, das uns trennt.

Eine schmale Brücke überspannt den Fluß, der an Tariq Mias Moschee vorbeifließt. Auf einer Seite der Moschee erstreckt sich eine marmorne Plattform bis zu dem Grabmal des Sufi-Poeten und Heiligen Amir Rumi, das aus dem 16. Jahrhundert stammt. Über eine weitere Plattform gelangt man zu Tariq Mias Wohnhaus. Hinter der Moschee ziehen sich die weißgetünchten Häuser des Dorfes im Halbkreis den Hang hinauf.

Der Schauplatz ist von einer Friedlichkeit, welche das stille, schlichte Leben der Leute erahnen läßt, nur bestimmt von dem Wechsel der Jahreszeiten und dem Ruf zum Gebet.
Doch einmal im Jahr wird die Stille gebrochen. Sufi-Sänger aus ganz Indien versammeln sich an Amir Rumis Grabmal, um ihrem Heiligen und Poeten am Jahrestag seines Todes zu huldigen. Zehn Tage und Nächte sind die marmornen Plattformen mit Teppichen bedeckt, Lagerfeuer flackern am Hang, die Berge hallen wider von ekstatischen Gesängen. Dann verschwinden die Sänger wieder, und Tariq Mias Moschee ist erneut von ihrer gewohnten Ruhe umfangen.
Als ich heute bei Tariq Mias Haus anlange, sind die Bambusmatten schon auf seiner Veranda ausgerollt, die Polsterkissen lehnen an den Säulen, und auf einem Holztischchen stehen die Schachfiguren für unser Spiel bereit.
Tariq Mia stellt sich auf die Zehenspitzen, um mich auf die Wangen zu küssen. Sein dünner weißer Bart streift mein Kinn. »Welch unerwartete Freude! Ich war so überrascht, als ich dich auf der Brücke sah!«
Ein Theologiestudent mit der schwarzen Scholarenkappe auf dem Kopf tritt mit einem Teetablett auf die Veranda. Tariq Mia ist ein anerkannter islamischer Gelehrter, und junge Geistliche werden zu ihm geschickt, um bei ihm zu studieren. Ich sehe, wie sich der Student bemüht, sein Grinsen zu verbergen. Ich tue desgleichen. Wir wissen beide, wie Tariq Mia das feierliche Ritual des Überraschtseins genießt, obwohl er jeden Tag nach mir Ausschau hält.

»Du hättest dir nicht die Mühe machen sollen, Tee kommen zu lassen. Deine Schüler werden es mir verübeln, daß ich ihre Unterweisung verzögere.«
»Meine Studenten werden Allah für ihr Glück danken; sie wissen ohnehin, daß sie mich den Rest des Tages ertragen müssen. Komm, kleiner Bruder, nimm deinen Tee mit zum Schachbrett.«
Zwar habe ich das mittlere Alter schon lange überschritten, aber da Tariq Mia fast achtzig Jahre zählt, kränkt es mich nicht, wenn er mich »kleiner Bruder« nennt oder wenn er beim Schachspiel oft ein lehrerhaftes Benehmen an den Tag legt, als sei auch ich sein Schüler.
Der alte Mullah scheint meine Gedanken lesen zu können. Bin ich niedergeschlagen, verbannt er meine düstere Stimmung, indem er plötzlich ein Lied anstimmt. Obwohl ich mir meiner Würde voll bewußt bin, kann ich nicht umhin, immer wieder von der ungehemmten Freude in der zitternden Stimme gerührt zu sein, wenn er seine Sufi-Gesänge über die Liebe zu Gott anstimmt.

»Mein Herz ist verstrickt in die Locken
Deines Haares.
Ich bin verzückt von dem Blick Deiner
Narzissenaugen.
Mein ganzes Sein umkreist Dich.
Siehst Du nicht, wie mein Blut sich in
Henna verwandelt,
Um Deine Fußsohlen zu verzieren?«

Oder er erzählt Geschichten, während er auf meinen Zug mit einem Springer wartet. Ich konzentriere mich

so stark darauf, nicht mattgesetzt zu werden, daß mir erst auf dem Rückweg zum Gästehaus klar wird, was er gesagt hat.
Zu Beginn unserer Bekanntschaft vermochte ich das Denkmuster in Tariq Mias Betrachtungen nicht zu erkennen, und ich schrieb sie den Stimmungswechseln zu, die sein Alter mit sich brachte. Wenn er heute allzu lange auf das Schachbrett starrt, dann weiß ich, daß die Augen in dem runzligen Gesicht, wachsam wie die Augen eines Panthers, sich gleich auf mich richten werden; ich beobachte liebevoll, wie sich auf der hohen Stirn über der Hakennase Falten bilden, und schon bin ich mit meinem Schachmatt versöhnt.
Von meinen düsteren Gedanken über tote Asketen, die mich heute bewegen, ist Tariq Mia nicht erbaut. Er bemerkt mit leichter Bitterkeit: »Auch Indiens größter Poet ist diesen Fluß hinabgetrieben – Kabir, der Mann, dessen Gedichte eine Brücke zwischen deinem und meinem Glauben schlagen. Meditiere über Kabirs Zahnbürste. Du wirst es nützlicher finden, als über den Leichnam eines Asketen nachzudenken.«
Bestürzt über Tariq Mias Mißbilligung, bekenne ich, daß ich nie von Kabirs Zahnbürste gehört habe.
Er schüttelt unmutig den Kopf. »Du kennst die Geschichte nicht? Wie Kabir in einem Boot die Narmada hinabfuhr und sich mit einem Zweig die Zähne putzte? Er warf den Zweig an einer flachen, schlammigen Stelle in den Fluß. Der Zweig schlug Wurzeln und wuchs zu einem riesigen Baum, dem Kabirvad. Sogar in den schlimmsten Zeiten blutiger religiöser Verfolgungen sind Dichter, Sänger und Mystiker aus ganz Indien ge-

kommen, um im Schatten des Kabirvad Gott mit seinen vielen Namen zu preisen. Meditiere morgen früh über Kabirs Zahnbürste. Das wird dir helfen, dich zu besinnen, daß die Narmada ein Quell des Lebens ist.«
Dann fragt mich Tariq Mia, warum ich mich plötzlich so eingehend mit Asketen befasse. Ich erzähle ihm von meiner Begegnung. Tariq Mia ist weise genug, meine Verwirrung über den Dschain-Mönch nicht in Zweifel zu ziehen. Er hält den Blick fest auf das Schachbrett gerichtet und gestattet mir, die Geschichte des Mönches so darzustellen, wie ich sie in Erinnerung habe, bis ich zu meiner eigenen Überraschung endlich den Ursprung meiner Verwirrung entdecke.
»Es war wohl meine Schuld, nehme ich an. Ich war so gefesselt von seinem Bericht über die verschwenderischen Entsagungszeremonien, daß ich ihn nicht bat, seine ersten Worte zu erklären: ›Ich habe in meinem Leben nur eines geliebt.‹ Nun ist er fortgegangen, ohne mir zu sagen, was es war.«
Da hebt Tariq Mia den Blick vom Schachbrett. »Aber natürlich hat er es dir gesagt.«
»Was war es? Das Gebet des Hindu-Asketen, der um Augen an seinen Fußsohlen bittet, damit er seine eigenen Augen auf das Antlitz Gottes gerichtet halten kann?«
Tariq Mia schürzt enttäuscht die Lippen. »Er folgte den Fußstapfen eines Menschen, nicht eines Gottes. Wozu würden Augen an seinen Fußsohlen gut sein?«
Ich flehe Tariq Mia an, nicht sein Spiel mit mir zu treiben und mir zu sagen, was der Dschain-Mönch liebte.
»Des Menschen Herz, kleiner Bruder. Seine Geheimnisse.«
»Was für Geheimnisse?«

»Des Menschen Herz hat nur ein Geheimnis. Seine Fähigkeit zu lieben.«
Als er meine verblüffte Miene sieht, seufzt Tariq Mia. »O kleiner Bruder, hattest du so wenig Glück? Hat dich die Liebe nie versengt?«
Ich denke über die Frage nach. Ich bin ein gehorsamer Sohn gewesen. Und die Gegenwart meiner Frau in meinem Haus und in meinem Bett war mir vertraut, aber an brennendes Verlangen kann ich mich nicht erinnern.
»Kinder! Kommt her, Kinder!«
Auf Tariq Mias Ruf kommen zwei junge Schüler auf die Veranda gelaufen. Die Beine ihrer weiten weißen Pyjamas flattern ihnen um die Fußknöchel.
»Holt das Grammophon! Es steht auf dem grünen Schrank. Oben auf dem Grammophon liegt eine Schallplatte in einer braunen Hülle. Laßt sie nicht fallen, sonst zerbricht sie. Die Grammophonnadeln sind in einer Schachtel in meinem Pult.«
Während wir warten, daß die Schüler mit dem Grammophon zurückkommen, legt Tariq Mia seine schmale Hand auf meine. Die Haut ist so durchscheinend, daß ich die pulsierenden Adern sehen kann.
Ein Schüler reicht Tariq Mia eine alte braune Hülle, und er läßt meine Hand los, um die Platte aus der Hülle zu nehmen. Er reibt die Schellackplatte sachte mit seinem Ärmel ab, während die Schüler das Grammophon aufziehen und eine neue Stahlnadel in den altmodischen Tonarm stecken.
Der Plattenteller dreht sich, dann durchbricht eine helle Stimme die morgendliche Stille.

»Ich biete meinen Kopf Deinem
gezogenen Schwert.
Oh, das Wunder Deiner Güte!
Oh, das Wunder meiner Unterwerfung!
Im Zucken des Todes sehe ich Dein Antlitz.
Oh, das Wunder Deines Schutzes!
Oh, das Wunder meiner Unterwerfung!«

Die Reinheit der Stimme, die trotz des Rauschens der alten Platte zu erkennen ist, ist so ungewöhnlich – jeder Ton schwebt wie ein Wassertropfen in der Stille –, daß es eine Weile dauert, bevor ich die Grausamkeit der Verse erfasse.

»Enthülle nicht die Wahrheit einer Welt,
wo Gott gelästert wird.
O wundersamer Quell des Mysteriums!
O Kenner der Geheimnisse!
Deiner nackten Klinge entblöße ich meinen Hals.
Oh, das Wunder Deiner Führung!
Oh, das Wunder meiner Unterwerfung!«

Als Tariq Mia meine Betroffenheit sieht, lacht er und nimmt den Tonarm von der Schallplatte. »Trinke einen Schluck Tee, kleiner Bruder. Wie kannst du behaupten, der Welt entsagt zu haben, wenn du so wenig von ihr weißt?« Er stellt eine frische Tasse Tee neben mich. Einen Augenblick lang steht er am Ende der Veranda und beobachtet das Wasser, das unter der Brücke hindurch fließt. Dann wendet er sich wieder mir zu. »Vielleicht sollte ich dir eine Geschichte vom menschlichen Herzen erzählen.«

Er kehrt zum Schachtisch zurück und läßt sich langsam auf seinem Polster nieder. »Diese Geschichte beginnt vor zwei Jahren während der Feierlichkeiten zum Jahrestag von Amir Rumis Tod. Ich bin ein alter Mann und kann bei den Ekstasen unserer *Quawwali*-Sänger nicht mehr wach bleiben. Du weißt, sie singen die ganze Nacht hindurch – neun, zehn Sänger auf einmal. Wenn einer müde wird, nimmt der andere den Gesang auf und berauscht alle mit seiner Hingabe, bis sie trunken von Gesang sind und in ihrer Lobpreisung Gottes keine Müdigkeit mehr kennen.«
Ich nicke zum Zeichen, daß ich verstanden habe. Tariq Mia spricht oft von den ekstatischen Gesängen der Sufis, die ihre Zuhörer sogar dazu bewegen können zu tanzen, und wenn das geschieht, muß der Gesang fortgesetzt werden, bis der Tänzer aufhört, damit er nicht durch den plötzlichen Abbruch seiner Verzückung stirbt.
»Aber, wie gesagt, ich bin ein alter Mann und meiner Begegnung mit Gott zu nahe, um das wenige der mir verbliebenen Energie zu erschöpfen, indem ich die ganze Nacht sein Lob singe. Darum legte ich mich zu Bett und war schon bald fest eingeschlafen. Die reichen Klänge der Musik erfüllten meine Träume, und mein Schlaf war so tief, daß ich das Klopfen an meinem Fenster zunächst nicht hörte. Es war auch kein lautes Hämmern, nur ein beharrliches Pochen an der Scheibe, das schon eine Weile angehalten haben mußte, ehe es mich endlich weckte.
Als ich die Augen öffnete, sah ich ein Gesicht durch die Scheibe spähen. Zögernd stand ich auf, das Fenster zu öffnen. Draußen stand ein Mann in einer hochgeschlossenen Jacke und einem weißen *dhoti*. Seine grauen Haare wurden spärlich über der hohen Stirn, und eine breitgerän-

derte Brille verstärkte den verängstigten Ausdruck seiner braunen Augen. Er entschuldigte sich wieder und wieder dafür, meine Ruhe gestört zu haben.
Es dauerte eine Weile, bis ich ihn überreden konnte, hereinzukommen. Als er schließlich in mein Zimmer trat, zündete ich die Lampe an und schenkte ihm ein Glas Wasser ein. Dabei hatte ich immer noch nicht begriffen, weswegen er hier war. An seiner Kleidung konnte ich erkennen, daß er nicht aus dieser Gegend stammte. Ich bedrängte ihn, mir zu sagen, was ihn bedrückte.
›Der Junge!‹ flüsterte er.
›Ihr Sohn? Haben Sie Ihren Sohn hier in den Bergen verloren?‹
Er gab mir eine Schallplatte. ›Der Junge wollte immer am Grabmal von Amir Rumi singen.‹
›Wie kann ich Ihnen helfen, solange Sie mir nicht sagen, was geschehen ist?‹
›Niemand kann mir helfen. Ich bin ein Mörder. Aber ich muß Amir Rumi die Musik des Jungen schenken. Können Sie das für mich tun?‹
Ich versprach ihm, dafür zu sorgen, daß die Schallplatte als achtbares Opfer zum Gedenken des Heiligen gewürdigt werde. Er wirkte erleichtert, und ich sah die Sanftheit in seinen Augen.
Um dem Mann zu helfen, ein wenig ruhiger zu werden, forderte ich ihn auf, mir von dem Verbrechen zu erzählen, dessen er sich bezichtigte. Vielleicht war es die späte Stunde oder der ekstatische Gesang, der zum offenen Fenster hereinströmte, was ihm schließlich die Kraft verlieh, zu sprechen.
Und als er einmal angefangen hatte, war es, als gäbe es für ihn kein Halten mehr.«

4. Kapitel

Die Geschichte des Lehrers

Master Mohan war kein verbitterter Mann. Obwohl er ein unglückliches Leben führte, bewog ihn seine sanfte Natur immer wieder zu kleinen guten Taten: Er half einem Fremden aus einer Rikscha, er kramte in seiner Tasche nach einem Bonbon für ein Kind, und wenn er durch die schmalen Straßen zu der Allee ging, von der aus ihn die Straßenbahn zu seinen Musikschülern brachte, wurde er von den Nachbarn, die auf ihren winzigen Veranden saßen, um frische Luft zu schöpfen, freundlich gegrüßt.

»Guten Abend, Master Mohan.«

»So spät abends noch Unterricht?«

»Gehen Sie auf dem Heimweg unter den Straßenlaternen, Master Mohan. Heutzutage muß man vorsichtig sein.«

An der Straßenbahnhaltestelle rief der *paanwallah,* der seine Betelblätter mit Limonenpaste bestrich, jedesmal aus seiner Holzbude:

»Master! Master! Nehmen Sie ein *paan* von mir. Ein kleines Betelblatt wird Ihnen die Tortur erleichtern, Ihre Schüler singen zu hören.«

Obwohl er dadurch seinen Platz in der Warteschlange einbüßte, blieb Master Mohan bei dem *paanwallah* stehen, um sich seine Klatschgeschichten über das Kommen und Gehen im Viertel anzuhören. Und so war er der erste, der erfuhr, daß die großen *Quawwali*-Sänger aus Nizamuddin nach Kalkutta kommen würden.

»Sie sollten Mohammed-*sahib* bitten, Sie zu begleiten. Sie sind Musiklehrer, er ist ein Freund der Dichtkunst. Und die Veranstaltung findet ganz in der Nähe statt, in der Moschee auf der anderen Seite des Basars.«

»Aber meine Frau wird nicht mal das kurze Stück gehen wollen, um sie zu hören ...«

»Frauen! Master Mohan, reden Sie mir nicht von Frauen! Ich nehme meine nirgends mit hin. Gehen Sie ohne Ihre Frau, sonst verdirbt sie Ihnen die Freude, so wie meine es tut.«

Master Mohan wußte, daß der *paanwallah* es gut meinte. Die Verachtung von Mohans Frau für ihren Mann war in ihrer Straße kein Geheimnis. Die kleinen Häuser waren übereinander gebaut, und seine Frau machte sich nie die Mühe, leise zu sprechen. Jedermann wußte, daß die Familie, aus der sie kam, wohlhabender war als seine, und daß das Geld, das er von seinen Musikstunden mit nach Hause brachte, kaum zum Leben reichte.

»Was für Sünden habe ich in meinem früheren Leben begangen, daß ich an so ein armseliges Mannsbild gefesselt bin? Du wirst immer noch Master Mohan gerufen, als wärst du erst zehn Jahre alt. Gupta-*sahib* solltest du genannt werden. Aber wer achtet dich schon genug, um sich auch nur diese kleine Mühe zu machen!«

Ihre Spötteleien rissen eine Wunde wieder auf, die vielleicht verheilt wäre, wenn Master Mohans Frau ihn nur in Frieden gelassen hätte. Der Musiklehrer hatte seinen Namen als Knabe erhalten, als sein Gesang Konzerthallen mit Bewunderern füllte, die der Reinheit seiner Stimme Beifall zollten. Sein Vater, selbst Musiklehrer, hatte jede *paisa* von seinem Verdienst für Master Mohans Ausbildung gespart und gebetet, die Zukunft seines Sohnes möge durch einen Schallplattenvertrag gesichert werden.
Aber es dauert seine Zeit, bis es einem armen Musiklehrer gelingt, Verbindungen zu den Inhabern von Plattenstudios zu knüpfen. Vier Jahre lang hatte Master Mohans Vater die wohlhabenden Familien, in deren Häusern sein Sohn anläßlich einer Hochzeit oder eines Geburtstages sang, um Unterstützung ersucht. Vier Jahre hatte er vor den Plattenstudios gestanden, seinen Husten unterdrückend, indes die Tuberkulose seine Lungen zerfraß; er zwang sich, am Leben zu bleiben, bis das Talent seines Sohnes erkannt sei, und drängte den Jungen zu üben, um für seine erste Platte gerüstet zu sein, die die Welt gewiß in Erstaunen versetzen würde.
Als ihm, nur wenige Wochen bevor die Platte aufgenommen werden sollte, endlich der Vertrag angeboten wurde, kam Master Mohan in den Stimmbruch.
Seine Frau erinnerte ihn jeden Tag daran, daß seine Stimme in den darauffolgenden Jahren nicht weicher geworden war. »Deine Familie hat den bösen Blick. Alles, was du anfaßt, ist verflucht, alles, was du geschenkt bekommst, verlierst du.«
Zuweilen suchte Master Mohan dem Spott seiner Frau zu entrinnen, indem er sich die vier glücklichen Jahre

ins Gedächtnis rief, die dem Augenblick, als das goldene Gefäß seiner Stimme und damit sein Leben zerbrach, vorausgegangen waren. Doch während sich ihre schrillen Beleidigungen immer tiefer in sein Hirn bohrten, konnte er sich nur noch an den Schmerz seines Vaters erinnern, als sein Sohn einer großen Laufbahn als Sänger entsagen mußte und nur ein Musiklehrer wurde wie er selbst.

Master Mohans Vater hatte eine letzte Anstrengung unternommen, seinem Sohn zu helfen, indem er ihn mit der Tochter eines reichen, musikliebenden Landbesitzers vermählte. Die Eheschließung hatte er noch miterleben können, nicht aber die Geburt seiner zwei Enkelkinder oder die Habgier seiner Schwiegertochter, als ihr Vater starb und ihre Brüder das Vermögen der Familie an sich rafften, so daß sie fortan auf Master Mohans Einkünfte angewiesen war.

Da der Stolz es ihr verbot, an ihrer eigenen Familie Kritik zu üben, hatte Master Mohans Frau ihren Mann für die Niedertracht ihrer Brüder verantwortlich gemacht. Sie erzog die Kinder in dem Glauben, es seien einzig Master Mohans Schwäche und Dummheit, die sie der Diener, der Autos, der modischen Kleider aus fremden Ländern, die ihnen rechtmäßig zustünden, beraubt hätten.

»Wie kann ich es mir jemals verzeihen, euch eine solche Jammergestalt von einem Vater beschert zu haben? Komm, Babloo, komm, Dolly, nehmt euch etwas Obst! Er soll sich seinen Tee selber machen.«

Sie hatte ihre Grausamkeit mit solcher Raffinesse vervollkommnet, daß Master Mohans Kinder ihres Vaters Musik ebenso verachteten wie ihn selbst und sich auf die Seite ihrer Mutter stellten, wenn diese ihre häuslichen Pflichten gegenüber ihrem Mann vernachlässigte. Nachdem Master Mohan den ganzen Tag Musik unterrichtet hatte, mußte er sich selber ein spärliches Mahl kochen, das er dann auf die kleine Dachterrasse des Hauses trug, um der Verachtung der Seinen zu entfliehen. Aber der plärrenden Filmmusik im Radio oder dem lauten Grammophon konnte er nicht entkommen; der Lärm hallte die schmale Steintreppe hinauf, die auf die Terrasse führte. Das löste Husten bei ihm aus, manchmal so laut, daß seine Frau oder seine Kinder die Treppe hinaufliefen und ihn anherrschten, er solle still sein. So sehr Master Mohan sich bemühte, er konnte nicht aufhören zu husten. Es war eine nervöse Reaktion darauf, daß seine Familie die Musik zum Verstummen brachte, die er in seinem Kopf vernahm.

Nachdem ihm nun der *paanwallah* von den *Quawwali*-Sängern erzählt hatte, gab sich Master Mohan in der Straßenbahn Tagträumen hin. Er hatte noch nie Sänger aus Nizamuddin gehört, wo die *Quawwali*-Musik vor siebenhundert Jahren ihre Geburtsstunde erlebt hatte. Er wußte aber, daß Nizamuddin die Quelle war, aus der die Gedichte und Lieder der großen Sufi-Mystiker durch ganz Indien geströmt waren, und daß noch heute dort die besten *Quawwali*-Musiker des Landes ausgebildet wurden. Er konnte sein Glück nicht fassen – sieben Nächte fort von Frau und Kindern, um der *Quawwali*-Musik zu lauschen. Und mehr noch, die Musik würde unentgeltlich zu hören sein.

An diesem Abend blieb er auf dem Heimweg vor dem Haus von Mohammed-*sahib* stehen. Er traf ihn auf der

Veranda an und fragte schüchtern, ob er sich die *Quawwali*-Sänger anhören werde.

»Nur, wenn du mich begleitest, Master Mohan. Ich bin ein armer Dummkopf, der nichts von dem versteht, was er hört, es sei denn, es wird ihm erklärt.«

Somit war es abgemacht, und in der folgenden Woche nahm Master Mohan das Schimpfen von Frau und Kindern kaum wahr, wenn er sich ein schlichtes Mahl kochte und es sich schmecken ließ, während sie sich ihre laute Filmmusik anhörten.

»Daß du nicht das ganze Haus aufweckst, wenn du zurückkommst!« rief seine Frau ihm nach, als er zur Türe hinausschlüpfte.

Als Master Mohan und Mohammed-*sahib* zu dem Zelt kamen, das neben der Moschee aufgebaut war, hatte der Gesang schon begonnen. Neugierige Kinder aus dem Basar drängten sich in den Eingängen.

Mohammed-*sahib* spähte enttäuscht über ihre Köpfe hinweg. »Wir kommen zu spät. Es gibt nirgends einen Sitzplatz für uns.«

Master Mohan gab nicht so leicht auf. Er quetschte sich an den Kindern vorbei und suchte einen freien Platz. Das Zelt war voller Leute, die verzückt der leidenschaftlichen und hingebungsvollen Musik lauschten, welche in Wellen über ihre Köpfe hinwegströmte.

Master Mohan verspürte eine vertraute Erregung, als er seinen Freund zu einem freien Platz zwischen den Menschen führte, die sich in dichten Reihen auf dem Fußboden drängten. Die Lichter, die an den Stützstreben des Zeltes flimmerten, der staubige Geruch der Baumwollteppiche auf dem Boden ließen ihn an die Konzerte seiner Kindheit denken, und eine Beklemmung tief in seinem Innern begann sich zu lösen.

Auf dem Podium saßen neun Musiker mit gekreuzten Beinen, halbkreisförmig verteilt um ein Harmonium und zwei *tablas.* Auf einer Seite saß ein alter Scheich aus Nizamuddin, dessen weißer Bart sich in seinen weiten, fließenden Gewändern verlor. Ab und zu gab ein Zuhörer, von der Musik gerührt, dem Scheich Geld. Dieser nahm es als Opfer für Gott würdevoll entgegen und legte es neben die *tablas,* die mit mächtigem Schlag die Nachtluft zum Erzittern brachten.

Je mehr sich die Sänger von ihrer Musik hinwegtragen ließen, desto mehr fühlte Master Mohan, wie die Last, die ihn bedrückte, leichter wurde, als ob die Verzückung des von einer Kehle zur anderen weitergegebenen Gesangs ihn selbst in eine lang vergessene Ekstase versetzte.

Zweimal stand Mohammed-*sahib* auf, um dem Scheich Geld zu Füßen zu legen. Master Mohan sah ihn über gekreuzte Beine hinweg steigen und schämte sich, daß seine eigene Armut ihn daran hinderte, den Sängern seine Dankbarkeit dafür zu erweisen, daß sie Gefühle in ihm wiederaufleben ließen, die er für tot gehalten hatte.

Nach zwei Stunden waren Mohammed-*sahibs* Mittel und Geduld erschöpft, und er ging nach Hause. Allmählich leerte sich das Zelt bis auf einige Bettlerkinder, die auf den Baumwollteppichen eingeschlafen waren. Master Mohan sah auf seine Uhr. Es war drei Uhr morgens.

Vor Master Mohan trat plötzlich eine junge Frau mit einem Kind an der Hand ans Podium, um dem Scheich etwas zuzuflüstern. Der Scheich beugte sich zu den Sängern, die sich den Schweiß von der Stirn wischten.

Der Vorsänger nickte matt, und die junge Frau zog das Kind die Stufen hinauf. Der Junge stolperte zweimal und mühte sich, sein Gleichgewicht wiederzufinden. Dann stand er auf dem Podium, beide Hände vor sich ausgestreckt. Als die Frau den Knaben neben die Sänger schob, merkte Master Mohan, daß das Kind blind war.

Der Vorsänger sang eine Strophe. Die anderen Sänger nahmen den Refrain auf. Noch eine Strophe, dann hob der Vorsänger den Arm, um dem Knaben seinen Einsatz anzuzeigen, doch der reagierte nicht. Erst als die Sänger es anstießen, stimmte das erschrockene Kind, zwei Oktaven höher, in den Gesang ein.

»Ich biete meinen Kopf Deinem gezogenen
Schwert.
Oh, das Wunder Deiner Güte!
Oh, das Wunder meiner Unterwerfung!«

Einen solchen Klang hatte Master Mohan nur in seinen Träumen vernommen. Bis zu diesem Augenblick hatte er geglaubt, eine derartige Reinheit der Töne existiere nur in der Phantasie, könne aber niemals von einer menschlichen Stimme verwirklicht werden.

»Im Zucken des Todes sehe ich Dein Antlitz.
Oh, das Wunder Deines Schutzes!
Oh, das Wunder meiner Unterwerfung!«

Master Mohan ging leise nach vorne und setzte sich neben die junge Frau. »Wer ist das Kind?« fragte er.

Die junge Frau wandte sich Master Mohan zu. Sie hatte ein schönes, aber von Sorge verhärmtes Gesicht. »Mein Bruder Imrat. Dies ist der erste Gesang, den mein Vater Imrat gelehrt hat – der Gesang der Kinder der *quawwali* von Nizamuddin.«
Tränen schimmerten in ihren großen Augen. Es dünkte Master Mohan, daß die Tränen bei dem flimmernden Licht die Augen zu riesigen Perlen vergrößerten. »Letztes Jahr kam ich mit Imrat nach Kalkutta, um meine Stickereien zu verkaufen. Während wir hier waren, haben schreckliche Überschwemmungen unser Dorf fortgespült. Unser Vater, mein Mann, alle sind umgekommen.«
Master Mohan sah auf die Bühne. Die Sänger wurden schon berauscht von der Macht ihrer vereinten Stimmen; sie waren nicht mehr imstande, die Stimme des Kindes von all den anderen zu unterscheiden, die Gott priesen.

»Enthülle nicht die Wahrheit einer Welt,
wo Gott gelästert wird.
O wundersamer Quell des Mysteriums!
O Kenner der Geheimnisse!«

»Man hat mir eine Stellung als Dienstmädchen bei einer Familie versprochen, die nach Nordindien zieht, aber ich kann meinen Bruder nicht mitnehmen, weil er blind ist. Ich hoffe, daß der Scheich Imrat mit nach Nizamuddin nimmt, bis ich genug verdiene, um ihn nachkommen zu lassen.«
Sie schlug die Hände vors Gesicht. Master Mohan kamen die Tränen, als er die helle Stimme singen hörte:

»Deiner nackten Klinge entblöße ich meinen Hals.
Oh, das Wunder Deiner Führung!
Oh, das Wunder meiner Unterwerfung!«

Am Abend darauf bekannte Mohammed-*sahib*: »Ich bin nicht so musikalisch wie du, Master. Gott möge mir verzeihen, wenn ich dich heute abend nicht begleite.«

So ging Master Mohan allein, um die *Quawwali*-Sänger zu hören. Die junge Frau und das blinde Kind saßen unterhalb des Podiums, und sie waren noch da, als die anderen Zuhörer gegangen waren. Master Mohan hatte den ganzen Abend nur darauf gewartet, die reine Stimme des Kindes wieder zu vernehmen, doch an diesem Abend begab sich der Junge nicht zu den Sängern auf die Bühne. Am nächsten und übernächsten Abend stellte Master Mohan gar enttäuscht fest, daß die junge Frau und ihr Bruder nicht zum *Quawwali*-Gesang gekommen waren.

Am vierten Abend war Master Mohan der letzte Zuhörer, der das Zelt verließ. Als er durch die verlassenen Gassen des dunklen Basars eilte, hörte er hinter sich jemanden rufen: »*Sahib*, warten Sie! Um der Liebe Allahs willen, hören Sie uns an.«

Unter einer einzelnen Straßenlaterne am Ende des Basars drehte er sich um. An den geschlossenen Läden vorbei lief die Frau auf ihn zu, an der Hand das Kind.

»Bitte, *sahib*. Die *Quawwali*-Sänger reisen durch Indien. Sie können meinen Bruder nicht mitnehmen, und ich muß in zwei Tagen zu arbeiten anfangen, sonst verliere ich meine Stellung. Sie haben ein gütiges Gesicht, *sahib*. Können Sie Imrat bei sich aufnehmen? Er ist gehorsam und macht sich gerne nützlich. Er wird kehren oder Ihr Gemüse putzen. Geben Sie ihm nur zu essen und einen Platz zum Schlafen, bis ich ihn nachkommen lassen kann.«

Ein Betrunkener torkelte auf die Straßenlaterne zu. »Was kostet das Weib, Kuppler? Überlaß sie mir billig. Sie findet heute nacht keinen anderen Freier mehr.«

Die Frau wich ins Dunkel zurück, das Kind an sich gedrückt. »Um der Liebe Allahs willen, *sahib*, helfen Sie uns. Wir wissen nicht wohin.«

Zu seiner Verwunderung hörte Master Mohan sich sagen: »Ich bin Musiklehrer. Ich werde Imrat als meinen Schüler aufnehmen. Jetzt müssen Sie aber zur Moschee zurück, dort sind Sie sicher.«

Die Frau bog gehorsam in die dunkle Gasse ein. Master Mohan war froh, daß sie seinen Gesichtsausdruck nicht sehen konnte, sonst hätte sie bestimmt bemerkt, welche Furcht ihm sein Angebot einflößte.

Am Eingang zum Zelt sagte er: »Morgen abend komme ich das Kind abholen.«

Die Frau wandte ihr Gesicht ab, um ihre Dankbarkeit zu verbergen, und flüsterte: »Ich habe noch eine Bitte, *sahib*. Sorgen Sie dafür, daß mein Bruder sich im islamischen Glauben übt.«

Am nächsten Morgen ging Master Mohan an die Straßenecke, um sich mit dem *paanwallah* zu beraten.

»Wie bitte? Höre ich recht, Master? Wissen Sie, was Ihre Frau und Ihre Kinder dem armen Jungen antun werden?«

»Sie werden doch einem blinden, wehrlosen Kind nichts zuleide tun!«

»Ihre Frau wird es niemals dulden, daß Sie das Kind aufnehmen. Erfinden Sie eine Ausrede für die Schwester und sehen Sie zu, daß Sie sich irgendwie aus der Sache herauswinden.«

Während sie disputierten, gesellte sich Mohammed-*sahib* zu ihnen.

»Ich konnte nicht anders«, erklärte Master Mohan. »Das Mädchen hat so geweint. Wie soll sie sich und den blinden Bruder ernähren, wenn sie ihre Stellung verliert? Dies ist keine Stadt für eine alleinstehende junge Frau.«

Mohammed-*sahib* zupfte an seinem Schnurrbart. »Das hast du sehr gut gemacht, mein Freund. Verbiete deiner Frau, sich in deine Angelegenheiten einzumischen. Du bist es, der deine Familie ernährt und kleidet und ihr ein Dach über dem Kopf gibt. Deine Entscheidung, wer unter diesem Dach lebt, ist endgültig und unumkehrbar.« Er klopfte Master Mohan auf den Rücken und ging zur Straßenbahnhaltestelle.

Der *paanwallah* schüttelte den Kopf. »Der Kerl ist aufgeplustert wie ein Pfau. Er kann leicht Ratschläge geben, wenn es ihn nichts kostet. Gehen Sie das Kind nicht holen, Master.«

Aber Master Mohan konnte das Vertrauen der jungen Frau nicht enttäuschen, auch dann nicht, als er am Abend wieder in das Zelt ging und sah, wie der Junge sich schluchzend an die Beine seiner Schwester klammerte. Master Mohan hob das weinende Kind auf seine Arme, indes die Schwester ihren Bruder tröstete: »Ich werde oft schreiben. Lerne fleißig bei deinem gütigen Lehrer, bis ich dich nachkommen lasse. Du wirst kaum merken, wie die Zeit vergeht, bis wir wieder zusammen sind.«

Das Kind schlief, als Master Mohan sein stilles Zuhause erreichte. Er schlich die Treppe zur Terrasse hinauf und legte Imrat auf die Stoffmatratze. Er war froh, als das Kind sich auf seinem zerlumpten Schal zusammenrollte und weiterschlief.
Du kannst dir vorstellen, wie seine Frau am nächsten Morgen keifte, als sie entdeckte, was Master Mohan getan hatte. Die Tage vergingen, und ihr Zorn verminderte sich nicht. Er wurde vielmehr immer ärger. Jeden Tag, wenn Master Mohan von seinem Musikunterricht in der Stadt zurückkehrte, wartete seine Frau schon an der Tür auf ihn, um ihn mit neuen Klagen über die Unverschämtheit, das Ungeschick, die Habgier des blinden Knaben zu traktieren. Ihre Vorwürfe verfolgten Master Mohan in die Küche, wenn er für sich und Imrat kochte, und sogar auf der schmalen Stiege setzte sie ihm nach, so daß alle Leute ihre wütenden Beschimpfungen hören konnten, die weit über die Dächer hallten.
Als klar wurde, daß sich Master Mohan ihrer Forderung, den Jungen aus dem Haus zu werfen, beharrlich widersetzte, begannen Dolly und Babloo, ihre Mutter im Kampf tatkräftig zu unterstützen. Sie beklagten sich, sie bekämen nicht mehr genug zu essen, seit ein weiteres Maul gestopft werden müsse. Abends stellten sie ihr Grammophon unmittelbar vor der Terrasse auf die oberste Treppenstufe, so daß das Kind das leise Brummen von Master Mohans *Tanpura*-Saiten, welche den Ton für Imrats Musiklektion angaben, nicht hören konnte. Sie ärgerten Imrat, indem sie ihm die Briefe seiner Schwester vorenthielten, sie zuweilen sogar zerrissen, ehe Master Mohan nach Hause kam und sie dem wartenden Kind vorlesen konnte.

Doch Master Mohan entdeckte eine Kraft in sich, die der Grausamkeit, welche die Seinen Imrat gegenüber walten ließen, in nichts nachstand. Er veranlaßte, daß die Briefe für das Kind bei dem *paanwallah* abgegeben wurden, und bei den seltenen Gelegenheiten, wenn er beim Betreten des Hauses feststellte, daß seine Familie ausgegangen war, um Freunde zu besuchen, ermunterte er Imrat sanft, sich nicht länger an die Wand zu kauern und wieder ein Kind zu werden. Dann kochte er ein besonderes Gericht, ließ den Knaben an den Vorbereitungen teilhaben und redete ihm zu, sich satt zu essen. Nach dem Mahl ging er mit dem Kind auf die Dachterrasse, und dort ließ er seine Finger über die Saiten der *tanpura* gleiten, bis er den Ton fand, der am besten zu der Stimmlage paßte, welche der Knabe auf Wunsch seines Lehrers anstimmte.

Wenn er die reinen Töne die Nacht durchdringen hörte, wußte Master Mohan, daß ihm etwas Kostbares anvertraut worden war, und er hatte das Gefühl, als sei sein eigenes Leben bis jetzt nur eine Läuterung gewesen, um ihn auf die Aufgabe vorzubereiten, diese Stimme für die Welt zu hüten.

Als er eines Tages von einer späten Musikstunde zurückkehrte, sah er, wie seine Tochter Imrat festhielt, während sein Sohn versuchte, dem Kind mit Gewalt Schweinefleisch in den Mund zu stopfen. Die blinden Augen des Kindes waren weit aufgerissen, Tränen strömten ihm über die Wangen. Zum erstenmal in seinem Leben schlug Master Mohan seine Kinder. »Er ist erst neun Jahre alt. Wie könnt ihr ein Kind quälen, das so viel jünger ist als ihr! Aus dem Haus mit euch, bis ihr anständiges Benehmen gelernt habt!«

Mit diesen Worten war in Master Mohans Haus der Krieg erklärt. Seine Frau warf Master Mohan vor, seine eigenen Kinder zu schlagen, weil er ihnen einen blinden Bettler vorziehe, und sie entlud dermaßen zornige Drohungen über dem Kind, daß Master Mohan fürchtete, Imrat würde fortlaufen.
Trotz Master Mohans beharrlicher Bitten wollte Mohammed-*sahib* Imrat nicht bei sich zu Hause aufnehmen. Als Master Mohan Mohammed-*sahibs* spitzfindige Ausreden hörte, wurde ihm klar, daß sein Freund der Unannehmlichkeit, es mit seiner eigenen Frau zu tun zu bekommen, aus dem Weg gehen wollte.
»Ich habe Sie gewarnt, Master«, sagte der *paanwallah* mit Genugtuung, als er von Mohammed-*sahib*s Antwort erfuhr. »Der Mann kann nichts als gute Ratschläge erteilen. Jetzt bleibt nur eines zu tun: Gehen Sie zum Üben frühmorgens in den Park. Dort werden Sie nur von Ziegen und Hirten gestört. Nur nicht aufgeben, Master. Es gibt schließlich eine ganze Welt zum Üben, fern von dem Tumult in Ihrem Haus.«
Fortan weckte der Musiklehrer seinen kleinen Schutzbefohlenen vor dem Morgengrauen, und sie stiegen in die erste Straßenbahn, um in den großen Park im Zentrum von Kalkutta zu gelangen. Master Mohan führte Imrat an der Hand zwischen den obdachlosen Männern und Frauen hindurch, die in Lumpen unter den großen Eichen schliefen, welche sich jedesmal rot färbten, wenn die Neonschilder aufflackerten, vorbei an den Ziegenhirten, die neben ihren Aluminiumkanistern standen und plauderten, bis es Zeit war, die im Gras weidenden Ziegen zu melken.

Wenn sie die weißen Balustraden erreichten, die das marmorne Victoria-Denkmal umschlossen, ließ der Musiklehrer seine Bambusmatte und seine *tanpura* auf der anderen Seite der Mauer herunter, bevor er Imrat sachte auf die Brüstung hob. Dann kletterte er hinüber und hob das Kind herunter. Die beiden verhielten sich so still im Dunkeln, daß der Wächter, der in seinem Wachhäuschen schlief, nicht gestört wurde.

Mit einem raschelnden Geräusch entrollte Master Mohan seine Bambusmatte, die noch nach grünen Feldern duftete, und setzte Imrat neben sich.

Dann spielte er auf seiner *tanpura* die ersten Töne des Morgen-*raga*, und Imrat wiederholte die Melodienfolge fehlerlos.

Master Mohan erläuterte die Bedeutung des *raga* und führte Imrat in das Mysterium der Wiedergeburt der Welt ein, wenn das Licht die Dunkelheit verscheucht und Wischnu aus seinem Schlummer erwacht, um das Universum neu zu erträumen.

Wieder sang Imrat die Melodienfolge, aber mit neuer Resonanz in der Stimme. Er konnte die Lattenzäune nicht sehen, die sich in der Ferne wie nebelhafte Streifen rings um die Rennbahn zogen, noch die Spitze des Obelisken, die sich durch den Rauch der verbotenen Feuer bohrte, welche die Straßenhändler am Fuße des Obelisken entfacht hatten. Auch den Wächter nicht, der aus seinem Wachhäuschen lugte und dessen halb erhobene Hand, mit der er die Händler aus dem Park hatte vertreiben wollen, in dieser Pose erstarrt war, als er die Stimme des Knaben hörte. Imrat sah nur die Macht des Morgen-*raga* und Traumvisionen von Licht. Ihnen kehrte er seine

Stimme zu und glaubte, das Sehen sei nur einen Halbton entfernt.
Master Mohan bat Imrat nun, ein frommes Lied zu singen. Gehorsam wandte der Knabe den Kopf der Wärme der ersten Sonnenstrahlen zu und sang:

»Die Hitze Deines Hierseins
Blendet meine Augen.
Wirft meine Haut auf,
Dörrt mein Fleisch.
Wende Dich nicht voll Verachtung von mir.
O Geliebter, siehst Du nicht,
Daß nur die Liebe mich entstellt?«

Master Mohan tätschelte ihm anerkennend die Hand. »Du hast gut gesungen. Wo hast du dieses Lied gelernt?«
Tränen verschleierten die blicklosen Augen. »Das ist ein Gedicht von Amir Rumi. Mein Vater hat gesagt, daß er und ich es eines Tages zusammen an Amir Rumis Grab singen würden.«
Der Musiklehrer nahm das Kind in seine Arme. »Du wirst es an Amir Rumis Grab singen, das verspreche ich dir. Und dein Vater wird deine Stimme im Himmel hören. Komm, sing es noch einmal, damit ich genau hinhören kann.«
Das Kind schneuzte sich, und abermals verblüffte es den Musiklehrer mit der Kraft seiner Stimme:

»Wende Dich nicht voll Verachtung von mir.
O Geliebter, siehst Du nicht,
Daß nur die Liebe mich entstellt?«

Während er lauschte, schlich sich plötzlich eine Vermutung in Master Mohans Gedanken. Gott schenkte ihm eine zweite Stimme, größer, als er je eine vernommen hatte, größer, als seine eigene je hätte sein können. In diesem Augenblick wußte der Musiklehrer ohne jeden Zweifel, daß eine solche Stimme ausschließlich dem Lobe Gottes dienen durfte, sonst würde das Schicksal ein zweites Mal Rache fordern, indem es sie von ihm nähme.

Entschlossen, dies niemals geschehen zu lassen, fragte Master Mohan den Knaben: »Hat dein Vater dich jemals die Gebete Kabirs gelehrt? Kennst du seinen Gesang?«

Er spielte einige Noten auf seiner *tanpura,* und Imrat stimmte mit voller Kehle in den Jubel des Mystikers ein:

»›Oh, der du mir dienst, wo suchest du mich?
Ich bin weder im Tempel noch in der Moschee,
weder in der Kaaba noch auf dem Kailash,
noch in Yoga oder Entsagung.‹
So singt Kabir, o Asket.
Gott ist der Atem allen Atems.«

Und nun geschah etwas ganz Erstaunliches. Jemand warf ein Geldstück über die Mauer, und es fiel vor Master Mohan ins Gras. Der Musiklehrer stand auf. Er sah, daß sich auf der anderen Seite der Balustrade, eben sichtbar im ersten Licht der Dämmerung, eine kleine Menschenmenge versammelt hatte.

Am nächsten Morgen warteten die Menschen bereits an der Mauer, und der Wächter winkte Master Mohan und Imrat wohlwollend durch das Tor. Im Park hatte sich die Kunde verbreitet, daß ein blinder Knabe mit der Stimme

eines Engels beim Victoria-Denkmal sang. Ziegenhirten, Straßenhändler, Flüchtlinge mit Kindern auf dem Arm warteten geduldig in der Dunkelheit, bis Imrat die Melodienfolgen des Morgen-*raga* geübt hatte. Erst dann gestattete ihm Master Mohan die frommen Lieder zu singen, die den Leuten die Ausdauer verliehen, die Demütigungen ihres Lebens einen weiteren Tag zu ertragen.
Morgen für Morgen hörten sie, wie der Musiklehrer Imrat in den Gesängen von Kabir und Mirabai, von Khusrau und Tulsidas, von Chisti und Chandidas unterwies, den wandernden Poeten und Mystikern, welche Indiens Seele sichtbar gemacht hatten. Manchmal baten sie den Knaben gar, ein Lied zu wiederholen, und Master Mohan sah, wie die Reinheit der Dichtung auf sie wirkte, welche Imrats Stimme mit solcher Unschuld wiedergab.
Um ihre Dankbarkeit zu erweisen, begannen sie, kleine Opfergaben auf der Balustrade abzulegen: Obst, Geldstücke, ein paar zerknitterte Rupienscheine. Und wenn der Morgenunterricht zu Ende ging, drängten sich die Straßenverkäufer um Master Mohan und Imrat und boten ihnen ein Glas dampfenden süßen Tee oder ein *samosa* direkt von einer glühendheißen Pfanne an.
Binnen einer Woche war Imrats Publikum gewaltig angewachsen. Wohlhabende Leute blieben auf ihrem Morgenspaziergang bei den Balustraden stehen, angezogen von der Schönheit von Imrats Gesang:

»Mancher sucht Gott in Mekka,
Mancher sucht Gott in Benares.
  Ein jeder findet seinen richtigen Weg
  und den Ort seiner Verehrung.

Mancher verehrt Ihn in Mekka,
Mancher in Benares.
Ich aber richte meine Verehrung auf die
Augenbraue meines Geliebten.«

Im Laufe der Wochen machten es sich immer mehr Menschen zur Gewohnheit, am Vormittag zu den Balustraden zu gehen, und bald schon kannte Master Mohan viele der Gesichter, die sich tagtäglich an der Mauer zeigten. Und jeden Tag lächelte er einer jungen Frau zu, die eine Zehnrupiennote zusammenfaltete und in eine Ritze in der Brüstung legte.

Wenn sie dann später, auf dem Heimweg, aus der Straßenbahn stiegen, rief ihnen der *paanwallah* seine Glückwünsche zu, um sie gegen die wütende Ehefrau zu wappnen, die im Hause des Musiklehrers wartete.

»Schön, schön, kleiner Master Imrat. Dein Ruhm verbreitet sich in ganz Kalkutta. Bald wirst du reich sein. Wieviel Geld hast du heute eingenommen?«

»Dreizehn Rupien.« Imrat zog den Musiklehrer in die Richtung, aus der er die Stimme des *paanwallah* vernahm. »Wieviel haben wir jetzt?«

»Es ist noch ein weiter Weg, Master Imrat. Aber hier ist wieder ein Brief von deiner Schwester.«

Der *paanwallah* verwahrte Imrats Geld, damit Master Mohans Frau es ihm nicht fortnahm. Imrats Traum war es, mit seinem Gesang genug zu verdienen, um wieder bei seiner Schwester leben zu können, und jedesmal, wenn sie geschrieben hatte, sang er mit neuer Kraft.

Vielleicht war es die Inbrunst in Imrats Stimme an dem Morgen, nachdem er wieder einen Brief von seiner

Schwester erhalten hatte, die das Wunder geschehen ließ.
Als Imrat sein Lied beendete, rief ein Herr in einem Blazer: »Kommen Sie, kommen Sie her, mein Guter! Ich hab nicht den ganzen Morgen Zeit. Können Sie Englisch lesen?«
Der Musiklehrer legte seine *tanpura* beiseite und trat an die Balustrade. Der Mann reichte ihm ein Papier, ohne ihn auch nur anzusehen, und wandte sich der Dame an seiner Seite zu: »Hat der Junge einen Namen? Ohne Namen kann er keinen Plattenvertrag unterschreiben.«
Bereit, die Würde des Kindes zu verteidigen, richtete sich Master Mohan zu seiner vollen Größe auf, obwohl der Herr im Blazer ihm den Rücken zukehrte. »Er ist blind und kann nicht lesen und schreiben«, erklärte er. »Aber er steht unter meinem Schutz. Ich kann für ihn unterschreiben.«
»Schön, schön. Kommen Sie heute nachmittag ins Studio, damit die Techniker einen vorbereitenden Test durchführen können und meine Schwester mich in Frieden läßt. Das ist doch dein Wunsch, nicht wahr, Neena?«
Seine Begleiterin hob das Gesicht, und da erkannte Master Mohan die Frau, die jeden Tag zehn Rupien auf die Mauer legte.
Sie lächelte, als sie sich von Master Mohan erkannt sah. »Wo haben Sie dieses begabte Kind entdeckt? Ist es Ihr Sohn?«
Schüchtern erzählte Master Mohan ihr Imrats Geschichte. Er ließ alles aus, was ihn selbst in ein gutes Licht rücken würde, und pries nur das Talent des Knaben. Das Interesse in ihren Augen war deutlich zu sehen, doch ihr

Bruder zupfte sie ungeduldig am Arm: »Faszinierend, faszinierend. Seien Sie also pünktlich um vier Uhr im Studio. Die Adresse steht auf dem Vertrag.«

Master Mohan las das Papier durch. »Hier steht nichts von Bezahlung.«

»Bezahlung?« Der Herr im Blazer sah ihn zum erstenmal an. »Er singt im Park für Kupfermünzen, und Sie wagen eine Bezahlung zu verlangen?«

»Wir sind keine Bettler.« Master Mohan war verblüfft über seine eigene Unerschrockenheit. »Ich bin Musiklehrer. Ich unterrichte den Knaben hier draußen, um meine Familie nicht zu stören.«

Die Frau legte ihre Hand auf den Arm des Mannes. »Sei nicht so grob, Ranjit. Biete ihm tausend Rupien. Du wirst sehen, die Ausgabe lohnt sich.«

Ihr Bruder lachte. »Du bist die hartnäckigste Schwester, die je ein Mann gehabt hat. Her mit dem Vertrag.«

Er zog einen Stift aus seinem Blazer, schrieb den Betrag hin und setzte seinen Namen darunter.

Master Mohan faltete das Papier zusammen und steckte es sorgfältig in seine Tasche. Als er aufblickte, sah er zwei Männer, die auf der anderen Seite der Mauer zuschauten. Ihre geölten Haare und fleckigen Zähne machten ihm angst. Sie riefen Erinnerungen an die Musikanten wach, die vor den großen Häusern warteten, wo er als Kind gesungen hatte, bis die Hausherren nach den Tänzerinnen schickten, die oft nicht einmal tanzten, bevor Musiker wie diese sie in die Schlafgemächer führten.

Auf dem Heimweg hob Imrat die blinden Augen zu seinem Lehrer und flüsterte: »Wieviel Geld sind tausend

Rupien? Genug, um irgendwo mit dir und meiner Schwester zu leben?«

Master Mohan umarmte das Kind. »Wenn die Platte ein Erfolg wird, kannst du mit deiner Schwester zusammensein. Jetzt versuche dich auszuruhen. Heute nachmittag darfst du nicht müde sein.«

Als sie aus der Straßenbahn stiegen, rief der *paanwallah:* »Gestern abend haben zwei Musiker nach Ihnen gefragt, Master. Sind sie heute gekommen, um Imrat zu hören?«

Imrat unterbrach den *paanwallah:* »Wir nehmen eine Schallplatte auf und kriegen einen Haufen Geld.«

»Eine Schallplatte, Master Imrat! Sieh nur zu, daß du gut singst. Dann kaufe ich mir ein Grammophon, um dich zu hören.«

Es verwunderte Master Mohan nicht, wie Imrat an diesem Nachmittag sang. Der Knabe konnte das Mikrophon nicht sehen, das an dem mit Fliegen bedeckten Kabel hing, oder die gelangweilten Gesichter, die ihn hinter der Glasscheibe beobachteten. Er sah nur sich selbst in der Umarmung seiner Schwester, und als der Aufnahmetechniker ihn zu singen aufforderte, hallte das Studio von seinem Jubel wider.

»Der Junge ist ein Plattengenie«, räumte der Techniker zögernd ein, als Imrat seinen Gesang beendet hatte. »Sein Timing ist so exakt, daß wir die Aufnahmen pressen können, wie sie sind.«

»Das wird Ranjit-*sahib* sehr freuen. Ich rufe ihn.«

Nach wenigen Minuten kam der Herr im Blazer, gefolgt von seinen Technikern, ins Büro geschritten. »Fein, junger Mann. Jetzt wird meine Schwester mich wohl eine Weile in Frieden lassen. Sie hat ununterbrochen von dir geredet, seit sie dich das erste Mal singen hörte.« Er strich Imrat über den Kopf. »Komm in zehn Tagen wieder. Wenn die Techniker recht haben und wir keine neue Aufnahme machen müssen, gebe ich dir tausend Rupien. Was will ein kleiner Kerl wie du mit so viel Geld?«

Aber ehe Imrat antworten konnte, war er schon fort.

Master Mohan wagte nicht, etwas zu erhoffen, bevor die Platte fertiggestellt war. Um zu verhindern, daß das Kind zu innig an eine baldige Vereinigung mit seiner Schwester glaubte, setzte der Musiklehrer Imrats Unterrichtung im Park fort, bemüht, nicht in Panik zu geraten, wenn er immer dieselben zwei Männer an der Balustrade sah, die ihm zulächelten und zu Imrats Phrasierungen anerkennend nickten.

Eines Tages folgten die Männer Master Mohan und Imrat zur Straßenbahn. Sie warteten, bis sie alleine waren, bevor sie dem Musiklehrer ihr Angebot unterbreiteten.

»Ein großer Sahib wünscht den Knaben singen zu hören.«

»Nein, nein. Wir haben keine Zeit.« Master Mohan schob Imrat vor sich her. »Der Junge nimmt seine erste Schallplatte auf. Er muß üben.«

»Sei kein Narr, Bruder. Der Sahib wird anständig bezahlen, um seine Stimme zu hören.«

»Fünftausend Rupien, Bruder. Überleg's dir.«

»Aber er kann das Kind jeden Morgen umsonst hören.«

Sie lachten, und als Master Mohan ihre betelgefleckten Zähne sah, überkam ihn die alte Angst. »Große Herren stellen sich nicht in eine Menschenmenge, die ihre Zer-

streuung im Freien sucht. Sie frönen ihren Vergnügungen in der Abgeschiedenheit von Palästen.«
»Der Junge muß zuerst seine Platte fertig haben.«
»Wir werden jeden Morgen hier auf Ihre Entscheidung warten, Master.«
»Sie werden uns nicht entkommen.«
Zu Master Mohans Verdruß warteten die Männer jeden Tag im Park. Sie lehnten an der Brüstung und warteten, bis die kleine Menge von Imrats Bewunderern sich zerstreut hatte, ehe sie den blinden Knaben bedrängten: »Bitte, kleiner Master Imrat, hab Mitleid mit einem Mann, der die Musik verehrt.«
»Seine Verpflichtungen haben den Sahib daran gehindert, seinem Ruf als Sänger zu folgen.«
»Er hätte ein großer Sänger werden können, einer wie du, Master Imrat, wäre er nicht gezwungen gewesen, sich den Familiengeschäften zu widmen.«
Master Mohan sah die feixenden Mienen der Männer, als sie versuchten, sich bei Imrat einzuschmeicheln.
»Dich singen zu hören, wird die Qual seines Herzens lindern, da ihm verweigert ward, was er in seinem Leben am meisten liebte.«
»Wenn du singst, wird er dir Blätter von Tansens Tamarindenbaum schenken, um deine Stimme unsterblich wie die Tansens zu machen.«
Master Mohan wußte, diese Männer waren einst, wie jetzt Imrat, in Musik unterrichtet worden, bis die Armut sie so weit sinken ließ, den Lastern und Launen wohlhabender Männer zu Diensten zu sein. Er verachtete sie und war froh, daß die Schallplatte Imrat vor einem solchen Leben bewahren würde.

Jetzt wandten sie sich Master Mohan zu.
»Wir haben dem großen Sahib erzählt, daß dieser Knabe eine Stimme hat, wie sie nur einmal in fünfhundert Jahren zu hören ist.«
»Der Sahib ist ein einflußreicher Mann, Bruder. Vielleicht kann er bewirken, daß der Knabe zu den Musikfestspielen von Kalkutta eingeladen wird.«
Dem Musiklehrer drehte sich alles im Kopf, wenn er sich auch nur vorstellte, daß sein blinder Schützling, der noch vor acht Monaten nichts weiter gewesen war als ein Bettelknabe, eingeladen werden könnte, in Gesellschaft von Indiens Meistern zu singen! Die großen Gesangslehrer waren bei den Festspielen stets zugegen. Einer würde sich womöglich erbieten, Imrats reine Stimme auszubilden und zu einer Vollkommenheit zu bringen, wie sie nicht zu hören gewesen war, seit Tansen vor dem Großmogul gesungen hatte. Fast hätte er zugestimmt, doch er beherrschte sich und sagte: »Sie müssen warten, bis der Junge seine Platte fertig hat.«
Glücklicherweise mußte er nicht lange über die Versuchung nachdenken, in welche die zwei Männer ihn führten.
An dem Tag, als er wieder mit Imrat in das Plattenstudio kam, war auch die junge Frau im Büro zugegen. Sie saß dem Schreibtisch ihres Bruders gegenüber in einem Lehnstuhl.
»Ich habe die Platte dem Direktor des Rundfunksenders vorgespielt. Er meint, Master Imrat sei sehr vielversprechend und müsse von den besten verfügbaren Lehrern unterrichtet werden. Ein Talent wie das seine sollte nicht im Park dem Staub und den Bazillen ausgesetzt

werden. Über einer unserer Garagen stehen Räume leer. Dort muß er wohnen.« Die Frau legte ihren Arm um den Knaben. »Möchtest du gerne bei mir wohnen? Deine Schwester könnte in meinem Haus arbeiten, und dein Lehrer würde dich jeden Tag besuchen kommen.«
Der Junge nickte glücklich, und sie übergab Master Mohan zwei Exemplare der Schallplatte und einen Umschlag mit Geld. »Dann ist es abgemacht. Sobald seine Schwester in Kalkutta eintrifft, werden die zwei in mein Haus ziehen.«
Master Mohan nahm die Schallplatten, aber den Umschlag mit dem Geld ließ er für Imrats Schwester bei der Frau zurück.
»Bekommen wir nichts dafür, daß wir diesen Wechselbalg, den du ins Haus gebracht hast, ernährt und gekleidet haben?« zeterte Master Mohans Frau, als sie hörte, daß ihr Mann das Geld des Knaben bei der Inhaberin des Studios gelassen hatte. »Haben wir ihn nicht ein ganzes Jahr ernährt und unser eigenes Leben eingeschränkt, damit er reich werden konnte? Sollen deine eigenen Kinder nichts davon haben außer Schlägen und Beschimpfungen?«
Ihr Zorn steigerte sich noch, als Imrats Platte herauskam und sogleich ein großer Erfolg wurde.
In den folgenden Wochen wurde die Platte von begeisterten Programmgestaltern immer wieder im Radio gespielt. Während Imrat auf Nachricht von seiner Schwester wartete, wann sie in Kalkutta eintreffen würde, wurde Master Mohan von der Plattenfirma verständigt, daß Imrats Platte in den Geschäften so schnell ausverkauft war, daß man mit dem Pressen neuer Exemplare kaum nachkam.

Die Wut seiner Frau wurde nun von Neid genährt. Imrats Platte war überall in den Basaren zu hören. Selbst der *paanwallah* hatte ein Grammophon in seine Bude gebracht und hinter den Stapeln nasser Betelblätter neben sich aufgestellt. Jedesmal, wenn ein Kunde ein *paan* kaufte, kurbelte er den Apparat an und legte die Platte mit den Worten auf den Teller:

»Ich habe dem Musiklehrer geraten, das Kind zu adoptieren. Obwohl der Junge nur ein blinder Bettler war, vermochte ich die Reinheit seiner Stimme auf Anhieb zu erkennen.«

Eine Woche bevor Imrats Schwester in Kalkutta eintreffen sollte, erfuhr die Frau des Musiklehrers von Mohammed-*sahib,* daß ihr Mann es abgelehnt hatte, Imrat im Hause eines großen Herrn vorsingen zu lassen.

»Und er hat fünftausend Rupien geboten, um den blinden Knaben zu hören«, sagte Mohammed-*sahib* voller Ehrfurcht.

»Fünftausend Rupien!« kreischte Master Mohans Frau in ungläubigem Zorn. »Er hat fünftausend Rupien ausgeschlagen, während seine eigenen Kinder nicht genug zu essen und nichts anzuziehen haben! Wo kann ich die Herren finden?«

Als der Musiklehrer Imrat an diesem Abend ins Haus führte, sah er zu seinem Schrecken, daß seine Frau die zwei Männer zu Gast hatte, die so oft in den Park gekommen waren.

Sie schwenkte ein Bündel Banknoten vor Master Mohans Nase. »Ich habe zugesagt, daß das Balg heute abend dem Sahib vorsingt. Schau, sie haben schon bezahlt. Fünftausend Rupien sind eine kleine Entschädigung für das, was ich im letzten Jahr für diesen blinden Bettler aufgewendet habe.«

Der Musiklehrer versuchte, Einwände zu erheben, doch Imrat widersprach seinen Ausflüchten. »Ich bin nicht müde, Master-*sahib*.«

»Hinten und vorne von uns allen bedient, du verwöhntes Balg! Wovon solltest du müde sein?« Master Mohans Frau packte den Jungen am Arm. »Ich komme mit, um sicherzugehen, daß du anständig singst. Schließlich sollst du für die vielen Mahlzeiten bezahlen, die du an unserem Tisch gegessen hast.«

Die zwei Männer lächelten dem Musiklehrer triumphierend zu und verbeugten sich vor seiner Frau. »Unsere Rikschas warten an der Straßenecke.«

Während sie zum Hause des großen Sahib fuhren, spürte Master Mohan, wie Tränen über seine Wangen liefen. In einer Woche würde Imrat fort sein und ihn allein bei seiner verhaßten Familie zurücklassen. Er drückte Imrat an seine Brust; seine Seufzer verloren sich in dem kratzenden Keuchen ihres Rikscha-Mannes, der sich zwischen den hölzernen Tragestangen der Rikscha plagte.

Vor dem hohen Eisentor einer Villa hielten die Rikschas an. Ein Wächter öffnete das Tor. Master Mohans Frau packte Imrat am Arm und zog ihn unsanft hinter sich her, indes Diener sie durch eine Anzahl trübe beleuchteter Gemächer in einen dunklen, unmöblierten Raum führten. Hölzerne Läden verschlossen die Fenstertüren auf beiden Seiten des Raumes, der Verputz blätterte in großen Stücken von den Wänden. Den Fußboden bedeckte ein Perserteppich, der sich von der Türe bis zu einem Podium erstreckte. Über diesem hingen zwei unbenutzte

Kronleuchter von der Decke, in Musselin gehüllt wie Leichname.

Auf dem Podium saß ein Mann, der im Flackerschein der Kerzen, die beiderseits von ihm brannten, riesengroß wirkte. Die Musiker verneigten sich vor ihm. Der Sahib beachtete sie nicht. Immer noch lächelnd, stiegen die Musiker auf das Podium, wo ein Harmonium und Trommeln für das Konzert bereitstanden.

»Komm her, kleiner Master«, sagte der große Sahib. »Man erzählt mir, du hast eine Stimme, wie Indien sie seit Hunderten von Jahren nicht vernommen hat.«

Master Mohans Frau ließ den Knaben los, und der Musiklehrer führte ihn zu dem Podium, froh, daß Imrat diesen leeren Raum mit den geschlossenen Holzläden und den flackernden Schatten auf den abblätternden Wänden nicht sehen konnte.

Als er ihm die Stufen hinaufhalf, flüsterte Master Mohan Imrat ins Ohr: »Singe nur die zwei Lieder von deiner Platte, Kind. Danach können wir nach Hause gehen.«

Imrat flüsterte zurück: »Bald bin ich wieder bei meiner Schwester. Heute abend muß ich Allah für seine Güte danken.«

Er stieg auf das Podium und setzte sich vor die zwei Musiker. Einige Minuten lang hallten die Klänge des Harmoniums durch die schweren Schatten des Raumes. Dann durchdrang Imrats reine Stimme die Dunkelheit:

»Ich biete meinen Kopf Deinem gezogenen
Schwert.
Oh, das Wunder Deiner Güte!
Oh, das Wunder meiner Unterwerfung!«

Es dünkte Master Mohan, daß die Kerzen in den verhüllten Kronleuchtern aufflackerten, als hätte Imrats unschuldige Andacht sie entzündet.

»Enthülle nicht die Wahrheit einer Welt,
  wo Gott gelästert wird.
  O wundersamer Quell des Mysteriums!
  O Kenner der Geheimnisse!«
Im Zucken des Todes sehe ich Dein Antlitz.
  Oh, das Wunder Deines Schutzes!
  Oh, das Wunder meiner Unterwerfung!«

Imrats blinde Augen schienen auf die Ewigkeit gerichtet, als er sang, und Master Mohan fühlte sich in eine andere Dimension gehoben, in die mystischen Verzückungen der Sufis, die manchmal von solcher Musik zum Tanzen bewegt wurden. Zum erstenmal verstand er, warum die Sufis glaubten, daß, sobald einer außer sich vor Ekstase zu tanzen begonnen hatte, die Sänger fortfahren mußten, bis der Mann zu tanzen aufhörte, weil sonst der plötzliche Abbruch seiner Trance den Tänzer töten würde.

»Die Hitze Deines Hierseins
  Blendet meine Augen,
  Wirft meine Haut auf,
  Dörrt mein Fleisch.

Der große Sahib erhob sich, als die Musik aus dieser jungen Kehle strömte, die eine allzu große Kenntnis der Welt in sich trug, und Master Mohan fragte sich, ob er zu tanzen anheben würde.

»Die Hitze Deines Hierseins
Blendet meine Augen,
Wirft meine Haut auf,
Dörrt mein Fleisch.
Wende Dich nicht voll Verachtung von mir.
O Geliebter, siehst Du nicht,
Daß nur die Liebe mich entstellt?«

Im flackernden Kerzenschein glaubte Master Mohan etwas aufblitzen zu sehen. Die Musiker lächelten schmeichlerisch und sahen erwartungsvoll zu, wie der große Sahib den Kopf des Knaben mit einer geldgefüllter Hand umkreiste, um es dann ihnen zuzuwerfen. Den Knaben selbst konnte Master Mohan nicht sehen, da er vom Schatten des vor ihm stehenden Mannes verdeckt wurde. Indes sang Imrat abermals:

»Ich biete meinen Kopf Deinem
gezogenen Schwert.
Oh, das Wunder Deiner Güte!
Oh, das Wunder meiner Unterwerfung!
Enthülle nicht die Wahrheit einer Welt,
wo Gott gelästert wird.
O wundersamer Quell des Mysteriums!
O Kenner der Geheimnisse!«

Der große Sahib drehte sich um. »Eine Stimme wie diese ist nicht menschlich. Was wird aus der Musik, wenn dies der Maßstab ist, nach dem Gott uns bewertet?« Imrat hörte ihn nicht, berauscht von der Macht, die seiner eigenen Kehle entströmte.

»Im Zucken des Todes sehe ich Dein Antlitz.
Oh, das Wunder Deines Schutzes!
Oh, das Wunder meiner Unterwerfung!«

Master Mohan hörte seine Frau fluchen. Er wußte nicht, daß seine Schreie ein Widerhall der Schreie des blinden Jungen waren, der schrie und schrie und schrie.

5. Kapitel

»Was ist geschehen? Warum hat der Musiklehrer geschrien?«
»Würdest du nicht schreien, wenn du sähest, daß ein Mann einem Jungen die Kehle aufschlitzt?«
»Der große Sahib hat den Knaben getötet?« fragte ich in ungläubigem Entsetzen. »Warum? Was bewog ihn zu einer solchen Tat?«
»Warum stiehlt wohl jemand einen Kultgegenstand, damit sich niemand außer ihm daran erfreuen kann?«
»Aber hat die Polizei den großen Sahib denn nicht festgenommen?«
»Natürlich nicht. Er war ein reicher Mann.« Tariq Mia schob den Schachtisch beiseite und erhob sich steif. »Der Mord wurde den zwei Musikern zur Last gelegt.«
»Was ist aus Master Mohan geworden?«
Tariq Mia bückte sich und nahm die Schallplatte vom Grammophonteller. »Oh, er hat mehrere Monate hier bei mir gewohnt. Am Ende habe ich ihn überzeugt, daß er keine Schuld am Tod des Knaben trug. Darauf ging er fort. Und jetzt, kleiner Bruder, muß ich zu meinen Schülern.«

Ich stand auf, indes Tariq Mia die Schallplatte in die alte braune Hülle schob. »Wohin ist er gegangen? Zurück nach Kalkutta? Zu Frau und Kindern?«
Tariq Mia hielt mir die Platte hin. »Möchtest du sie mit nach Hause nehmen und dir den Gesang des Knaben noch einmal anhören?«
Ich war über seinen Vorschlag entsetzt. Er lachte über meine Reaktion. »Du darfst dich nicht so vor der Liebe fürchten, kleiner Bruder.«
Noch kichernd über meine Niedergeschlagenheit, nahm er meinen Arm und führte mich von der Veranda über die Marmorplattform zur Brücke.
»Was ist aus dem Musiklehrer geworden, Tariq Mia?« fragte ich beharrlich.
»Er beschloß, zu seiner Familie zurückzukehren. Aber er kam nie in Kalkutta an. Bei einem Zwischenhalt stieg er aus und warf sich vor den Zug.«
»Warum?«
Tariq Mia streckte sich, um mich auf die Wange zu küssen, dann schob er mich sachte auf die Brücke. »Vielleicht konnte er nicht leben, ohne jemanden zu lieben, wie er das blinde Kind geliebt hatte. Ich weiß die Antwort nicht, kleiner Bruder. Es ist nur eine Geschichte vom menschlichen Herzen.«

Als ich die Brücke überquerte, drehte ich mich nicht um und winkte nicht zum Abschied. Der Vorwurf des alten Mullahs, daß ich die Welt nicht verstünde, hatte mich verstimmt. Und doch, sagte ich mir, hatte auch Tariq Mia mit seinem großen Wissen von der Welt den armen Musiklehrer nicht daran hindern können, sich das Leben zu nehmen.

Lautes Lachen durchdrang die Morgenstille, als ich durch den Dschungel zum Gästehaus zurückging. Das waren gewiß die Dorffrauen von Vano, die am Rande des morastigen Pfades Feuerholz sammelten.
Durch das Unterholz konnte ich ihre schlanken braunen Arme erkennen, welche die trockenen Zweige auflasen, die in den Morast gefallen waren. Beim Näherkommen sah ich, daß ihnen die Saris von den Schultern geglitten waren, so daß sich ihre bloßen Taillen und vollen Brüste meinem Blick darboten, während sie die Holzbündel auf die kleinen Esel luden, die unter den Bäumen grasten.
Die stämmigen Leiber der Dorffrauen, ihre katzenhaften Gesichter mit den auf die Wangenknochen aufgemalten dreieckigen Schmuckzeichen waren nach Tariq Mias düsterer Erzählung ein derart erleichternder und wohltuender Anblick, daß ich ihre Grüße mit ungewohnter Wärme erwiderte.
Sie stießen sich überrascht an. »Der Sahib findet dein Gesicht heute hübsch, Rano.«
»Das muß am Frühling liegen. Im Frühling erheben sich selbst alte Tiger von ihrem Lager.«
»Das ist wahr. Siehst du nicht, daß der Gang des Sahib heute morgen etwas von einem Raubtier hat?«
Ihr aufreizendes Gelächter folgte mir den sanft abfallenden Pfad hinab. »Gebt acht und geht nicht alleine, Schwestern!« riefen sie. »Die Mangobäume stehen in Blüte.« – »Gewiß schärft Kama seine Blütenpfeile und bespannt seinen Bogen mit Bienen, Schwestern. Gebt acht, daß der Sahib uns nicht verführt.«
Ich mußte unwillkürlich lächeln, als sie Kama erwähnten, den Liebesgott mit dem Bogen aus Zuckerrohr, der

Sehne aus Honigbienen und den fünf mit Blüten besetzten Pfeilen des Begehrens. Es lag wahrlich eine sehnsüchtige Stimmung über dem Dschungel. Kleine Blüten saßen wie Schaumkronen auf den Blättern der Mangobäume, und der Wind trug mir den Duft von Limonenblüten und Sandelholz in die Nase.

Der Ruf des Koëls, der auf so eigenartige Weise an den Schrei einer Frau im Augenblick sexueller Erfüllung gemahnt, schwebte in der Luft, und mir war, als trenne mich nur ein Augenblick von einer Begegnung mit den Göttern. Vielleicht spannte Kama bereits seinen als »Erreger des Wahnsinns« bekannten Zuckerrohrbogen und schoß einen seiner fünf Pfeile auf einen unseligen Wanderer ab, in ihm das Verlangen nach einer arglosen Frau weckend, die er für die Göttin der ungewollten Verlockung hält. Und um seines Sieges sicher zu sein, würde Kama vielleicht seine Freunde herbeirufen – den Frühling mit seinen unverschämten Händen und seinem schönen Leib, nur mit Lotusknospen angetan, oder den malaiischen Wind, der die würzigen Düfte des Südens mit sich bringt, oder den gefährlichsten von allen, den Gott der Sinnlichkeit.

Dankbar dafür, daß sie mich aus meiner düsteren Stimmung befreit hatten, drehte ich mich noch einmal nach den Frauen um, um ihnen zu winken, doch sie waren verschwunden. Vor mir den raschelnden grünen Baldachin des Dschungels, stieg ich hügelan.

Chagla beugte sich aus dem Fenster seines Büros, als ich die Holzpforte hinter dem Gästehaus öffnete. »Herr! Herr! Auf eine Minute, Herr!«

Er eilte in den Garten. Sein leicht wiegender Gang unterstrich noch die liebenswerte Rundlichkeit seiner Erschei-

nung. Obwohl Chagla jeden Tag von der Stadt Rudra zum Gästehaus und zurück gut zwei Stunden mit dem Rad fährt, scheinen seine Anstrengungen weder seine Leibesfülle zu beeinträchtigen noch die wohltuende Unschuld und Offenheit seines Charakters, der sich an der kleinsten Unterbrechung im täglichen Einerlei zu ergötzen vermag.
»Die Zuckerrohrmänner waren da, als Sie Ihren Spaziergang machten, Herr.«
»Verzeihen Sie, Chagla. Ich wurde an der Moschee aufgehalten.«
»Nicht der Rede wert, Herr. Ich habe drei Bündel gekauft. Sie sind schon an der Küchenwand gestapelt. Wir werden eine Menge Saft für die Gäste haben.«
Mit der Nachsicht eines Vaters, der einem Kind ein Spielzeug gibt, reichte er mir einen Brief, und während ich las, spürte ich, wie sein erwartungsvoller Blick auf meinem Gesicht ruhte.
Der Brief war von einem alten Kollegen. »Mein Neffe, Nitin Bose, wird zu einen mehrwöchigen Aufenthalt in Dein Gästehaus kommen. Er interessiert sich für Stammesgebräuche. Er ist ein sehr gescheiter junger Mann und wurde kürzlich zum Direktor einer großen Teegesellschaft ernannt. Bitte behalte ihn im Auge. Ich verlasse mich auf Dein Verständnis und Deine Diskretion.«
»Nun, Herr? Welche Wohnung soll ich herrichten?« Chaglas Lächeln straffte die glänzende Haut seines runden Gesichtes.
»In dem Brief steht nicht, wann der Gast ankommt.«
»Wir müssen uns auf alle Möglichkeiten vorbereiten, Herr. Soll ich zusätzliche Betten aufstellen?«
»Wir erwarten nur einen jungen Mann. Von einer Frau

oder Kindern ist nicht die Rede.« Die helle Vorfreude wich aus den braunen Augen, und ich fügte eilends hinzu: »Aber holen Sie mir ein Glas Zuckerrohrsaft, während ich die Post lese. Wenn er süß genug ist, kaufen wir noch mehr, um Rohrzucker zu machen.«

Voller Freude über die Gelegenheit, gefällig zu sein, begab sich Chagla mit seinem wiegenden Gang in die Küche.

In meinem Haus war bereits gekehrt und Staub gewischt worden. Die grün gestrichenen Holzläden standen offen, und die Papiere auf meinem Tisch raschelten im Luftzug. Ich setzte mich hin, um zu arbeiten, doch ich konnte mich nicht auf die Rechnungen konzentrieren, die Chagla mir zur Abzeichnung hingelegt hatte.

Die Neckerei der Frauen hatte mich unruhig gemacht. Hinter mir hörte ich das Tosen des Wasserfalls. Ich schob die Papiere beiseite und spazierte ans Ende meines kleinen Rasens, um auf die Narmada hinunterzuschauen.

Am Mittag ist die Sonne so stark, daß der Fluß in ihrem gleißenden Licht wie gehämmertes Metall aussieht, doch um diese frühe Stunde fängt das Morgenlicht noch jede Nuance der Bewegung des Wassers ein. Unter mir warf der Wind die sich kräuselnden Wellen auf, so daß sie im Licht aufblitzten, bevor sie in den Schatten direkt unter mir verschwanden. Ich sah das Wasser aufblitzen und verschwinden, aufblitzen und verschwinden, wie die Fußkettchen, die sich, einmal glänzend, einmal matt, um die Fesseln einer Frau schmiegen, und ich dachte an den Asketen, der in den Rinnsalen seiner Bußfertigkeit die Gestalt einer tanzenden Frau entdeckt.

Ein Schwarm Sittiche, Boten von Kama, dem Gott der

Liebe, ließ sich wie eine grüne Wolke auf dem Mangobaum nieder, der meinem Kopf Schatten spendete. Ich lächelte, als ich daran dachte, wie der Asket über Kamas Macht gehöhnt hatte, obwohl die Götter den Asketen ermahnt hatten, er müsse Begehren spüren, denn ohne Begehren würde das Spiel der Welten ein Ende haben.
Doch der Asket hatte auch noch gehöhnt, als ihn die blumenbewehrten Pfeile durchbohrten, die Kama von seinem Zuckerrohrbogen schnellen ließ – der Bezauberer, der Entflammende, der Versengende, der Höhepunkt des Begehrens, der Träger des Todes.
Dann war Maja erschienen, die Illusion der Welten – die einzige Frau, die imstande ist, die Begierde des Zerstörers der Welten zu erregen. Erzürnt, weil man ihn in seiner Meditation gestört hatte, öffnete er sein drittes Auge, den Lotus des Befehls, so daß die Blitzpfeile Kama zu Asche verbrannten, indes der Asket selbst von Begehren verzehrt wurde.
Auf einmal wurde mir bei der Aussicht auf unseren neuen Gast angst und bange. Mein Kollege hatte geschrieben, sein Neffe interessierte sich für Stammesgebräuche. Aber was mochte der junge Mann vom Glauben der Stämme tatsächlich wissen?
Wußte er, daß die Göttin, die selbst den großen Asketen in den Feuern des Verlangens verbrannt hatte, die Göttin, deren Macht von den alten Weisen mit furchterregenden Namen bedacht worden war – die Schreckliche, die Unversöhnliche Mutter, die Finstere, die Zerstörerin der Zeit, der Immerwährende Traum –, wußte er, daß diese Göttin seit Jahrtausenden von den Bewohnern dieses Dschungels verehrt wurde?

Jetzt erschienen die Neckereien der Frauen von Vano bedrohlicher als Tariq Mias Erzählung von Mord und Selbstmord. Genügte ein kluger Verstand, um den jungen Mann vor den dunklen Mächten des Dschungels zu schützen, vor der Verehrung jenes Begehrens durch diese Stämme, das selbst von ihren Eroberern als unbesiegbar erkannt und in Indiens ältester Schrift, dem Rigweda, als erstgeborene Saat des Geistes beschrieben worden war?

»Herr, kosten Sie.« Chagla stand mit einem Glas Zuckerrohrsaft neben mir. »Er wird Ihre Erwartungen gewiß erfüllen.«

Sein beflissenes Gesicht, das mich aufmunternd anlächelte, rief mich ins Heute zurück.

6. Kapitel

Ein ganzer Monat verging, bis ich wieder von meinem Kollegen hörte. Unterdessen hatten sich die Blütenbüschel der Mangobäume in feste Früchte verwandelt, und mein kurzer Augenblick des Bangens war längst vergessen.
Die Mangosorten, die zum rohen Verzehr nicht süß genug waren, waren in Scheiben geschnitten und in Zitronensaft mariniert. In großen Einmachgläsern standen sie auf dem Sims vor der Vorratskammer. Chagla hatte die Lieferung von Zuckerrohrbündeln veranlaßt, und ich hatte den kochenden Saft mit eigener Hand gerührt. Jetzt lagerten die harten Stangen aus braunem Rohrzucker in der dunklen, mit einem Netz geschützten Speisekammer – genug für uns, um die Monsunzeit zu überstehen.
Chagla lachte, als ich ihm das Telegramm reichte, worin mein alter Kollege mir mitteilte, daß Nitin Bose am nächsten Tag mit der Eisenbahn eintreffen werde.
»Wir haben keinen Saft für ihn, Herr. Aber keine Sorge. Die Köchin wird Bose nach seiner staubigen Reise schon zu erfrischen wissen.«

»Richten Sie die Nordwohnung her, Chagla. Unser Gast interessiert sich anscheinend für die Stämme. Von seinem Balkon aus kann er das Dorf Vano sehen. Und wenn Sie nach Rudra kommen, sehen Sie zu, daß er an der Bahn abgeholt wird.«
Das Geräusch eines Motorrades, das auf dem Weg hinter dem Gästehaus heranbrauste, unterbrach meine Anweisungen, und Chagla folgte mir durch den Garten.
»Aber das ist ja mein langjähriger Schulfreund Shashi«, sagte Chagla verwundert, als ein Wachtmeister der Polizei von Rudra sein Motorrad am Tor abstellte. »Was wird er wollen?«
»Sie werden auf der Stelle mit mir kommen, Sahib!« rief der Polizist, als ich auf ihn zutrat. »Einer Ihrer Gäste macht Schwierigkeiten.«
»Aber Shashi, wir haben gar keine Gäste!« rief Chagla.
»Was soll ich machen, Chagla? Eure Anschrift war in seiner Tasche. ›Wohnhaft im Gästehaus Narmada‹.«
»Shashi, was du sagst, ergibt für meinen Sahib keinen Sinn. Wer ist dieser Mann? Und wo ist er?«
»Im Polizeirevier in Rudra, in einer Zelle.«
»Ein Gefangener?« fragte ich.
»Das ist eben das Problem, Sahib. Wir glauben, daß er sich umbringen wollte. Wir fanden ihn am Rande einer Klippe stehend, von wo er in die Narmada hinabstarrte.«
»Oh, wie schrecklich!« Chagla schüttelte entsetzt seinen runden Kopf. »Wollte er hineinspringen?«
»Wir haben ihn rechtzeitig erwischt. Aber wir sind uns über seine eigentlichen Absichten nicht im klaren. Als wir ihn fragten, was er da mache, sagte er nur: ›Bringe

mir mein Öl und meinen Kajal. Schwester, bringe meinen Spiegel und das Zinnoberrot.‹«

Chagla sah ihn sprachlos an. Der Polizist blickte verlegen beiseite, und einen Moment standen wir alle stumm da. Dann faßte sich Chagla so weit, daß er fragen konnte: »Und sein Vorname, Shashi? Wie heißt der arme Kerl mit Vornamen?«

Der Polizist wandte sich mir zu und breitete in einer hilflosen Geste die Hände aus. »Das ist ein weiteres Problem, Sahib. Er nennt nur einen Frauennamen, aber er ist eindeutig ein Mann.«

Ich konnte meine Neugierde nicht zügeln. »Welchen Namen nennt er?«

»Rima, Sahib. Wir haben ihn in Gewahrsam genommen, aber nicht angeklagt. Wie können wir einen Mann unter dem Namen Rima Bose anklagen?«

Das Telegramm hatte uns die baldige Ankunft von Nitin Bose angekündigt. Ich erinnerte mich, daß mein alter Freund seinen Brief damit beschlossen hatte, er verlasse sich auf meine Diskretion. Nun fragte ich mich, ob der Gefangene des Wachtmeisters der Neffe meines Kollegen sei und warum mein Kollege mich nicht gewarnt hatte, daß sein Neffe verrückt war.

»Hat man Ihren Gefangenen von einem Arzt untersuchen lassen?«

Der Polizist war beleidigt. »Selbstverständlich, Sahib. Als allererstes. Der Doktor hat mich geschickt, Sie zu holen. Er sagt, er kann nichts tun.«

»Aber was fehlt dem Mann?«

Der Polizist senkte die Stimme, und Chagla beugte sei-

nen fülligen Leib nach vorne, um besser zu hören. »Der Gefangene sagte dem Arzt, er sei besessen.«
Nach diesen Worten stieg der Wachtmeister auf sein Motorrad und bedeutete mir, ich möge hinter ihn auf den Soziussitz klettern. »Beeilen Sie sich bitte, Sahib! Mein Sergeant wartet bestimmt schon ungeduldig auf Sie.«
Chagla schloß die Kette an seinem Fahrrad auf. »Nur keine Angst, Herr. Shashi ist ein erstklassiger Fahrer, bei ihm sind Sie in Sicherheit. Und ich fahre hinterher. Gemeinsam werden wir dieses Rätsel schon lösen.«
Der Wind peitschte mir ins Gesicht, so daß mir die Tränen kamen, während wir durch den Dschungel nach Rudra rasten. Als das Motorrad auf die Teerstraße holperte, tränten meine Augen so arg, daß die kleinen, bunt bemalten Häuser nur verwischte limonengrüne und blaue Schemen waren, verbunden durch Bougainvillea-Sträucher und schwarze Krähen, die reihenweise auf Elektrodrähten saßen.
Der Wachtmeister verringerte das Tempo, als wir uns einem rechteckigen Gebäude mit Eisengittern vor den Fenstern näherten. Ich erkannte die dürre Gestalt von Doktor Mitra, der am Eingang des Polizeireviers stand und mit einem Polizisten sprach.
»Mein Lieber, so eine Bescherung!« Doktor Mitra half mir vom Motorrad und geleitete mich die Betonstufen hinauf. »Ich bin gerade mit dem Gepäck des armen Kerls vom Bahnhof gekommen. Es war an Ihr Gästehaus adressiert. Haben Sie jemanden namens Nitin Bose erwartet?«
Als er meinen Gesichtsausdruck sah, legte er seinen mageren Arm um meine Schulter. »Keine Sorge. Es wird

sich bald aufklären. Und der junge Mann ist keinesfalls gefährlich. Kommen Sie, sehen Sie selbst.«
Wir passierten das Pult des diensthabenden Polizisten und traten in einen Flur, der zu einer Einzelzelle im hinteren Teil des Gebäudes führte. Der Polizeisergeant saß auf einer Eisenpritsche und sprach zu einem jungen Mann, der schweigend in der Zelle auf und ab ging.
Die Würde des jungen Mannes setzte mich in Erstaunen. Seine Haltung hatte etwas Gebieterisches, und sein gut geschnittener Baumwollanzug schmeichelte seinem Körper, obwohl der Stoff zerknittert war. Während er hin und her ging, erkannte ich unter den Bartstoppeln, die seine dunkle Haut bedeckten, ein aristokratisches Gesicht mit strengen Zügen.
Der Polizeisergeant stand auf. Er wirkte erschöpft. »Der Gefangene will nicht mit mir sprechen, Sahib. Ich kann ihn nicht einmal bewegen, zu bestätigen, daß sein Name Nitin Bose ist.«
Doktor Mitra schob mich sachte in die Zelle. »Versuchen Sie, ihn zum Sprechen zu bringen. Vielleicht haben Sie mehr Glück als wir. Sagen Sie, daß Sie ihn erwartet haben.«
Der Sergeant folgte Doktor Mitra in den Flur, und ich blieb mit dem jungen Mann allein.
»Ihr Onkel und ich waren zur gleichen Zeit Ministerialdirektoren«, begann ich unbeholfen. »Im Landwirtschaftsministerium. Er hat mir ein Telegramm geschickt, daß ich Sie morgen erwarten soll. Aber Sie sind schon da.« Von Nitin Boses Schweigen entmutigt, lachte ich nervös. »Zwei Jahre lang hatten wir unsere Büros

direkt nebeneinander. Vielleicht hat er Sie deswegen zu mir geschickt.«

Der junge Mann packte mich plötzlich an den Schultern, doch der Druck seiner Finger flößte mir keine Angst ein, als ich die große Furcht in seinen Augen sah.

»Sie müssen mir helfen«, flüsterte er. »Lesen Sie mein Tagebuch. Sie werden verstehen, warum ich den Schrein finden muß.«

Seine Stimme brach, und er ließ sich auf die Eisenpritsche sinken.

»Welchen Schrein?« fragte ich. Seine Verzweiflung rührte mich.

Er kämpfte um Selbstbeherrschung. Als er wieder sprechen konnte, erwiderte er: »Es soll hier im Dschungel den Schrein einer Göttin geben. Einer Stammesgöttin, die den Wahnsinn der Besessenen heilt. Können Sie mir helfen, ihn zu finden?«

Seine Bitte klang so schlicht, daß ich aus schierer Erleichterung fast gelacht hätte, doch die Bitterkeit in seinen Augen gebot mir Einhalt. »Die Wächter unseres Gästehauses beten an diesem Schrein. Sie können Sie hinbringen, wann immer Sie es wünschen.«

»Dann muß ich mit Ihnen kommen.«

Ich schüttelte erschrocken den Kopf, da ich nicht darauf eingerichtet war, für einen Mann in seinem Zustand die Verantwortung zu übernehmen. Zu meinem Entsetzen kniete er sich auf die Erde und ergriff meine Füße. »Ich werde Ihnen keine Unannehmlichkeiten bereiten, das schwöre ich. Wenn ich den Schrein nicht besuchen kann, muß ich mir das Leben nehmen. So kann ich nicht weitermachen.«

Ein Polizist kam, um die Zellentür abzuschließen, während ich in das Büro des Polizeisergeanten eilte, wo Chagla Doktor Mitra bei der Durchsicht des Koffers des jungen Mannes half.
Der Polizeisergeant beschrieb Wachtmeister Shashi jeden einzelnen Gegenstand, und Shashi trug alles sorgfältig in ein liniertes Hauptbuch ein.
»Haben Sie ein Tagebuch gefunden?« fragte ich. »Er sagt, das erkläre alles. Und er will mit mir in das Gästehaus.«
Chagla reichte mir triumphierend ein ledergebundenes Buch.
»Gratuliere, mein Guter.« Doktor Mitra nahm meine andere Hand zwischen seine knochigen Finger.
»Wozu?«
»Sie haben den jungen Mann wieder zur Vernunft gebracht. Ich wußte, es war nur eine vorübergehende Umnachtung. Er hat vermutlich eine schwere emotionale Anspannung hinter sich – Überarbeitung, eine unglückliche Liebschaft oder dergleichen, und er litt an einem momentanen Gedächtnisschwund. Ich glaube, dasselbe ist Agatha Christie einmal passiert.«
Kaum imstande, seine Freude über diesen glücklichen Ausgang zu zügeln, schloß Chagla seinen Freund, den Wachtmeister, in die Arme.
Doktor Mitra wandte sich an den Sergeanten: »Sie haben dem Gefangenen kein Vergehen zur Last gelegt. Entlassen Sie ihn in die tüchtigen Hände unseres Freundes, und ich fahre sie alle miteinander zum Bungalow.«
»Nein, nein. Es könnte ihm etwas zustoßen. Unser Haus ist zu abgelegen.« Ich sah Chagla hilfesuchend an, doch

sein feistes Gesicht verzog sich zu einem Lächeln, und er sagte: »Was kann ihm in unserem herrlichen Gästehaus geschehen, Sahib? Wir haben Wächter. Ich bin da und Shashi wird wie der Blitz dort sein, wenn wir Hilfe brauchen.«

»Lassen Sie mich wenigstens das Tagebuch lesen. Wir können ihn morgen abholen.«

Doktor Mitra wandte ein: »Wenn er über Nacht bleibt, muß die Polizei ihn anklagen.«

Als ich den Schrecken in Chaglas Gesicht sah, gab ich mich geschlagen und ging zu Doktor Mitras Auto.

Die Polizisten luden das Gepäck des jungen Mannes in den Kofferraum. Nitin Bose stieg neben mir ein, und Doktor Mitra lenkte den Wagen auf die Straße.

Auf dem ganzen Weg zum Gästehaus schwatzte Chagla munter mit Doktor Mitra. Seine gute Laune war so viel stärker als die stumme Verzweiflung des jungen Mannes an meiner Seite, daß ich mich, als wir unser Tor erreichten, der Situation schon fast gewachsen fühlte.

Zu meiner Erleichterung nahm sich Chagla sogleich unseres Gastes an. Er kümmerte sich eilfertig um Nitin Boses Gepäck, erteilte der Köchin und den Dienern Anweisungen. Doktor Mitra und ich überließen es ihm, Bose zu seinen Zimmern zu führen, und setzten uns auf die Terrasse.

Die Lichter der Tempel von Mahadeo funkelten beruhigend an der Biegung des Flusses, und über uns an Nitin Boses Fenstern war der rundliche Schatten von Chagla zu sehen, der dem Diener, der Bose sein Essen auftrug, Handzeichen gab.

»Glauben Sie, daß ein Mensch besessen sein kann, Doktor Mitra?« fragte ich.

»Wenn einer ganz fest glaubt, besessen zu sein, dann könnte man vermutlich sagen, daß er besessen ist.«
»Bose möchte einen Schrein besuchen, von dem er glaubt, daß er ihn heilen kann. Die hiesigen Dorfbewohner beten dort. Meinen Sie, er kann mit ihnen gehen?«
»Gewiß. Ich rate sogar dazu. Der junge Mann hat sich seine Krankheit eingebildet. Soll er sich auch seine Heilung einbilden.«
Er stand auf, als er Chagla durch den Garten kommen sah. »Lassen Sie mich auf alle Fälle wissen, was Sie in seinem Tagebuch entdecken. Es könnte uns mehr über diese unselige Situation sagen.«
»Unser Gast ist behaglich zur Nachtruhe gebettet«, verkündete Chagla zufrieden, als ich ihn und Doktor Mitra zum Wagen begleitete. »Aber ich habe einen Wächter vor seinem Zimmer postiert, für den Fall, daß er wieder durchdreht.«
Während die Autoscheinwerfer das Dunkel des Dschungels durchschnitten, begab ich mich in mein Haus, um das Tagebuch des jungen Mannes zu lesen.

7. Kapitel

Die Geschichte des Verwalters

Ich nehme an, mein eigentliches Leben begann, als ich auf diese Plantage kam. Oder vielleicht endet es dort. Auf jeden Fall weiß ich, daß etwas Seltsames mit mir geschieht, und ich muß die Ereignisse, die zu meiner gegenwärtigen Situation führten, aufschreiben, bevor ich nicht mehr imstande bin, sie zu berichten.

Zuerst sollte ich wohl die Welt schildern, in der ich lebte, bevor ich hierherkam. Ich war ein junger leitender Angestellter der ältesten Teehandelsgesellschaft von Kalkutta. Alle meine jungen Kollegen hatten wie ich exklusive Internate besucht und waren durch Familienverbindungen zu ihren Posten gekommen.

Draußen vor unserem Büro zerfiel Kalkutta unter der Last von Verwahrlosung, Raubbau, zersetzender Luftfeuchtigkeit, Verkehrsstaus, Stromausfällen – eine Stadt, deren Straßen man damals gerade aufgepflügt hatte wie Reisfelder, um eine Untergrundbahn zu bauen. Während eine ganze Generation mit stoischer Ruhe darauf wartete, daß die Stadt wieder werde, was sie einst gewesen war, trafen immer mehr Waggonladungen mit Flüchtlingen ein. Sie schliefen auf Bahnsteigen, die bereits überfüllt waren von anderen Flüchtlingen – Opfern der Teilung Indiens vor fünfzig Jahren, Opfern des Krieges in Bangladesch vor zwanzig Jahren, Opfern auch der Naturkatastrophen, welche die Verzweifelten tagtäglich in eine große Metropole trieben, die ihrerseits verzweifelt ums Überleben kämpfte, als sei gerade eben erst ein Krieg zu Ende gegangen.

Wir aber bekamen die Enge nur zu spüren, wenn wir aus den verdunkelten Fenstern unserer klimatisierten Autos auf die wimmelnden Massen sahen, die sich draußen auf den brüchigen Bürgersteigen drängten.

Nicht daß wir gefühllos gewesen wären. Aber wir waren jung und glaubten, das Geheimnis des Erfolgs liege darin, unsere Vorgesetzten mit ihrer den Engländern abgeschauten Reserviertheit nachzuahmen, die behaupteten, die Stadt habe den Punkt überschritten, an dem eine Umkehr noch möglich gewesen wäre.

Sie rieten uns, aus einer schlimmen Lage das Beste zu machen. Und wir spielten Golf im Tolleygunge-Club, zechten im Saturday-Club, aßen chinesisch im Kalkutta-Club, bestritten Pferderennen im Turf-Club.

Die Trinkgelage halfen. Und auch all die Ehebrüche, die uns nichts bedeuteten. Außerdem lasen wir begierig. Auf unseren Nachttischen lagen auf Stapeln von *Time, Newsweek, The Economist* die neuesten Romane als Lektüre für die Nächte, in denen keine Frau bei uns war. Oder für die Morgendämmerung, wenn wir, nachdem wir unsere Frauen nach Hause gefahren hatten, zurückkamen und die mit Feuchtigkeit und Schweiß

getränkten, zerknüllten Bettlaken sahen, die langen schwarzen Haare, die vorwurfsvoll auf dem Kissen lagen, und wir wußten, daß uns unser Leben zwischen den Fingern zerrann.
Gelegentlich wurde unser träge dahinfließendes Dasein von der Ankunft der Jungs von den Teeplantagen unterbrochen. Sie waren durch ihr Leben auf den einsamen Teepflanzungen nicht vorzeitig gealtert, wie es deren englische Verwalter, wenn man so manchem Selbstzeugnis glaubte, im 18. Jahrhundert gewesen waren – Männer ohne Zähne oder Haare, die nur nach Kalkutta kamen, um Weiber zu freien, wenn die Schiffe aus London ihre Fracht von verzweifelten Engländerinnen abluden, die einem Leben in Armut zu entrinnen trachteten. Nein. Unsere Kollegen von den Teepflanzungen waren junge, gutaussehende Inder, die von einer uns fremden Energie strotzten. Wir lauschten ihren Prahlereien von verfolgten bösartigen Elefanten, erschossenen menschenfressenden Tigern, gezähmten heißblütigen Frauen und neideten ihnen die cowboyhafte Art, mit der sie sich in den Wochen, die sie in der Stadt verbrachten, ins Vergnügen stürzten.
Miteinander wetteifernd, ihnen Getränke zu spendieren, winkten wir dem Barmann hinter der langen Holztheke im Saturday-Club. »Einen dreistöckigen Whisky für den Sahib, Moses.«
»Komm, *yaar,* das geht auf meine Rechnung.«
Die Jungs von den Teeplantagen taten uns den Gefallen und vertilgten ganze Flaschen geschmuggelten Whisky, während wir fasziniert ihrer unbekümmerten Selbstzerstörung zuschauten.

»*Yaar,* ich begreife nicht, wie deine Leber eine solche Tortur aushält.«
»Übung, *yaar.* Was glaubst du, was ich dreihundertdreißig Tage im Jahr auf der Plantage mache?«
»Was, *yaar?*«
»Saufen, schießen und vögeln.«
»Nun mal langsam, *yaar.* Wen kannst du in der Wildnis vögeln?«
»Heerscharen von Weibern. Richtige Weiber, die alles tun, um einen Mann zu erfreuen.«
»Zum Beispiel? Nein, diese Runde geht auf meine Rechnung.«
»Prost! Und wie lüstern die sind. Sie denken an nichts als Sex.«
»Kein Wunder, daß ihr Burschen auf den Teeplantagen solche Säufer werdet. Ich könnte diese gräßlichen Weiber nur anfassen, wenn ich stockbetrunken wäre. Gib's schon zu, *yaar.* Ich wette, die Frauen, die ihr habt, stinken wie die Pest.«
»Soviel will ich wohl zugeben. Unsere gute, alte Sushila Ghosh hier riecht besser als sie.« Der Bursche von der Teeplantage leerte sein Glas. »Und nun, *yaar,* mach's gut. Ich darf eine so wohlduftende Dame nicht warten lassen.«
Manchmal, wenn ich hinter einem Bus, der sich unter dem Gewicht der an die Haltestangen der Trittbretter geklammerten Fahrgäste zur Seite neigte, in einem Verkehrsstau steckte, wunderte ich mich darüber, daß die eng zusammengequetschten Angestellten auch noch miteinander lachen und scherzen konnten, und ich fragte mich, ob der Kampf ums Überleben die Menschen

berauschen konnte, wie der Luxus mich berauscht hatte, oder ob sie auch von glorreichen Abenteuern träumten.
Und wenn die unbekümmerten Jungs von den Teeplantagen ins Büro kamen, nach einer Nacht selbstmörderischer Zecherei mit anschließenden Liebesspielen in klimatisierten Schlafzimmern, die nach den Tuberosen dufteten, welche allmorgendlich frisch auf dem Markt gekauft wurden, dann erfaßte mich ein Anfall neidvoller Bewunderung. Auf den Teeplantagen, dünkte mich, spielte sich das Leben wahrer Männer ab.
Das Höchste an Gefahr, das es für uns gab, waren Glücksspiele. Ashok, der seine meiste Zeit in den Londoner Wettbüros verbracht hatte, während er seinem Examen als Steuerbevollmächtigter zustrebte, schloß Wetten auf alles mögliche ab: auf die Bewegung zweier Wolken am Himmel vor unseren Bürofenstern; auf die genaue Zeit, wann ein Diener uns Tee bringen würde; darauf, wessen gelangweilte Ehefrau als nächste fremdgehen würde.
Ein leidenschaftlicher Wetter macht vor nichts halt. Als ich vor die Wahl gestellt wurde, die Verwaltung einer Teeplantage zu übernehmen oder an einem Schulungskurs für Geschäftsführer teilzunehmen, ging das Wetten wieder los.
»Meide die Plantage, *yaar*. In einem Jahr bist du Alkoholiker.«
»In sechs Monaten.«
»Neun.«
Trotz der unheilvollen Prophezeiungen meiner Freunde entschied ich mich für die Teeplantage.

»Schön, was wettet ihr mit mir? Ich sage, bei ihm dauert es ein Jahr.«
»Komm, Ashok, laß den Quatsch mit sieben zu zwei. Mach's einfach. Drei zu eins.«
»Abgemacht. Drei zu eins, daß er binnen eines Jahres Alkoholiker ist.«
»Sei kein Dummkopf, *yaar* Nitin. Dort hast du niemand, mit dem du reden kannst. Die Scheißkerle auf den Teeplantagen sind alle komplett verrückt. Die Einsamkeit macht sie wahnsinnig.«
Für mich, der ich unter der schieren Last von Kalkuttas Menschenmassen zu ersticken glaubte, stellte genau das den größten Reiz der Teeplantage dar: die Aussicht auf Einsamkeit.

Dennoch vermochte ich eine derartige Einsamkeit kaum für möglich zu halten, als der Jeep sich durch das öde Vorgebirge des Himalaya zu meiner Teeplantage vorwärtskämpfte.
Während der achtstündigen Fahrt von dem kleinen Flugplatz zur Plantage starrte ich ehrfürchtig auf die grüne Leere, die sich unterhalb der Gebirgsstraße spiralförmig ausbreitete. Jeder Schäfer, der seine Tiere mit Schlägen von der Straße trieb, jeder Tagelöhner, der sich mit den Lasten auf seinem Kopf plagte, mußte selbstverständlich gegrüßt werden, so selten begegnete man hier einem Menschen. Wie Schaum quollen kleine Wolken über dem fernen Himalayagebirge empor, bevor sie sich in einer weißen Welle brachen, wenn der Wind sie den Ebenen zutrieb. Ich fühlte mich wie ein Kieselstein, der in ein Meer aus Bäumen geworfen wird und es

am Horizont zum Überschwappen bringt, so wie jeder fremde Gegenstand, den man ins Wasser wirft, unendliche Kreise zieht.
Lange bevor ich meine Teeplantage erreichte, hatte sich meine Ungläubigkeit zu Frieden gewandelt, zu jener Eigenliebe, von der man besessen ist.
Gelegentlich kam der Jeep durch ein einsames Dorf, dessen strohgedeckte Hütten mit ihren verputzten Mauern und verwitterten Fachwerkbalken eher shakespearisch als indisch anmuteten, und ringsum waren kilometerweit Teesträucher mit frischen grünen Blättchen.
Als die Dämmerung hereinbrach, konnten wir die Felder mit den Teesträuchern nicht mehr sehen. Nur die trüben Laternen der Teepflückerinnen im Feld durchbrachen die Finsternis. Dann umfing uns die Nacht in einer samtenen Umarmung, und die Lichter von den Hütten der Pflückerinnen waren so sanft wie die Sterne am stillen Himmel.
Dann endlich glitt das Licht unserer Scheinwerfer über die Zeder, die ihre Äste über die Mauern meiner neuen Wohnstatt breitete. Ein Wächter salutierte, als der Jeep eine von bemalten Ziegelsteinen begrenzte Zufahrt umrundete, und im Portico verbeugte sich eine Reihe von fünf Dienern mit Turbanen und Schärpen vor mir.
Es war absurd: Alles war dermaßen englisch, daß ich lachen mußte. Auch als der Fahrer bremste und die Diener herbeiliefen, um meinen Wagenschlag zu öffnen, konnte ich nicht zu lachen aufhören, so komisch war der Gedanke, daß ich in eine britische Phantasievorstellung von Indien eintrat, die von dem Chaos der letzten vierzig Jahre unberührt geblieben war.

Um der Dienerschaft zu versichern, daß ich ein ebenso echter Sahib war wie jeder andere, begann ich, in einem unnatürlich militärischen Ton Befehle zu erteilen. Die Unsicherheit, die mein Heiterkeitsausbruch hervorgerufen hatte, schwand aus ihren Mienen, als ich das Ausladen meines Gepäcks überwachte. Meine barschen Befehle, meine mit Entschlossenheit untermalte Höflichkeit, mein Blick für Einzelheiten zeichneten ihnen ein Porträt von mir, das schon bald auf der Plantage die Runde machte.

Der erste Diener führte mich in ein Schlafzimmer, und wieder hätte ich am liebsten gelacht, als ich das schwere Ebenholzbett mit den geschnitzten Schlangen am Kopfbrett sah, umschlossen von dem geblähten Moskitonetz, das von einem Eisenring an der hohen Zimmerdecke herabhing. Das Bett stand dort wie ein Altar, der für die Verehrung der Sinne errichtet worden war.

Aber ich beherrschte mich. Die anderen Diener trugen den großen Schrankkoffer herein, den mein Großvater drei Jahre vor dem großen Krieg zum Studium nach Cambridge mitgenommen hatte. Obgleich Physiker, war mein Großvater ein eifriger Leser von Werken der indischen Philosophie und Mythologie gewesen, und an dem Tag, als meine Abreise zu den Teepflanzungen festgesetzt worden war, hatte meine Großmutter mir den mit seinen Büchern gefüllten Schrankkoffer geschickt. Ich konnte mir nicht vorstellen, warum meine Großmutter dachte, jemand aus meiner Generation hätte auch nur das geringste Interesse an all diesen *puranas, wedas, upanischads* und Gott weiß was noch. Aber ich hatte sie mitgenommen für den Fall, daß mir der Lesestoff ausgehen würde.

Jetzt befahl ich den Dienern, die Bücher aus den Fächern zu nehmen. Sie machten verlegene Gesichter, als die Bände sich auf dem Fußboden rings um sie stapelten. Dem von seinem Schleier aus feinem Netzwerk umhüllten Prunkbett gegenüber befand sich das einzige Bücherregal des Hauses, eine Sperrholzkonstruktion, die den früheren Bewohnern vermutlich zur Aufbewahrung von pornographischen Taschenbüchern oder Kriminalromanen gedient hatte. Ein Exemplar von Gorens *Contract Bridge* lag verloren auf dem gewellten mittleren Bord.

Ich wies die Diener an, die Bücher an der Wand zu stapeln. An den Blicken, die sie mir zuwarfen, erkannte ich, daß es mir gelungen war, mich als Gelehrter einzuführen. Nun würden sie den Plantagenarbeitern erzählen, daß ich ein gerechter Herr und imstande sei, meine Enttäuschung darüber, daß meine Bibliothek nicht sogleich untergebracht werden konnte, zu unterdrücken, anstatt die Diener auszuschelten.

Mit meinem Auftreten zufrieden, saß ich wenig später allein in dem holzgetäfelten Speisezimmer und schwelgte in meinem Glück. Das einzige Geräusch war das Zirpen der Grillen draußen und das Knarzen der Speisekammertür, wenn der erste Diener einen neuen Gang auftrug.

Das Ungewöhnliche daran, eine ganz neue Rolle zu spielen, ist, daß es einem widerstrebt, sie aufzugeben, besonders, wenn sie einem so bequem zupaß kommt.

Ich gefiel mir in der Rolle des jungen Paterfamilias meines Reiches und genoß es, von den sanften, blätterpflückenden Stammesfrauen mit unverhohlenem Respekt behandelt zu werden, wenn ich mit meinem Aufseher, Herrn Sen, durch die Reihen der Teesträucher ging.

Sen, ein geschäftiger, pedantischer Mensch, der stets nach kleinen Fehlern Ausschau hielt, um seine Macht zu behaupten, verschaffte mir ständig Gelegenheit, Nachsicht und Vernunft zu beweisen. Ich achtete darauf, dies mit Takt zu bewerkstelligen, so daß es seiner Autorität keinen Abbruch tat, bis sich im Laufe der Monate sowohl die Teepflückerinnen als auch die Herrn Sen unterstehenden Angestellten auf mein Urteil verließen.

Auch die Natur verbündete sich in jenem ersten Jahr mit mir. Die Regenfälle setzten zu genau dem richtigen Zeitpunkt ein, um die zartesten Blätter zu erzeugen, und die Ernte meiner Plantage war die beste, die dem Hauptsitz des Unternehmens gemeldet wurde. Der Präsident der Gesellschaft schickte persönlich seine telegrafischen Glückwünsche, und die Arbeiter revanchierten sich für ihre Prämie mit kleinen Geschenken an mich, als sei ich ein Familienältester.

Ich vermute, ich hatte mir allmählich das Benehmen eines Ältesten zugelegt. Mein früheres Ich aus den Tagen von Kalkutta war jedenfalls immer weniger präsent, mein neues immer mehr, so wie ein kürzer werdender Schatten langsam mit seinem Gegenstand verschmilzt. Ich trank kaum und dachte nie an Frauen. Falls Frauen in meinen Träumen erschienen, während ich in dem Ebenholzbett schlief, taten sie dies mit solcher Zartheit, daß ich ohne Erinnerung an sie erwachte.

Die Träume, an die ich mich erinnerte, handelten von der Bibliothek meines Großvaters.
Zu meiner Verwunderung war ich von den endlosen Legenden in den *puranas* fasziniert. Nach einem Tag, den ich mit dem Durchstreifen der mit mathematischer Präzision angelegten Teepflanzungen oder mit der Durchsicht von Zahlenreihen an meinem Büroschreibtisch verbracht hatte, während die langen Holzflügel des Ventilators die Luft bewegten, bereitete es mir Vergnügen, abends auf der Veranda zu sitzen und von Dämonen, Weisen, Göttern, Liebenden, ja von ganzen Kosmologien zu lesen.
Ich stieß sogar auf Legenden, die in eben jenem Gebiet beheimatet waren, in dem meine Teeplantage lag, Legenden von einer ungeheuren unterirdischen Zivilisation, die sich von diesen Bergen bis hin zum Arabischen Meer erstreckte, bevölkert von einer mysteriösen Rasse, halb Mensch, halb Schlange. Natürlich betrachtete ich die Legenden durch das Prisma der Anthropologie, in der Annahme, daß die nomadisierenden arischen Schreiber, welche sie aufgezeichnet hatten, von der Gelehrsamkeit des von ihnen besiegten Volkes überwältigt waren.
Aber den größten Gefallen fand ich an ihren poetischen Beschreibungen von aus vielfarbigem Marmor errichteten Palästen und Universitäten, von Gärten, schöner als selbst die der Götter, und mitten darin Teiche aus kristallklarem Wasser und voller Fische, die sich silbrig zwischen den Seerosen tummelten, und Bäume, die sich unter der Last blühender Ranken bogen. Eine Welt, die dem Vergnügen und Lernen geweiht war und deren

Heiterkeit von Hutschlangen gehegt wurde, an deren aufgeblähten Hälsen große Edelsteine funkelten.
Offenbar hatten ihre Bewohner eine besondere Liebe zur Magie und verbrachten fröhliche Stunden damit, sich gegenseitig mit Zauberkunststücken zu unterhalten.
Nach dem Abendessen saß ich in meinem Korbsessel auf der Veranda und sah in die samtige Nacht hinaus. Die Sterne standen so niedrig am Himmel, daß ich meinte, ich brauche nur hinaufzulangen und einen herunterzuholen, um mehr Licht auf mein aufgeschlagenes Buch zu werfen. Ich stellte mir vor, daß die sanften Stammesleute, die ich über die Teesträucher gebückt gesehen hatte, tatsächlich Nachfahren dieser Zivilisation seien, noch heute imstande, den großen indischen Seiltrick auszuführen. Und wenn ich unter den Segeln des Moskitonetzes in meinem Ebenholzbett einschlief, träumte ich von legendären Königreichen, die von Kobras mit edelsteinbesetzten Hälsen bewacht werden.
Im zweiten Jahr meinten die Regenfälle es wiederum gut mit uns. Unsere Ernte war so hervorragend, daß der Präsident ein Vorstandsmitglied schickte, um mich aufzufordern, als Direktor der Gesellschaft nach Kalkutta zurückzukehren. Zu meiner Freude erwies sich diese hochrangige Persönlichkeit als mein Freund Ashok.
Kaum hatten wir uns begrüßt, fragte er: »So, *yaar*, sag mir die Wahrheit. Wie lange hat es gedauert?«
»Hat was gedauert?« fragte ich.
»Mach keine Witze, *yaar*. Bis du Alkoholiker geworden bist.«
Er mochte nicht glauben, daß ich kein Trinker war, bis wir Abend für Abend auf meiner Veranda verbrachten und ich

mir ein einziges Glas genehmigte, ihm aber viele Gläser einschenkte. Meine Enthaltsamkeit brachte ihn in Wut. Und als ich sagte, ich wolle die Teeplantage nicht verlassen, meinte Ashok, ich hätte wohl den Verstand verloren.
Er hob die Stimme, um das Zirpen der Grillen und das tiefkehlige Quaken der Gartenfrösche zu übertönen, und sagte: »Du wirst eindeutig verrückt, *yaar.* Du trinkst kaum. Du willst in dieser gottverlassenen Wildnis bleiben, wo du doch Direktor der Gesellschaft werden könntest. Den ganzen Tag bist du Herr über diese ganze fruchtbare Anlage, aber abends tust du nichts als lesen.«
Er beugte sich vor und sah mich an. »Gib's zu, *yaar.* Es ist ausgesprochen schädlich für einen Mann in deinem Alter, zwei ganze Jahre ohne Frau zu sein!«
Und so redete er unablässig auf mich ein in dieser sanften Schwärze, die mich nach wie vor berührte, wie sie es vom ersten Abend an getan hatte, die ihn aber mit ihrer Leere zu beunruhigen schien. Offenbar hatte er es sich in den Kopf gesetzt, mich zur Rückkehr nach Kalkutta zu bewegen.
Weil ich einen alten Freund nicht kränken wollte, gebrauchte ich Ausflüchte. »Welche Frau würde unverheiratet bei mir leben wollen? Und du hast die Teepflückerinnen gesehen. Könntest du mit ihnen ins Bett gehen?«
»Dann komm nach Kalkutta zurück, *yaar,* bevor er dir abfällt oder verwelkt wie ein unbewässerter Teestrauch.«
Wenn er zuviel getrunken hatte, wurde er unempfindlich für mein Schweigen, und ich war froh, als ich Ashok am nächsten Morgen zum Abschied winkte.

Aber seine Worte hatten ein Mal auf meiner Seele zurückgelassen, als hätte er über einem Lieblingsbuch ein Tintenfaß ausgegossen. Wie ein kleines Nachttier begann sexuelle Unruhe an meiner Zufriedenheit zu nagen. Nach dem Abendessen saß ich auf der Veranda, außerstande, mich in meinem Korbsessel zu entspannen, während Insekten und Motten unaufhörlich gegen die runden Glaskugeln flogen, die die Glühbirnen umhüllten. Die Dunkelheit, die mir stets so heiter erschienen war, spiegelte jetzt meine innere Unruhe wider. Zum erstenmal fühlte ich mich einsam, und wenn ich in mein Schlafzimmer trat, war mir, als würde das stabile Bett meine brachliegende Männlichkeit verhöhnen.

Was ich auch sah, es spottete meiner Anstrengungen, meine Fassung wiederzuerlangen. Die Frauen, die sich über die Teesträucher hinweg zulachten, dünkten mich nun absichtlich wollüstig, wenn sie ihre Brüste, ihre runden Bäuche, ihre Waden entblößten. Das war zuviel für meine Augen. Sogar wenn ich im Dschungel auf die Jagd ging, hörte ich nur die Paarungsrufe der Tiere, und die Flinte in meinen Händen widerte mich an.

Die Bücher meines Großvaters boten keinen Ausweg. Einmal zog ich den *rigweda* aus dem Bücherregal, in der Hoffnung, darin Anregung und Trost zu finden, doch die Passage, die ich las, erschreckte mich, so genau beschrieb sie meine Einsamkeit.

»Am Anfang war der Tod.
Er bedeutete eine unendliche Leere.
Und wisse, Leere ist des Hungers Ich.«

Entschlossen, meinen Frieden wiederzufinden, stürzte ich mich mit doppeltem Eifer in meine Arbeit. Es half nichts. Alles verdroß mich, die Stupidität der Arbeiter mit ihren unaufhörlichen Vorschußforderungen, die Sturheit der Gewerkschaftsführer, die Unfähigkeit der Büroangestellten.

Oft schimpfte ich gereizt, wenn eine Kleinigkeit übersehen worden war, ganz so, als sei ich Herr Sen geworden. Die Arbeiter entzogen mir daraufhin ihre Zuneigung und überließen mich der starren Isolation, die so viele meiner Kollegen zu Trinkern gemacht hatte.

Nun folgte ich dem Beispiel meiner Vorgänger. Ich legte meine Bücher beiseite, um des Abends einfach nur im Dunkeln zu sitzen, eine Flasche Whisky neben mir. Der erste Diener wartete im Garten und paffte seine *bidi,* während ich mich bis zum Vergessen betrank. Dann lud er mich wie einen schweren Sack auf seine Schulter und schleppte mich ins Schlafzimmer, entkleidete mich und schob mich durch das Moskitonetz, wo ich benommen in schalem Whiskydunst lag und nicht recht wußte, ob ich wach war oder schlief.

Vielleicht war es meine Einsamkeit, die meinen Geist veranlaßte, sich seine eigene Versklavung zu schaffen. Oder ich war bereits das Opfer von meines Großvaters Büchern geworden. Jedenfalls wurde ich, als ich eines Abends in meinem Bett lag, von einem Parfüm geweckt, das den Whiskygeruch, welcher mein Schlafgefährte geworden war, überdeckte.

Während dieser moschusartige Duft mich zugleich beruhigend und erregend umfing, spürte ich, wie sich etwas Weiches an meine Schulter drückte. Ich streckte meine Hand aus und bekam die schwellende, feste Brust einer Frau zu fassen. Doch die Blütenblätter einer Blumengirlande gerieten zwischen meine Lippen und ihr Fleisch, ein Kettengürtel schob sich zwischen meinen Schenkel und ihre glatte Hüfte, ein Fußkettchen zwischen meine Hand und ihren schlanken Fuß. Von der zerbrechlichen Barriere ihrer Schmuckstücke zum Wahnsinn getrieben, drückte ich sie in einer heftigen Umarmung an mich. Ihr Leib umschlang den meinen, wie eine blühende Schlingpflanze einen Baum umfängt. Sie stieß einen Laut aus, halb Seufzen, halb Lachen, ihr Atem schlug feucht an mein Ohr. Dann fragte eine leise Stimme: »Warum hast du nicht früher nach mir geschickt?«

War ich in jener Nacht vom Mond behext, der sein fiebriges Licht über das Bett warf und ihren geschmeidigen Körper silbern überzog, während sie rittlings auf mir saß? Oder waren es ihre länglichen Augen, die wie Fische schräg über ihren mongolischen Backenknochen saßen? Die schmalen Schultern, die vom Gewicht ihrer Brüste nach vorne gezogen wurden? Der Schweiß, der auf ihrer schlanken Taille über der mangoförmigen Rundung ihrer Hüfte glänzte?

War es das vollkommene Oval unseres Schattens auf dem Leintuch, als sie ihre Füße an meinen Brustkorb drückte, indes ich sie in meine Arme schloß? Der Anblick ihrer Gliedmaßen, die sich dunkelblau färbten wie ein Lotuskelch, wenn die Wolken den Mond verfinsterten? Oder war es der schwere Zopf, der sich einer Kobra gleich auf unseren Leibern schlängelte, bis er sich unter dem blähenden Vorhang des Moskitonetzes aufflocht,

um uns in einen zweiten Vorhang einzuhüllen, schwärzer als draußen die Nacht?
Ich wußte nicht, ob die Nacht und mein Begehren sie mir vorgegaukelt hatten, obgleich ihre kleinen Zähne wieder und wieder in meine Haut stießen wie der plötzliche Biß einer Schlange und ich sie vor Lust an meinem Hals zischen hörte. Aber als sie mein Bett verließ, war ich schon eingeschlafen, und mir träumte, ich hielte noch immer ein Geschöpf, halb Schlange, halb Mensch, in meinen Armen; meine gesättigten Sinne zogen mich in die Unterwelt von meines Großvaters Legenden.
Hätte mir nicht am Morgen der Spiegel die zinnoberroten Abdrücke ihrer bemalten Füße auf meiner Brust oder die Streifen ihres schwarzen Kajals auf meiner Haut gezeigt, ich würde nicht geglaubt haben, daß sie existierte. Der Anblick machte mich krank vor Liebe, als sei ich von allen fünf Pfeilen des Begehrens durchbohrt worden.
Am nächsten Abend lag ich im Bett und erwartete mit vor Vorfreude zitternden Gliedmaßen ihr Kommen. Doch wieder schlief ich, bis ihre leise Stimme in meinem Ohr mich weckte, und ich war eingeschlummert, bevor sie mich verließ.
Bei meinem brennenden Verlangen konnte ich meine Unfähigkeit, wach zu bleiben, nicht verstehen. Nach den ersten Nächten wußte ich, daß ich verzaubert war.
Was kann ich über die folgenden Monate sagen? Ich war berauscht von einer Lust, die mich zugleich befriedigte und köstlich unbefriedigt ließ. Ich sah die Frau nie bei Tageslicht, und wenn, würde ich sie nicht erkannt ha-

ben. Einmal hatte sie, während wir uns liebten, mir mitgeteilt, daß ihr Name Rima sei, aber ich suchte sie nicht unter den Stammesfrauen, die sich über die Teesträucher bückten, denn ich fürchtete, die strahlende Sonne könne mich meiner Verzauberung berauben.
Mein Körper kannte unterdessen die Umrisse ihres Leibes, meine Hände kannten die Züge ihres Gesichtes, aber für meine Augen war sie ein unaufhörliches Schattenspiel; sie kam im Dunkeln in mein Bett, und zwar jedesmal so spät, daß ich nicht mehr imstande gewesen war, auf sie zu warten, so daß sie meine Sinne jedesmal überraschte.
Sie wußte genau, wann unsere Leidenschaft Gefahr lief, eintönig zu werden. Dann verlockte sie mich mit Stammesgesängen in einer Sprache, die ich nicht verstand, so daß ich nur den süßen Melodien lauschen konnte. Sie erzählte mir Geschichten von einem großen Schlangenkönigreich wenige Zentimeter unter dem Erdboden. Sie sprach zu mir von den Zauberformeln, welche Männern die Stärke von brünftigen Elefanten verliehen, und von Zaubereien, die während der Mondfinsternis verübt wurden, wenn die Seele eines Menschen in den zwei Hälften einer Kokosnuß eingefangen werden könne.
Sie schwor, sie habe eine alte Frau gesehen, die aus ihren Händen Flammen schlagen ließ, und einen Stammespriester, der einen Sämling mit seinem Schal bedeckte, um kurz darauf, wenn er ihn fortzog, einen winzigen Mangobaum zu enthüllen, der sich unter der Last reifer Früchte bog. Ihre Pupillen, gleichsam Schwärme von schwarzen Bienen im Weiß ihrer Augen, hypnotisierten mich, während ihre leise Stimme die Welten

Wirklichkeit werden ließ, von denen ich bei der Lektüre der Bücher meines Großvaters geträumt hatte.
Meine Arbeit als Verwalter der Pflanzung machte mir wieder Freude, und die Teepflückerinnen behandelten mich erneut mit der Wertschätzung, die sie mir zuvor entzogen hatten. Vielleicht lachten sie über mich, wenn ich zuweilen nicht auf ihre Fragen antwortete, oft aber waren die einzigen Laute, die ich hörte, ihre Gesänge, welche sich schwebend durch meine Gedanken zogen.
Lange Zeit glaubte ich, diese Bruchstücke von Melodien tauchten aus meinem Unterbewußtsein empor. Als mir schließlich bewußt wurde, daß sie tatsächlich von den Frauen beim Pflücken der Blätter gesungen wurden, bat ich Sen, mir die Worte zu übersetzen.
Der arme Sen machte ein verlegenes Gesicht, aber auf mein Drängen übersetzte er:

»Welcher Gott ist berüchtigt weit und breit?
Seht! Es ist der Gott des Vögelns,
Er ist berüchtigt weit und breit.«

Die Frauen merkten, was uns beschäftigte, und stimmten brüllend vor Lachen ein anderes Lied an.

»Sieh auf dem Hang
Des Pfauen Federn schwanken,
Wie ich schwanke auf deinem Schoß,
Seufze auf deinem Schoß,
Lächle auf deinem Schoß,
Oh, mein stattlicher Freund.«

Danach sangen die Frauen zu meiner Freude das Lied, mit dem Rima mich oft weckte, und ich schrieb die Worte nieder, wie sie Sen übersetzte.

»Bringe mir mein Öl und meinen Kajal.
Schwester, bringe meinen Spiegel und
das Zinnoberrot.
Beeile dich mit meiner Blumengirlande.
Mein Liebster wartet ungeduldig in unserem Bett.«

Ein Jahr lang kam Rima jede Nacht zu mir, schlüpfte in mein Ebenholzbett und umschlang mich. Wie eine Zauberin zog sie mich hinab in eine unterirdische Traumwelt; ihr Leib lehrte den meinen den Lauf der Jahreszeiten, die geheimen Rhythmen der Natur, bis ich begriff, weshalb diese Berge in meines Großvaters Büchern Kamarupa hießen, das Reich des Liebesgottes.
Ein Telegramm des Präsidenten der Teegesellschaft machte meinem Wahn ein Ende. »Geschäftsleitung reorganisiert Firma. Kommen Sie unverzüglich nach Kalkutta, um die Neuerungen kennenzulernen.«
Wutentbrannt zerriß ich das Telegramm, überzeugt davon, daß Ashok die Entscheidung des Präsidenten erzwungen hatte, aber ich konnte nichts machen. Das Telegramm war keine Empfehlung. Es war ein Befehl.
Bei meiner Eröffnung, daß ich am nächsten Tag abreisen werde, weinte Rima, als zerbräche es ihr das Herz. Dankbar für ihre Tränen, liebte ich sie mit einer Inbrunst, die mich selbst in Erstaunen setzte und deren Anstrengungen mich so erschöpften, daß ich Rima kaum fragen hörte: »Soll ich zu meinem Mann zurückkehren?

Er arbeitet als Tagelöhner im Eisenbahndepot in Agartala. Soll ich zu ihm gehen, solange du fort bist?«

Da mich Rimas eigentümliche Art so sehr bezaubert hatte, mutete es mich nicht seltsam an, daß sie verheiratet war, und ich konnte den Gedanken ertragen, daß ein anderer Mann sie in den Armen halten könnte. Hatte ich in all den Jahren in Kalkutta nicht mit den Ehefrauen anderer Männer geschlafen?

Aber daß er ein Tagelöhner war! Daß ich die Frau eines Tagelöhners liebte! Mir war übel vor Scham. In diesem Moment brach der Bann, in welchem Rima mich gefangenhielt. Zum erstenmal blieb ich wach, bis sie aus dem Bett stieg und sich in ihren Sarong hüllte. Im Licht der Morgendämmerung waren ihre Gliedmaßen plump und häßlich.

Wie froh war ich, nach Kalkutta und zu der Sorglosigkeit meines alten Lebens, zu den Clubs, Freunden und Wetten zurückzukehren.

Die Oberflächlichkeit meiner Freunde war Balsam für meine Scham. Wie lachte ich über ihre Witze, wenn sie mir an den Theken des Saturday-Clubs, des Tolleygunge-Clubs, des Kalkutta-Clubs, des Turf-Clubs einen Drink spendierten!

Wie unbeschwert flirtete ich mit den kultivierten, rauhstimmigen Frauen, deren Langeweile ich kurzzeitig mit meiner neuerlichen Anwesenheit zerstreute. Und wenn sie mich in ihre Schlafzimmer mitnahmen, ließ ich die Lichter an, während ich sie auf die großen Augen küßte, die nicht schräg nach oben zuliefen wie Rimas, und schließlich vergrub ich die Erinnerung an Rimas Leib in ihrem warmen braunen Fleisch.

Die aufreibende Hektik im Hauptbüro zog mich mehr und mehr in ihren Bann. Angesichts der Vorbereitungen für die Verschiffung, der Versicherungsprobleme, des ständigen Termindrucks seitens der Abnehmer in London oder Hongkong erschien mir mein Leben auf der Teepflanzung, welches allein von der zermürbenden Langsamkeit der wechselnden Jahreszeiten bestimmt war, primitiv. Ich wollte nicht in das einsame Haus und zu den Forderungen der trägen Teepflückerinnen zurückkehren. Vor allem aber wollte ich nicht zu Rima zurückkehren.
Auf Anregung von Ashok offerierte mir der Präsident abermals den Posten eines Direktors. Diesmal nahm ich eilfertig an. Es wurde vereinbart, daß ich noch einmal auf die Teepflanzung zurückkehren sollte, um die Dinge für meinen Nachfolger zu regeln. Dann würde ich ein paar Wochen Urlaub nehmen, bevor ich meinen neuen Posten antrat.
Mich erfaßte leichte Beklommenheit, als ich zum letztenmal auf die Teeplantage kam. Rima hatte bei meiner Abreise nach Kalkutta so sehr geweint, daß ich ihre Reaktion fürchtete, wenn sie erführe, daß ich sie für immer verlassen würde.
Ich konnte mich nicht mehr erinnern, sie je begehrt zu haben, aber vor ihrer Armut konnte ich nicht die Augen verschließen, und ich befand es nur für gerecht, wenn unsere Verbindung ihr etwas eintrüge.
In der Hoffnung, ihren Vorwürfen zu entgehen, hinterließ ich Geld beim ersten Diener und beauftragte ihn, es Rima zu übergeben.
Zu meiner Verwunderung kam sie nicht, um mich zu sehen. Ich wußte, daß sie auf der Teepflanzung war,

denn in der Nacht hörte ich draußen im Dunkeln eine Stimme singen:

»Bringe mir mein Öl und meinen Kajal.
Schwester, bringe meinen Spiegel und das
Zinnoberrot.«

Ich tat, als ob ich es nicht hörte, und las weiter, aber noch in meiner Feigheit wußte ich Rimas Diskretion zu schätzen, mich alleine zu lassen, was für jemanden von ihrer Herkunft überaus rücksichtsvoll war.
Sie war jedoch raffinierter, als mir bewußt war. Indem sie jeden Abend vor meinem Schlafzimmer stand, gelang es ihr, meine Feigheit in Schuldgefühle zu verwandeln. Nacht für Nacht lag ich in dem Ebenholzbett, außerstande, mich auf mein Buch zu konzentrieren, und horchte auf die Stimme, die vor meinem Fenster sang:

»Beeile dich mit meiner Blumengirlande.
Mein Liebster wartet ungeduldig in unserem Bett.«

Es war mir unmöglich, meine Schuld noch länger zu ertragen, und so öffnete ich eines Abends die Tür, die in den Garten führte. Ich konnte Rima noch singen hören, aber es war niemand zu sehen. Dann hörte ich sie rufen: »Nitin! Nitin Bose!«
»Rima, komm herein! Ich möchte mit dir reden.« Keine Antwort. Ich wiederholte meine Bitte. Wieder erwiderte sie nichts. Mehrere Minuten stand ich da und rief sie herein, aber niemand antwortete.

Statt in mein Zimmer zurückzukehren, wartete ich im Schatten. Nach einer Weile hörte ich ein Rascheln im Unterholz, dann das Brechen von Zweigen, als Schritte in den Wald zurückwichen, der mein Haus umgab. Ich lief zur Mauer. Als ich mein Bein hinüberschwang, hörte ich sie wieder rufen: »Nitin! Nitin Bose!«
»Rima, warte, ich muß mit dir reden«, rief ich.
»Nitin Bose!« Die Stimme wurde schwächer, als Rima in den Wald hineinlief. Es war so finster, daß ich wünschte, ich hätte den Wächter mit einer Taschenlampe mitgenommen, um mir auf meinem Weg zu leuchten. Dann fiel mir ein, daß in dieser Nacht Mondfinsternis war und der abergläubische Wächter sich in so einer Nacht voll böser Vorzeichen nicht aus dem Haus gewagt hätte.
Ungeachtet der tiefhängenden Äste, die meinen Körper peitschten, lief ich Rima zwischen den Bäumen nach und rief ihren Namen. Laut hallte meine Stimme in der Nacht.
Plötzlich rief sie fast unmittelbar vor mir: »Nitin, Nitin Bose!«
»Ja«, antwortete ich überrascht. Es folgte ein Geräusch, wie wenn ein Gegenstand über einen anderen geklappt wird, wie wenn man zwei Bücher zusammenschlägt. Als ich dieses Geräusch hörte, fühlte ich, wie die Luft aus meinen Lungen gesogen wurde.
Nichts berührte mich, doch mir war, als sei mir gewaltsam eine Pumpe auf Mund und Nase gedrückt worden. Ich schnappte nach Luft, außerstande zu atmen. Über meine erstickten Laute hinweg hörte ich Gelächter, dann das Anreißen eines Zündholzes. Eine Laterne flammte im Dunkel auf und beschien das Gesicht einer

Frau von unten, als sie die Flamme regulierte. Sie stellte die Laterne zu ihren Füßen nieder und hob etwas von der Erde auf.

»Jetzt wirst du mich nie mehr verlassen, und magst du noch so weit fortgehen«, sagte Rima triumphierend und schwenkte ihre Trophäe vor meinem Gesicht. Es war eine aufgeschlagene Kokosnuß, deren zwei Hälften sich wieder deckten. Als ich nach Rima greifen wollte, stürzte ich. Sie entwischte mir, und ich schlug auf die Erde. Sie hob ihre Laterne auf und verschwand im Dschungel. Ich lag unter den Bäumen, der Gestank nach verfaulenden Pflanzen drang mir in die Nase, als ich versuchte, Luft in meine platzenden Lungen zu saugen. Über meinen rauhen Atem hinweg hörte ich ihr rachedurstiges Lied im Dunkeln schwächer und schwächer werden.

»Bringe mir mein Öl und meinen Kajal.
Schwester, bringe meinen Spiegel und das
  Zinnoberrot.
Beeile dich mit meiner Blumengirlande.
Mein Liebster wartet ungeduldig in unserem Bett.«

Das ist meine letzte klare Erinnerung. Die folgenden Passagen hat der erste Diener mir auf meine Bitte diktiert. »Im Morgengrauen machte der Wächter eine Runde durch das Haus, bevor er in sein Quartier ging. Ihre Schlafzimmertüre stand offen, und Ihr Bett war unberührt. Als er Sie auf dem Grundstück nirgends fand, machte sich der Wächter im Wald auf die Suche nach Ihnen.

Er fand Sie auf der Erde liegend. Er fragte, ob Ihnen etwas fehlte, aber Sie redeten nur irre. Sie riefen immer wieder den Namen Rima und sangen ein Lied, das unsere Stammesfrauen bei der Hochzeit singen.
Der Wächter lief in mein Zimmer und weckte mich. Gemeinsam gelang es uns, Sie aus dem Wald in Ihr Bett zu tragen. Wir sahen, daß Sie nicht körperlich krank waren, und bekamen es mit der Angst. Uns war klar, daß Sie während der Mondfinsternis ins Freie gegangen waren. Vielleicht hatten Sie nicht gewußt, daß ein Mensch todkrank oder verrückt werden kann, wenn er während der Mondfinsternis draußen herumspaziert. Wir schickten nach dem Priester des Stammesdorfes, um ihn um Rat zu fragen, ehe wir Sen verständigten.
Der Priester versuchte, mit Ihnen zu reden, und fragte Sie, warum Sie in einer so unheilvollen Nacht im Dschungel herumspaziert seien. Er bat mich, Milch zu erhitzen, während er an Ihr Bett trat. Ich brachte die warme Milch, in dem Glauben, er hätte eine Medizin für Sie. Als ich zu Ihrem Bett kam, schrie ich vor Angst und ließ die Milch fallen. Der Priester hielt eine Schlange nur wenige Zentimeter von Ihrem Gesicht entfernt und sprach ein Zauberwort. Ich sah die Zunge der Schlange hervorschnellen und Ihr Gesicht berühren. Aber Sie zuckten nicht zusammen, ja blinzelten nicht einmal. Das hat mir noch mehr angst gemacht.
Ich erhitzte noch einmal Milch. Der Priester nahm die Schale und stellte sie für die Schlange auf den Fußboden. Während die Schlange die Milch trank, betete er sie in einer Sprache an, die ich nicht verstehen konnte. Plötzlich sagten Sie zu ihm: ›Was tun Sie in meinem Zimmer?‹

Der Priester erklärte, Sie hätten von einer Frau namens Rima gesungen und gesprochen. Er bat Sie, aufzustehen und einen Bericht zu verfassen über alles, was Ihnen von Ihrer Verbindung mit ihr in Erinnerung war. Er ermahnte uns, währenddessen niemanden in Ihr Zimmer zu lassen.

Den ganzen Tag saßen Sie an Ihrem Schreibtisch und schrieben. Die Anstrengung erschöpfte Sie, und Sie schliefen schon, als der Priester wiederkam. Er bat mich, Milch zu wärmen, und vollzog dieselbe Zeremonie wie am Morgen, indem er die Schlange anbetete, während diese die Milch trank. Da wachten Sie auf, aber Sie wirkten nicht mehr sonderbar. Sie sagten sogar zu dem Priester: ›Ich weiß nicht, was mich zu einem solchen Tun bewog.‹

Der Priester sagte zu Ihnen: ›Jemand hat von Ihnen Besitz ergriffen. Der Zauber, unter dem Sie stehen, ist stärker als meine Kräfte. Er wird seine Macht erneut ausüben. Ihre Erinnerung wird in Mitleidenschaft gezogen werden. Sie werden glauben, jemand anders zu sein.‹

›So ein Unsinn!‹ fuhren Sie den Priester an. ›Ich glaube nicht an Zauberei. Jemand versucht anscheinend, mich zu vergiften. Hat die Schlange mich gebissen?‹

Der Priester sagte: ›Die Schlange hat Ihnen geholfen. Aber nur ein wenig. Und nicht für lange.‹

Sie weigerten sich, dem Priester zu glauben. In der folgenden Woche ließen Sie jeden Tag den Doktor kommen. Der Doktor sagte Ihnen immer wieder, daß Ihnen nichts fehle. Da begannen Sie, Whisky zu trinken, aber je mehr Sie tranken, um so weniger waren Sie Herr

Ihres Verstandes, und Sie sangen dieses Lied von Öl und Zinnoberrot, oder Sie nannten sich Rima. Schließlich habe ich wieder nach dem Priester geschickt.
Er sagte zu mir: ›Wenn dein Sahib will, daß sein Verstand genest, muß er die Göttin an jedem Schrein anbeten, der auf den Fluß Narmada blickt. Nur diesem Fluß ist die Macht gegeben, ihn zu heilen.‹«

8. Kapitel

Als ich Nitin Boses Tagebuch schließlich zuklappte, war es zu spät, um schlafen zu gehen. Ich bedauerte den jungen Mann, aber ich konnte in seiner Geschichte keinen Sinn erkennen. Von meinem eigenen Unverständnis ermattet, ging ich auf die Terrasse.

Wie immer beruhigte die tiefe Finsternis, die der Dämmerung vorausgeht, meinen Geist. Ich konnte die Narmada nicht unterhalb der Terrasse fließen sehen, doch ich saß mit dem Gesicht nach Osten gewandt, dort, wo der Fluß sich den heiligen Männern zeigt, welche die Zisterne in Amarkantak umringen. Und ich fragte mich, woran die Asketen denken mochten, wenn sie das Wasser beobachteten, das aus einem verborgenen Strom floß und, unter ihren gekreuzten Beinen strudelnd, geheimnisvoll und lockend im Dunkeln flüsterte.

Sannen sie über die Narmada als Beweis für Schiwas große Buße nach, oder stellten sie sich den Fluß als eine schöne Frau vor, die zum Arabischen Meer tanzte und die Begierde von Asketen wie sie selbst erregte, während Schiwa über ihre verrückte Betörung lachte?

Als die Morgendämmerung den Himmel allmählich erhellte, konnte ich die Narmada ungestüm über die fernen Marmorfelsen schnellen sehen. In den schäumenden Wasserfällen brachen sich die ersten Sonnenstrahlen in Farbenbögen, als sei der Fluß eine Frau, die sich mit Edelsteinen schmückt.
Unterhalb der Terrasse war das Wasser noch dunkel, scheinbar reglos im Schatten wie eine Frau, die träge ihre Gliedmaßen streckt und sich mit duftenden Ölen salbt, die langen schwarzen Haare offen, die Augen mit Kajal umrandet.
Ich sah, wie das Wasser sich langsam rötete, als es die Rosenfarben der Morgendämmerung einfing, und stellte mir den Fluß als eine Frau vor, die ihre Handflächen und Fußsohlen mit Zinnoberrot bemalt, um sich für das Stelldichein mit ihrem Geliebten zu schmücken.
Es war das erste Mal, daß ich solchen Gedanken über den Fluß nachhing. Jetzt vermischten sich die Legenden des Flusses mit Nitin Boses Geschichte, während ich mich mühte, die Macht der Frau zu begreifen, die ihn verzaubert hatte.
Wenn nicht einmal der große Asket den Geschossen standzuhalten vermochte, die Kamas Zuckerrohrbogen mit der Sehne aus Bienen losschnellte, wie konnte da der arme Nitin Bose überleben, als Kamas Pfeile ihr Ziel fanden, ihn mit Verzauberung durchbohrten, mit Wollust entflammten, mit Verlangen versengten, so daß er hilflos den Krämpfen seines Sehnens ausgeliefert war, bis er von dem fünften und tödlichen Pfeil, dem Träger des Todes, verwundet wurde?

Die Sonne erschien über den Bergen, ein feuerroter Ball aus Licht, das die Farbe aus dem Wasser sog, bis es glänzte wie Glas, so hart wie eine Frau bei der Jagd auf einen Geliebten. Das strahlende Licht tat meinen Augen weh. Ich wandte mich von der Terrasse ab und sah das Personal, das auf meine Anweisungen wartete. Ich erteilte die ersten Befehle des Morgens. Dann schrieb ich einen Zettel für Chagla und riet ihm, Nitin Bose im Auge zu behalten, da ich zu Bett ginge.

»Herr! Aufwachen, Herr. Es ist schon bald Abend. Sie müssen sich fertig machen!« Ich schlug die Augen auf und sah Chaglas rundes Gesicht auf mich herabblicken. Er reichte mir ein Glas mit einer eiskalten Flüssigkeit. Wassertropfen perlten an den Stellen, wo er es angefaßt hatte.
»Hier, Herr. Trinken Sie einen Schluck Saft.«
»Wie geht es unserem Gast, Chagla?«
»Ausgezeichnet, Herr. Sie werden es sehen, wenn er vom Schrein zurückkommt.«
»Sie haben ihn allein zum Schrein gehen lassen?«
»Bewahre, Herr! Die Wächter sind mit ihm gegangen. Und ihre Frauen.«
»Das sind ungebildete Dorfleute.« Vor Furcht hob sich meine Stimme. »Warum haben Sie ihn nicht begleitet? Wenn er sich nun etwas antut?«
»Ich konnte nicht, Herr. Sie lassen keine Außenstehenden zu ihrem Schrein. Aber ich habe ihnen strenge Anweisungen gegeben. Bose-*sahib* muß uns in unversehrtem Zustand zurückgebracht werden.«
»Wieso ist Nitin Bose mit ihnen gegangen? Er ist kein Stammesangehöriger.«

»Sie sagen, er ist von der Macht der Göttin berührt, deshalb ist er kein Außenstehender mehr. Seien Sie ganz unbesorgt, Herr. Ich weiß genau, was geschehen wird. Der Schrein ist nichts weiter als ein großer Banyanbaum. Nichts Gefährliches. Dort werden sich die Dorfbewohner mit Nitin Bose versammeln. Machen Sie sich jetzt fertig, Herr. Sie müssen sich stärken. Die Köchin wartet mit Ihrer Mahlzeit im Eßzimmer.«

Chagla verließ mein Zimmer, und ich wusch mich geschwind. Während ich mich ankleidete, rief ich ihm durch die geschlossene Türe zu: »Was geschieht bei der Versammlung? Haben die Wächter es Ihnen erzählt?«

»Die Stammesangehörigen werden die Göttin bitten, Bose-*sahib* zu vergeben, daß er die Macht des Begehrens verleugnet hat.«

Ich trat aus meinem Zimmer. »Die Macht des Begehrens?« Die strahlende Nachmittagssonne und meine gestärkten Kleider wirkten beruhigend auf mich. »Chagla, waren Sie je von dieser Torheit befallen?«

Chagla betrachtete mich besorgt, wie ein Vater sein eigensinniges Kind. »Aber Herr, ohne Begehren gibt es kein Leben. Alles wird stillstehen, eine Leere werden, ja tot sein.«

Ich starrte ihn erstaunt an, und Chaglas glattes Gesicht legte sich vor lauter Anstrengung, mir die Sache begreiflich zu machen, in Falten. »Es ist keine Frau, die Boses Seele in Besitz genommen hat, Herr. Wie kann so etwas nur geschehen?«

»Was soll dann diese ganze Geschichte mit der Göttin?«

»Herr. Aber ich bitte Sie, Herr.« Chagla seufzte ungeduldig. »Die Göttin ist eben das Prinzip des Lebens. Sie ist jede Illusion, welche die Liebe beflügelt. Deswegen ist sie größer als alle Götter zusammen. Nennen Sie sie, wie Sie wollen, aber es ist das, was eine Mutter für ihr Kind empfindet. Ein Mann für eine Frau. Ein Hungernder für Nahrung. Und Nitin Bose hat ihr keinen Respekt erwiesen, deswegen muß er bestraft werden.«

»Indem er unter einem Baum sitzt?«

»Nein, Herr. Er wird nicht sitzen. Die Dorfleute werden sitzen. Nitin Bose wird ein Lehmbildnis der Göttin fertigen.«

»Wozu?«

»Um es zum Fluß zu tragen und zu versenken. Ich kenne eine Stelle, von der aus wir unbemerkt die Prozession beobachten können. Aber zuerst müssen Sie essen, Herr. Diese Stammesangehörigen haben kein Zeitgefühl.«

Ich merkte, daß ich nicht mehr Herr der Lage war.

»Was ist der Sinn der Prozession?«

»Ritual, Ritual und nochmals Ritual, Herr. Wie die Wiederholung des Einmaleins.«

»Chagla, Sie reden Unsinn.«

»Keineswegs, Herr. Nitin Bose redet Unsinn, wenn er vorgibt, das Begehren sei eine Art Zauberei oder Schwarze Magie. Aber Begehren ist der Ursprung des Lebens. Tausende von Jahren haben unsere Stammesangehörigen es als Göttin verehrt. Herr, Sie haben die Pilger beten hören: ›Bewahre uns vor dem Gift der Schlange.‹ Das Gebet hat folgende Bedeutung: Die besagte Schlange ist das Begehren. Ihr Gift ist der Schaden, den ein Mensch anrichtet, wenn er die Macht des Begehrens nicht anerkennt.«

Von Chaglas Gutmütigkeit besiegt, ging ich ins Eßzimmer. Ich fragte mich, ob sich hinter Chaglas offenem Gesicht und seiner rundlichen Statur ein Verständnis verbarg, das ich nicht besaß. Während des Essens suchte ich Chaglas Worten auf den Grund zu kommen, indes meine Augen müßig über die Mosaiken und Vögel schweiften, welche die Wände des Eßzimmers zierten.

Trommeln und Gesang ertönten. Chagla kam ins Zimmer gelaufen. »Herr, sputen Sie sich! Die Prozession kommt durch den Dschungel.«

Ich rannte die Treppe hinauf, gefolgt von der Köchin und anderen neugierigen Bediensteten des Bungalows. Wir drängten uns auf den Balkon von Nitin Boses Wohnung, der auf den Dschungel hinausging.

Bäume verdeckten den steilen Pfad, der zum Flußufer hinunterführte, aber durch eine Lücke konnten wir eine Reihe von Dorfleuten sehen, die im Gänsemarsch einem mit Girlanden geschmückten Götterbild folgten. Es wurde auf einem Podium getragen, das auf langen Bambusstangen ruhte. Vier Männer hatten sich diese auf die Schultern geladen. Ich erkannte die Männer, es waren Wächter des Gästehauses. Hinter ihnen erhaschte ich einen kurzen Blick auf Nitin Boses Gesicht. Dann verschwand er hinter der Wegbiegung, und ich konnte nur das Götterbild über den Büschen sehen, das auf seinem Podium schwankte, während die Männer den steilen Hang hinabschritten.

Chagla zog mich sachte am Arm und flüsterte verschwörerisch: »Herr, lassen Sie uns zu meinem Versteck gehen, um die Zeremonie zu beobachten.«

Ich folgte ihm die Treppe hinab in den Garten. In einer

Ecke des Gartens öffnete er ein verrostetes Eisengatter, das zu den Wassertanks unterhalb der Terrasse führte. Der Pfad wurde nur einmal im Jahr benutzt, wenn die Tanks inspiziert wurden. Jetzt ging Chagla mir voran, Nesseln und Unkraut niedertretend, um uns den Weg zu einer Felswand auf halber Höhe des Hügels zu bahnen. Wir kauerten uns hinter die Steine, während die Prozession den steilen Pfad hinabschlitterte. Chagla hatte einen vorzüglichen Aussichtspunkt gewählt. Uns bot sich ein ungetrübter Blick auf das Flußufer sechzig Meter unter uns, und ich konnte sogar Fische in dem klaren Wasser schwimmen sehen, das sich in der anbrechenden Dämmerung langsam grau färbte.
Der Steigung wegen riefen die Wächter einander laute Kommandos zu, um zu verhindern, daß das Götterbild von dem geneigten Podium rutschte, als sie es schließlich auf die Erde setzten. Die Prozession der Dorfbewohner fiel zurück, damit sich Nitin Bose dem Götterbild allein nähern konnte. Er machte einen benommenen Eindruck. Lange stand er vor dem Lehmbildnis, ohne daß etwas geschah. Dann, als habe er sich plötzlich auf eine Anweisung besonnen, legte er seine Arme um das Götterbild und hob es von der Erde auf.
Er schritt ins Wasser, und die Stammesangehörigen folgten ihm mit erhobenen Händen, die Gesichter nach Westen gewandt. Der Sonnenuntergang tauchte ihre Züge in ein karmesinrotes Licht, indes Nitin Bose das Götterbild in den Fluß tauchte und dabei sang:

»Sei gegrüßt am Morgen und am Abend, o Narmada!
Bewahre mich vor dem Gift der Schlange.«

Das Lehmbildnis begann sich in der Strömung aufzulösen, und wir sahen, wie Bruchstücke der Figur stromabwärts geschwemmt wurden: ein abgebrochener Arm, eine Brust, zerrissene Girlanden trudelten im Wasser, hin zu den Tonlampen, die an der Biegung des Flusses im Dunkeln trieben.
Die Tempelglocken von Mahadeo läuteten zum Abendgebet. Chagla erhob sich und begann uns einen Weg durch die Nesseln zu bahnen. »Bald wird es stockfinster sein, Herr. Lassen Sie uns zum Gästehaus zurückkehren, bevor wir von Schlangen aufgefressen werden.«
Ich stand auf. Die schattenhaften Gestalten der Dorfleute von Vano, die Bose noch drunten im Wasser umringten, waren kaum zu erkennen.
Ich folgte Chagla den Pfad zum Haus hinauf, die singenden Stimmen der Dorfbewohner hinter uns wurden immer schwächer.

»Sei gegrüßt am Morgen und am Abend, o Narmada!
Bewahre mich vor dem Gift der Schlange.«

Nitin Bose blieb drei Wochen bei uns, für mich ein Quell unentwegter Besorgnis.
Wenn ich ihn frühmorgens den steilen Pfad zum Flußufer hinunterschlittern hörte, konnte ich mich nicht auf meine Meditationen konzentrieren. Ich war in ständiger Furcht, er würde stürzen oder von einer Schlange gebissen werden, bevor er das Ufer erreichte, um dem Fluß seinen Gruß zu entbieten.
Und abends konnte ich es nicht mehr genießen, auf unserer Terrasse den Sonnenuntergang zu betrachten, aus

Furcht, Nitin Bose könnte ein Leid geschehen, wenn er bis zur Taille drunten im Wasser stand und die Narmada anbetete.

Ich hielt ihn für einen törichten jungen Mann, der Unheil auf sich zog, und da ich nie Kinder gehabt hatte, empfand ich diese ungewohnte Verantwortung als Bürde, obwohl Chagla mir berichtete, Bose scheine immerhin an etwas zu arbeiten, denn sein Schreibtisch sei mit Papieren bedeckt.

Ich war unendlich erleichtert, als Nitin Bose uns endlich verließ und die alte Heiterkeit wieder im Gästehaus einkehrte.

Kurz danach erhielt ich einen Brief von meinem alten Kollegen. Er bedankte sich bei mir, weil ich mich um seinen Neffen gekümmert hatte: »Ich wußte, daß ich mich auf Deine Diskretion verlassen konnte. Übrigens, Nitin zeigte mir einen interessanten Aufsatz, den er über die Stammesriten in Eurer Gegend geschrieben hat. Ich bat ihn, ihn in *Asia Review* zu veröffentlichen.«

Chagla freute sich, als er von dem Aufsatz hörte. »Und wissen Sie was, Herr?«

»Was, Chagla?«

»Erst gestern habe ich Dorfkinder auf dem Weg nach Vano singen hören. Wissen Sie, was sie gesungen haben?

›Bringe mir mein Öl und meinen Kajal.
Schwester, bringe meinen Spiegel und das
Zinnoberrot.‹

Nichts geht jemals verloren, Herr. Das ist das Schöne an der Aussicht auf einen Fluß.«

9. Kapitel

Dr. Mitra war ein paar Tage fortgewesen, um in Delhi an einem Ärztekongreß teilzunehmen. Jetzt saß er Tee trinkend auf der breiten Veranda des Gästehauses, während ich ihm über den Fortgang von Nitin Boses Geschichte berichtete.

Es war am späten Nachmittag, und die drückende Schwüle, die den Monsunwinden vorausgeht, schien sich endlich aufzulösen. Ein leichter Wind wehte vom Fluß her und brachte Hoffnung auf Regen.

»Ein interessanter Fall«, bemerkte Doktor Mitra, als ich mit meinem Bericht zu Ende war. »Aber vermutlich nicht außergewöhnlich.« Bellendes Gelächter erschütterte plötzlich die hagere Gestalt, an der das Hemd und die Hose aus weißer Baumwolle schlotterten, als hingen sie auf einem Kleiderbügel. »Gewiß wird jemand zum Gedenken an Nitin Boses Genesung an der Stelle, wo er das Bildnis versenkte, einen Tempel bauen. Eine Pilgerstätte wird entstehen und Heerscharen von Verrückten an Ihr Flußufer locken.«

»Hatten Sie schon mal Patienten, die behaupteten, besessen zu sein?« fragte ich. Ich vermochte mir niemanden vorzustellen, der an derselben Krankheit litt wie Nitin Bose.

»Nicht direkt besessen, aber hin und her gerissen. Das ist nicht anders zu erwarten, sitzen wir doch hier auf dem Schlachtfeld, wo sich die Arier und die Prä-Arier bekriegt haben.«

Zerstreut beobachtete ich, wie eine herabgefallene Blüte unterhalb der Veranda übers Gras geweht wurde. »Was hat das mit Besessenheit zu tun?«

»Mein Lieber, hier wurde um den Besitz Indiens gekämpft – arische Vernunft stand gegen den Urglauben der Stämme. Obwohl es eigentlich keine richtigen Stämme waren. Wie Nitin Bose in seinem Tagebuch vermerkte, hatten sie lange vor Ankunft der Arier eine Kultur, mit großen Städten und so weiter. Ein skythisches Volk, glaube ich, das sich Nagas nannte und die *naga* verehrte, die Schlange. Meines Wissens stammt von ihnen das Sanskritwort für Stadt, *nagara*.«

Er streckte seine langen Beine aus und lehnte sich in die Kissen des Bambussessels. Die Nachmittagssonne schien schräg über den Fluß, und er kniff die Augen zusammen. »Wußten Sie, daß das Wort *narmada* auf sanskrit Freudenmädchen oder Hure bedeutet?«

Ich war entrüstet. »Das ist unmöglich. Die Narmada ist der heiligste Fluß in Indien.«

Er wandte mir sein mageres Gesicht zu und grinste verschmitzt. »Ah, ja. Das hatte ich vergessen. Ein einziger Blick auf das Wasser der Narmada soll einen Menschen von Generationen sündiger Wiedergeburten reinigen. Denken Sie nur, wie rein Sie und ich sein müssen, die wir Tag für Tag auf diesen Fluß schauen.«

Ich ignorierte Doktor Mitras Sarkasmus. »Mithin kann Narmada unmöglich ›Hure‹ bedeuten.«
Er drohte mir mit seinem knochigen Zeigefinger. »Ich hoffe, Sie haben sich nicht jene fatale indische Krankheit zugezogen, alles und jedes zu heiligen, mein Freund. Die Narmada ist schon viel zu heilig. Wissen Sie, wie viele heilige Stätten sich an ihren Ufern befinden sollen? Vierhundert Billionen, den Schriften der *puranas* zufolge.«
Ich rechtete nicht mit ihm. Doktor Mitra ist so etwas wie ein Narmada-Gelehrter; das ist ein Teil seiner exzentrischen Natur. Sie hat ihn unter anderem auch dazu bewogen, die Leitung eines Sechsbettenspitals in der Kleinstadt Rudra der lukrativen Praxis vorzuziehen, die er mit seinen zahlreichen medizinischen Titeln in jeder beliebigen Großstadt hätte haben können. Er behauptet, hier mehr interessanten Patienten zu begegnen, als er in Delhi oder Bombay zu finden hoffen könne, und wann immer er einen Pilger beschreibt, der mit nur einem Drittel Körper oder einer besonders entsetzlichen Form von Elefantiasis zu ihm gebracht wurde, leuchten seine Augen vor Aufregung, als spreche er von einem Kunstwerk.
Seltsam, daß ein Skeptiker wie Doktor Mitra Gefallen an den Geschichten vom Fluß findet. Aber seine eigenwillige Natur scheint sich daran zu ergötzen, die Fäden der Mythologie, Archäologie und Anthropologie, in welche der Fluß verwickelt ist, zu entwirren.
Als könne er meine Gedanken lesen, sagte Doktor Mitra: »Wissen Sie, der große alexandrinische Geograph Ptolemäus hat über die Narmada geschrieben. Es ist anzu-

nehmen, daß sogar die Griechen und die Alexandriner von der Heiligkeit der Narmada und den religiösen Selbstmorden bei Amarkantak gehört hatten, von den Menschen, die bis zum Tode fasten, und solchen, die sich an den Ufern der Narmada opfern oder in ihren Wassern ertränken, um aus dem Zyklus von Geburt und Wiedergeburt erlöst zu werden.« Er schüttelte den Kopf vor Unglauben darüber, zu welchen Exzessen religiöser Wahn die Menschen treiben konnte.

»Die alten Griechen dürften vermutlich Verständnis für die Mythologie des Flusses aufgebracht haben, aber sie hatten es wenigstens nur mit einer einzigen Mythenwelt zu tun. Die Inder hingegen waren nie bereit, sich auf eine einzige Mythologie festzulegen, wenn doch Platz war für hundert weitere.«

Ich lachte, was Doktor Mitra als Aufforderung auffaßte, seinen gelehrten Vortrag fortzusetzen.

»Über der ganzen Mythologie steht die der Narmada. Ihre Heiligkeit soll den bösen Einflüssen von Saturn entgegenwirken, welcher Epileptiker, Depressive und andere Unglückliche aller Art an ihre Ufer treibt. Zugleich ist sie aber auch ein Anziehungspunkt für Gelehrte. Die Städte an ihren Ufern sind berühmt für die Gelehrtheit ihrer Brahmanen. Es scheint so, als lägen Vernunft und Instinkt an den Ufern der Narmada in ständigem Widerstreit. Hier ist sogar der Krieg zwischen den Ariern und den Prä-Ariern noch immer nicht entschieden.«

»Nach viertausend Jahren?«

»Mein Lieber, und was ist mit dem Tempel von Supaneshwara am Nordufer der Narmada?«

Ich mußte zugeben, nie davon gehört zu haben.

»Aber Sie müssen doch von dem Unsterblichen gehört haben, der in den Wäldern bei dem Tempel schläft.«
»Was ist ein Unsterblicher?« fragte ich, leicht irritiert über Doktor Mitras schwerfällige Enthüllung von Mysterien.
»Ein arischer Krieger.«
»Wollen Sie mir erzählen, daß ein viertausend Jahre alter arischer Krieger am Nordufer der Narmada schläft?«
»Allerdings, mein Lieber.« Doktor Mitra schenkte mir ein übermütiges Lächeln. »Ich kann Ihnen sogar seinen Namen nennen. Avatihuma.«
»Einen solchen Unsinn habe ich mein Lebtag noch nicht gehört.«
»Fragen Sie einen beliebigen Eingeborenen. Ihr Wächter ist aus Vano. Er wird meine Geschichte bestätigen.«
Ich konnte der Herausforderung nicht widerstehen und rief nach Chagla. Sein runder Kopf erschien im Bürofenster und nickte frohgemut, als ich bat, den Wächter zu holen.
Doktor Mitra klopfte mir auf den Arm. »Bedenken Sie, die Prä-Arier haben hier jahrhundertelang friedlich gelebt, ehe die Arier kamen. Ihre Philosophie gründete sich auf eine tiefe Achtung vor der Natur und den Lebewesen sowie auf den Gedanken, daß alles Leben voneinander abhängt.
Dann kamen die Arier. Rastlose Nomaden. Besessen vom Willen zur Eroberung. Kriegslüstern. Sie stellten die mit dem Verstand erlernten Wahrheiten über alle anderen Wahrheiten, einschließlich der Wahrheiten der Natur. Mit anderen Worten, der Krieg zwischen den Prä-Ariern und den Ariern war ein klassischer Konflikt

zwischen Instinkt und Vernunft. Ähnlich dem Konflikt, der Nitin Bose um den Verstand gebracht hat. Wie dem auch sei, die Prä-Arier metzelten eine Anzahl Arier nieder. Aber die Götter hatten den arischen Kriegern die Gunst der Unsterblichkeit gewährt. Und Unsterbliche können nicht sterben. Ah, da ist der Wächter.«

Ein großer Mann in Khaki-Uniform stand auf dem Gras unterhalb der Veranda. In einer Hand hielt er einen kräftigen Bambusstock, mit der anderen Hand salutierte er. Doktor Mitra legte zum Gruß seine Hände aneinander, bevor er fragte: »Hast du schon mal von einem Tempel namens Supaneshwara gehört?«

»Ja, Sahib. Mein Vater hat eine Pilgerreise dorthin gemacht.«

»Ist er leicht zu finden?«

Der Wächter schien es zu bezweifeln. »Es ist nicht weit von hier. Aber der Dschungel ist sehr dicht in den Bergen, wo der Fluß an die Oberfläche kommt, Sahib.«

»Ob ich dort wohl hingehen könnte ...?« Doktor Mitra hatte nur laut gedacht, doch der Wächter wurde bei seinen Worten ganz aufgeregt.

»Nicht, Sahib! Mein Vater hat auf der Reise beinahe sein Leben verloren. In der Gegend treiben sich Banditen und alle möglichen düsteren Gestalten herum. Es gibt keine Dörfer, die dem Reisenden Obdach bieten, und jedermann kann nach Belieben zuschlagen.«

Ich war neugierig zu erfahren, warum es in der Gegend so viele Banditen gibt. »Kann die Polizei sie nicht festnehmen?«

»Unmöglich. In so einem Dschungel kann ein Mensch für immer verschwinden. Aber das ist nicht der einzige

Grund, weswegen Banditen dorthin gehen, Sahib. Sie suchen auch nach dem Unsterblichen.«
»Wer ist dieser Unsterbliche?« fragte ich mit wachsender Ungeduld.
»Er ist von dem Volk, das mein Volk besiegt hat. Obwohl meine Vorfahren ihm den Kopf vom Leib abgetrennt haben, konnte er nicht getötet werden. Bis zum heutigen Tage liegt der Kopf im Dschungel, Sahib. Schlafend, weil er nicht sterben kann.«
Doktor Mitras eigene Neugierde gewann die Oberhand über seinen Triumph, daß er recht behalten hatte. »Was tun die Banditen, wenn sie ihn finden?«
»Man sagt, Honigbienen umkreisen den Kopf des Unsterblichen, Sahib. Die Banditen glauben, wenn sie von einer der Bienen gestochen werden, können sie bei einer Schießerei mit der Polizei nicht getötet werden.«
Doktor Mitra streckte sich in voller Länge in seinem Sessel und grinste vor Vergnügen. Wieder hatte er eine neue Geschichte erfahren, die er den Erzählungen hinzufügen konnte, welche sich, offenbar in ständig wachsender Zahl, um diesen erstaunlichen Fluß rankten.
Ein tiefes Donnergrollen war zu hören, und die Sonne wurde plötzlich von jagenden Gewitterwolken verfinstert. Als der Wächter sich wieder auf seinen Posten begab, hob er sein Gesicht den Regentropfen entgegen, die, noch vereinzelt, vom dunkelnden Himmel fielen. Dann rissen gezackte Blitze die schwarzen Wolken auf, und der Garten wurde vom ersten Monsungewitter überschwemmt.

Chagla kam auf die Veranda geeilt und ließ die aufgerollten Rohrmatten herab, die zwischen den Säulen festgebunden waren. Der schwere Regenguß weckte Doktor Mitra aus seiner Träumerei. Er erhob sich und sagte: »Ich nehme Sie am besten mit in die Stadt, Chagla. Die Straße wird in wenigen Minuten Matsch sein.«
Chagla nahm das Angebot gerne an. Seiner ungewohnt bedrückten Miene entnahm ich, daß er schon die kommenden Wochen fürchtete, wenn er sein Fahrrad auf überfluteten Lehmwegen durch die Monsungewitter zur Arbeit würde lenken müssen.

Den nächsten Monat über hatte ich keine Zeit, an Banditen zu denken.
Auch während eines leichten Monsuns sammelt sich an dem steilen Hügel hinter dem Gästehaus der Regen, und Sturzbäche schlammigen Wassers strömen den Hang hinab und überfluten unser Grundstück. Abgebrochene Äste fallen auf die einzige Leitung, die uns mit dem Elektrizitätswerk in Rudra verbindet, und unser Notstromaggregat ist so alt, daß es die häufigen Stromausfälle nicht verkraften kann. Der arme Chagla muß deshalb unablässig in Rudra Ersatzteile für das Aggregat in einen gemieteten Dreiradtransporter laden und sie durch die tiefen Pfützen in den Furchen, die Ochsenkarren mit ihren Rädern in den Weg gegraben haben, hierher navigieren, damit die Stromversorgung des Gästehauses wiederhergestellt werden kann.
Zum Glück haben wir in diesen Monaten niemals Gäste und können uns ohne unnötige Ablenkungen der Instandhaltung des Hauses widmen.

In diesem Jahr war der Monsun unerwartet heftig, und das Aggregat funktionierte fast nie, obwohl Chagla bereits praktisch jedes Einzelteil ausgewechselt hatte, damit bei uns die Lichter nicht ausgingen.

Eines Morgens saß ich im Büro an meinem Schreibtisch, außerstande, in dem trüben Licht zu arbeiten, weil wieder einmal der Strom ausgefallen war. Die Ventilatoren standen still, und weil nichts die Luft bewegte, klebten mir von der Feuchtigkeit bereits die Kleider am Leibe. Voller Groll über diese Jahreszeit, in der der strömende Regen mich im Haus gefangenhielt, starrte ich hinaus auf die schwarzen Regenwolken, die den Himmel verfinsterten, und wartete ungeduldig darauf, daß Chagla käme und an dem defekten Aggregat ein Wunder wirke.

Endlich kam das Dreirad knatternd vor das Tor gefahren, und Chaglas rundliche Gestalt durchquerte den Garten. Seine Hose war bis zu den Knien fleckig von Schlamm, doch sein Kopf war von seinem großen schwarzen Regenschirm verdeckt, so daß ich erst, als er sich dem Haus zuwandte, bemerkte, daß er eine ältere Frau beschirmte.

»Können wir einen Gast aufnehmen, Herr?« fragte Chagla, als er in mein Büro trat, und schüttelte mißmutig seine durchweichten Hosenbeine.

»Mitten in der Monsunzeit? Unmöglich, Chagla. Nichts funktioniert.«

»Nicht einmal für ein, zwei Nächte, Herr?«

»Chagla, seien Sie vernünftig. Wir sind nicht auf Gäste eingerichtet.«

»Aber die Straße steht praktisch unter Wasser, Herr. Mein Dreirad ist liegengeblieben. Wasser hat den Motor überschwemmt. Alles ist schiefgegangen. Da sah ich diese Dame auf der Straße gehen. Ich bat sie, mir schieben zu helfen, aber die Ärmste, sie war zu schwach, um mir zur Hand zu gehen. Sie sagte mir, sie sei auf dem Weg zu einem Tempel nördlich von hier. Sie sah so erschöpft aus, als würde sie jeden Moment zusammenbrechen. Ich konnte sie nicht einfach dort stehen lassen, Herr.«

»Wo ist sie jetzt, Chagla?« fragte ich unwillig.

»Im Salon.«

»Ich werde sie wohl warnen müssen, daß es nicht sehr komfortabel sein wird.«

Der Geruch nach feuchten Polstern schlug mir entgegen, als ich in den hohen Salon trat, der so gebaut war, daß er auch in der schlimmsten Sommerhitze kühl blieb. Jetzt tauchte das wenige Licht, das durch die kleinen Fenster hereinkam, den Raum in tiefe Schatten, aus denen mir nur die bunten Schmetterlinge und Blumen, welche die Marmormosaiken zierten, entgegenleuchteten. Die Frau stand mitten im Zimmer und betrachtete die Mosaiken. Als ich mich ihr näherte, drehte sie sich um; in dem dämmrigen Licht brauchte ich einen Moment, um zu erkennen, daß ihr schlammbespritzter Sari einmal weiß gewesen sein mußte.

»Wie lange gedenken Sie zu bleiben?« fragte ich brüsk.

»Nur heute nacht, Herr.« Ihr Gesicht war so hager, daß die Runzeln in ihrer Haut ausgeprägter waren als Nase oder Mund. »Morgen komme ich mit meiner Tochter zurück, um meine Habe abzuholen.« Ein strahlendes Lächeln erhellte plötzlich ihre Züge, und da merkte ich, daß sie einst schön gewesen sein mußte. »Dann, Herr, werde ich meine Tochter endlich nach Hause holen.«

»Ist Ihre Tochter ausgerissen?« Ich suche stets zu vermeiden, daß unser Gästehaus zum Schlachtfeld für Familienfehden wird.

»O Herr, wenn Gott nur so gnädig gewesen wäre.« Sie begann zu weinen, und ich wechselte rasch das Thema.

»Wo ist Ihre Tochter jetzt?«

»In der Nähe eines Tempels namens Supaneshwara. Ich habe auf der Karte nachgesehen. Er muß hier ganz in der Nähe sein.«

In diesem Moment erinnerte ich mich nicht, wo ich von dem Tempel gehört hatte, sonst hätte ich eine Tragödie verhindern können; aber mir war es nur darum zu tun, dem Weinen der Frau ein Ende zu machen. Ihre nächsten Worte weckten mein Mißtrauen aufs neue. »Ich bete, daß meine Tochter von ihrem Erlebnis nicht für immer gezeichnet sein wird.«

»Erlebnis?«

»O Herr, meine Tochter ist vor zwei Jahren entführt worden.«

»Großer Gott! Wir müssen sofort die Polizei verständigen.«

Ich machte Anstalten, das Zimmer zu verlassen. Die Frau umklammerte meinen Arm. »Nein. Damit bringen Sie ihr Leben in Gefahr. Die Polizei hat die Suche vor Monaten eingestellt. Sie fürchten sich vor denen, die meine Tochter gefangenhalten. Ich war dabei, als sie entführt wurde. Ich habe die Männer gesehen, die meine Tochter geraubt haben. Wenn Sie ihre Gesichter gesehen hätten, dann würden Sie wissen, daß sie zu jeder Grausamkeit fähig sind.«

Sie fiel in sich zusammen. Ihr Gewicht zog mich nieder. Ich schob meine Hand unter ihren Arm und führte sie zu einem Stuhl.
In diesem Augenblick trat Chagla mit einem Teetablett ins Zimmer. Beflissen schenkte er unserer verzweifelten Besucherin eine Tasse Tee ein, und sie wischte sich mit dem Saum ihres Saris die Tränen fort, bevor sie trank.
Ich dachte, der Tee hätte sie beruhigt, doch als sie wieder sprach, war klar ersichtlich, daß sie noch immer befürchtete, ich würde die Polizei verständigen.
»Ich habe mein Kind einmal verloren, Herr. Ich bitte Sie, bringen Sie ihr Leben nicht wieder in Gefahr! Ich will Ihnen erzählen, wie meine Tochter mir geraubt wurde. Dann werden Sie verstehen, weshalb die Polizei sie aufgegeben hat.«

10. Kapitel

Die Geschichte der Kurtisane

Vor fünfzig Jahren, als es in Indien noch Fürstentümer gab, war unser kleiner Staat Shahbag in ganz Indien berühmt für seine Kultur.

Daß Shahbag zu klein war, um für das britische Empire von Interesse zu sein, ist vielleicht seine Rettung gewesen. Unserem Herrscher, dem Nawab von Shahbag, standen keine britischen Salutschüsse zu, und der Vizekönig kam nie zu Besuch. Doch mochte uns auch imperialer Glanz verwehrt gewesen sein, in unserer Isolation war es uns möglich, den wahren Glanz zivilisierten Benehmens zu bewahren.

Es war leicht, in unserer schönen Umgebung gute Sitten zu pflegen. Shahbag bedeutet Garten des Herrschers. Unsere Hauptstadt verdankt ihren Namen der Freude des Großmoguls Jehangir über den Anblick der blühenden Felder an unserem Flußufer und dahinter der Narmada, die sich zwanzig Kilometer weit erstreckt, breit wie ein Ozean.

Als Schulkinder streuten wir einmal jährlich gemeinsam mit unserem Herrscher Blüten auf den Fluß. Der

Nawab war Moslem, aber er ehrte die Heiligkeit der Narmada. Noch heute höre ich seine Stimme aus den Lautsprechern hallen: »Das Baden in den Wassern des Jamuna reinigt einen Menschen in sieben, in denen des Saraswati in drei Tagen, in denen des Ganges in einem Tag, aber die Narmada reinigt durch einen einzigen Blick auf ihr Wasser. Sei gegrüßt, o Narmada!«
Darauf riefen wir alle: »Sei gegrüßt, o Narmada!« und warfen unsere Girlanden ins Wasser, im Wettstreit miteinander, wer am weitesten warf.
Wenn man damals eine Kahnfahrt machte, konnte man Leute in den Gärten spazieren sehen, welche sich durch die ganze Stadt erstreckten; andere lagerten neben den Blumenbeeten, die bis ans Wasser führten. Und abends spielten immer Musikanten in den Windpavillons. Wenn dann die Nacht anbrach und in den Moscheen die Lampen angezündet wurden, konnte man über den Gärten die Silhouette der Stadt sich scharf vor dem Dunkel abheben sehen. Man sah die überwölbten Balkone des Palastes des Nawab, die Fenster der prächtigen Häuser der Aristokraten. Unser *haveli* war so eine prächtige Residenz. Die weniger Wohlhabenden wohnten in Straßen, die an einen zentralen Punkt führten, zu einem Basar oder einer Kultstätte; somit war die ganze Stadt von einer Symmetrie, die das Auge erfreute.
Breite Boulevards säumten die Gärten am Fluß. Heute sind die kugelförmigen Gaslaternen, die der Nawab aus Paris importiert hatte, alle abmontiert, aber in meiner Kindheit warf ihr Licht einen romantischen Schein auf die Pferdekutschen, in denen die Herren der großen Familien von Shahbag ausfuhren, um die frische Luft am

Fluß zu genießen. Zuweilen saß gar eine berühmte Schönheit an ihrer Seite. Meine Großmutter war eine solche Frau: Obwohl sie ihr Gesicht stets verschleiert hatte, verrieten ihre reiche Kleidung und insbesondere ihr Fächer aus Straußenfedern mit dem edelsteinbesetzten Griff auf den ersten Blick, daß sie aus unserem *haveli* war.

Sie müssen wissen, daß den Kurtisanen unseres *haveli* nachgesagt wurde, sie seien noch reicher als die Ehefrauen des Nawab. Sie wurden von fremden Herrschern mit Geschenken überschüttet. Nicht nur ihrer Schönheit, sondern auch ihrer Gelehrsamkeit wegen berühmt, waren sie auch als Erzieherinnen sehr begehrt; die Erben der mächtigsten Fürstentümer Indiens waren ihre Zöglinge.

Sind Sie mit Vatsjajanas Klassiker, dem Kamasutra, vertraut? Nein? Lesen Sie einmal die Bedingungen, die eine Kurtisane erfüllen muß, wie Vatsjajana sie vorschreibt. Sechsundvierzig Fachgebiete muß sie beherrschen, von Architektur bis Zoologie, auch Malerei, Blumenarrangements, Musik, Sprachen, Philosophie, Goldschmiedekunst, Literatur, sogar Mathematik. Vielleicht sind wir nicht so gelehrt wie die Damen des Kamasutra, aber wir waren ganz gewiß gebildeter als alle anderen Frauen.

Und der eigentliche Zweck unserer sämtlichen Fertigkeiten war eine einzige Kunst: Edelmänner gute Manieren zu lehren. Zum Beispiel, wie man ein Kompliment macht.

Sie mögen sich fragen, was so schwer daran ist, ein Kompliment zu machen. Es scheint ganz einfach, einer Frau zu sagen, daß sie ein hübsches Gesicht hat.

Sie irren sich, meine Herren. Solche Komplimente empfangen törichte Frauen von den Jünglingshorden, die sich auf dem Marktplatz herumtreiben. Wir verlangten eine gefälligere Note, eine Formulierung, die entzücken und dennoch einen Stachel zu enthalten vermochte, der uns daran erinnerte, daß die Schönheit vergänglich und die Liebe unerreichbar ist.
Solche Komplimente zu machen gehörte zu den Dingen, die wir die jungen Fürsten lehrten. Doch um gefällig über die Schönheit zu parlieren, muß ein Mann imstande sein, Schönheit überhaupt zu erkennen. Die Grundfarben sieht schließlich jeder Flegel, die gewöhnlichen Loblieder vernimmt jede Wäscherin und wiederholt sie in ihren Gesängen, während sie ihre Wäsche auf die Steine im Fluß klatscht.
Aber einen jungen Fürsten die nuancierten Töne der Farbgebung oder die Feinstabstimmungen einer Melodie zu lehren, den Gaumen eines Jünglings so auszubilden, daß er ein Feinschmecker wird, ihn in die Alchimie der Düfte einzuführen – das war der anspruchsvollste Teil unserer Ausbildung.
Sie müssen nämlich wissen, daß es uns untersagt war, unseren Unterweisungen Stimme zu verleihen. Wir konnten nur durch Andeutungen erziehen, durch raffiniert ausgedachte Spiele, durch Nuancen; stets waren wir bemüht, aus unserer Kenntnis etwas zu machen, das so leicht und transparent war wie eine Seifenblase, und die ließen wir dann so lange in der Luft schweben, bis unsere Schüler nicht nur ihre Farben bewunderten, sondern begriffen, wie zart und kostbar sie war.

Und wenn sie derartige Raffinessen erfaßt hatten, und nur dann, gestatteten wir ihnen manchmal, uns zu betasten.
Immerhin ist der Tastsinn der gefährlichste aller Sinne, finden Sie nicht auch, meine Herren?
Unser Institut war so berühmt für seine strenge Ausbildung, daß unsere brillantesten Kurtisanen zuweilen von einem bedeutenden Fürsten eingeladen wurden, um zu singen und zu tanzen, wenn er den Vizekönig von Indien persönlich zu Gast hatte. Meine Großmutter war bei solchen Anlässen sehr gefragt. Ich spüre noch heute die Berührung ihrer weichen, parfümierten Hand, die mir über die Stirn strich. Ich bettete meinen Kopf in ihren Schoß, indes sie schilderte, wie sie gezittert hatte, als sie darauf wartete, daß der Zeremonienmeister ihr das Zeichen gab, sich in den riesigen Empfangssaal zu begeben. Dort saß der Fürst auf einem Thron, der Vizekönig auf einem noch prächtigeren Thron, flankiert von seinem zahlreichen Gefolge, das die ganze Länge des Saales einnahm.
Und wenn sie mit ihrer Vorstellung zu Ende war, hielt eine schattenhafte Gestalt sie zuweilen im Korridor an und offerierte ihr ein Samtkästchen, das eine aus Perlen gefertigte Lotusblüte oder eine aus einem einzigen Diamanten geschnittene Rosenknospe enthielt. Wenn sie das Geschenk annahm, winkte ihr der Höfling, ihm zu folgen.
Diese Nächte umwob meine Großmutter mit märchenhaftem Zauber. Sie erzählte, wie sie unter dem bestirnten Himmel zu See-Palästen gerudert wurde. Sie sprach von Gazenetzen über Beeten voller Jasminblüten. Von auf die

Leintücher gestreuten Perlen. Von geschwungenen Türbogen und dahinter Balkonen, unter denen das Wasser sachte an die steinernen Fundamente plätscherte.

O meine Freunde, wie hat Shahbag sich im Laufe meines Lebens verändert! Wo früher Gärten waren, haben wir jetzt Fabriken. Unsere eleganten alten Gebäude wurden abgerissen, um Betonkästen Platz zu machen, die nach Politikern benannt sind. Die Wälder, die einst die Stadt umgaben, wurden für die Baracken unserer Arbeitersiedlungen gerodet. Sogar die Boulevards um unser *haveli* wurden bebaut, so daß wir jetzt nur auf einen Basar hinaussehen und die Fenster nach Westen wegen des Gestanks aus dem offenen Rinnstein geschlossen halten müssen.

Die Stadt ist im Besitz von Männern, die glauben, daß jeder Mensch einen Preis hat und eine volle Geldbörse Macht bedeutet. Wir, als Gelehrte, Künstlerinnen, Musikerinnen, Tänzerinnen ausgebildet, sind für sie nur Frauen, deren eigentliche Funktion es ist, uns auf einer Matratze zu rekeln und mit einer geschmacklosen Halskette belohnt zu werden, die vulgär auf einem zerknüllten Kopfkissen glitzert. Wenn sie in unser *haveli* kommen, werfen sie uns Zigarettenetuis, Uhren und schmutzige Geldscheine zu Füßen, während wir tanzen, und merken gar nicht, wie kühl unsere Begrüßung ist.

Wie oft habe ich in den Armen meiner Mutter über die Roheit unserer Klienten geweint, sie aber besänftigte mein Schluchzen und erklärte mir, deren Berührung würde mich nicht beschmutzen.

Was kann ich Ihnen sonst noch sagen, meine Herren, außer daß meine Mutter starb und ich den Schutz vor diesen Kerlen verlor.

Aber meine Tochter wußte nichts von alledem. Hinter den Mauern unseres *haveli* erlernte auch sie die Künste, die einst unserem Ruf in allen indischen Fürstentümern Glanz verliehen hatten.
Die Unterweisung meiner Tochter war keine schwierige Aufgabe. Mit ihrer schlanken Gestalt schien sie bereits alle Ideale, nach denen unser *haveli* strebte, zu erfüllen. Ich brauchte nur eine Andeutung fallenzulassen, und sie führte den Gedanken mit aller erdenklichen Kunstfertigkeit zu Ende, brachte ihn zu voller Blüte. Mit einem Klingeln ihrer Fußkettchen vermochte sie die Vergänglichkeit der Welt zu lehren. Ein Lied, von ihr vorgetragen, ließ den Zuhörer ahnen, was Vollkommenheit ist.
Da ich aus bitterer Erfahrung wußte, daß die beste Zeit unseres *haveli* zu Ende war, wünschte ich den Namen meiner Tochter durch nichts kompromittiert zu sehen, und ich erlaubte ihr nur, auf Hochzeiten aufzutreten, bei der Geburt eines Sohnes oder vor Familien, die ihr Oberhaupt feierten. So eifersüchtig wachte ich über den Ruf meiner Tochter, daß es mir gelang, eine Aura der Ehrfurcht um sie zu schaffen, bis daß sie nicht nur für ihre Schönheit, sondern auch für ihre Bescheidenheit berühmt wurde.
Man nannte sie einen Engel. Sie denken vielleicht, das ist nur die Meinung einer Mutter, aber, meine Herren, meine Tochter war wahrhaftig ein Engel. Allen, die ihr begegneten, schenkte sie Liebe, wie ein Kind denen Liebe schenkt, die es verhätschelt und verwöhnt haben, weil es nicht weiß, daß es auf der Welt Grobheit oder Häßlichkeit gibt.

Als sie erst siebzehn war, forderte unser Parlamentsabgeordneter meine Tochter auf, auf seiner Wahlversammlung in der Hauptstadt aufzutreten. Er erzählte mir, wichtige Leute aus Delhi würden auf der Versammlung reden, und mit dem Gedanken, daß meine Tochter eines Tages vielleicht die Protektion solch einflußreicher Gönner benötigen würde, brachte ich sie an jenem Nachmittag persönlich zu ihrer Vorstellung.

Seltsamerweise befiel mich ein banges Vorgefühl, als ich die Tausende von Menschen im Park sah, die gelangweilt von einem Fuß auf den anderen traten, während politische Reden aus den an jedem Baum angebrachten Lautsprechern tönten, aber ich tat meine Unruhe als Nervosität wegen des bevorstehenden Auftritts ab.

Ich hätte mir keine Sorgen zu machen brauchen. Im selben Augenblick, als ein Parteiarbeiter meine Tochter zum Mikrophon führte und sie zu singen begann, brachte sie die Menschenmenge zum Verstummen. Ich glaube, nicht einmal meine Großmutter hätte diese Massen von Zuhörern so bannen können, wie es meine Tochter an diesem Nachmittag tat, indem sie sie erregte, sie tröstete, den Sehnsüchten und der Verzweiflung dieser Menschen Ausdruck gab, gerade so, als verkörperte sich in ihrer schlanken Gestalt unser *haveli* mit all seinen Idealen.

Sie war so unschuldig im Angesicht ihrer eigenen Macht, so überwältigt von der Reaktion auf ihre Kunst, daß, als die brodelnde Masse in Beifall ausbrach, ihr Leib in meinem Arm zitterte, während ich sie vom Podium führte.

In der Hoffnung, sie damit zu beruhigen, schlug ich vor, durch den Basar nach Hause zu gehen. Wie immer während eines Wahlkampfes war der Basar mit Parteiplakaten und Fähnchen überhäuft. Politische Parolen plärrten aus Lautsprechern, die auf Motor-Rikschas montiert waren, und wetteiferten mit der Filmmusik, die aus den Teebuden ertönte. Während meine Tochter ein Stück vor mir von einem Geschäft zum anderen schlenderte, blieb ich am Straßenrand stehen, um einer Truppe von Volksschauspielern zuzuschauen. Sie stellten für alle diejenigen, die nicht lesen konnten, die Versprechungen der Politiker in Bildern dar.

Und dann, meine Herren, wurde mein Leben über den Haufen geworfen.

Maschinengewehrfeuer durchbrach den Lärm des Basars. Ich schrie nach meinem Kind, aber die Straße wimmelte von Menschen in Panik. Die Leute trampelten übereinander, um in die Geschäfte zu gelangen, und sie kreischten vor Angst, als eine Kugelsalve nach der anderen in die Luft prasselte. Dann sah ich meine Tochter am anderen Ende des Basars. Ich schob mich mit aller Kraft gegen die Menge, um zu ihr zu gelangen, aber ich wurde eingezwängt, so daß ich mich nicht mehr rühren konnte. Ich konnte nur beobachten, wie eine Decke über ihren Kopf geworfen wurde. Sie wehrte sich mit Händen und Füßen gegen ihren Bedränger, als er sie sich auf die Schulter lud. Um ihren krallenden Fingernägeln auszuweichen, drehte er den Kopf, und oh, meine Herren, in diesem Moment habe ich Satan auf dieser Erde wandeln sehen. Dann halfen seine Männer ihm in einen Jeep, und sie verschwanden, mit ihren Gewehren in die Luft feuernd.

Rahul Singh hat mir meine Tochter genommen, meine Herren.

Mein Kind wurde von dem meistgesuchten Banditen der Vindhya-Berge entführt, einem Mann, den die Polizei fürchtet, einem Mörder, mit dessen Namen man sogar in Shahbag Kindern angst macht, damit sie gehorchen. Bitte, meine Herren, unternehmen Sie nichts, bis ich meine Tochter wieder in meinen Armen halte.

11. Kapitel

Chagla sah mich an. Ich wandte die Augen ab, beschämt über mein Zögern, der alten Frau zu helfen.
»Die Polizei wird von uns nichts von der Flucht Ihrer Tochter erfahren«, versicherte ich ihr. »Sie können gerne so lange bleiben, wie Sie wünschen.«
»Sie sind sehr liebenswürdig zu meiner Tochter und mir. Ich danke Ihnen, Herr.«
Chagla nickte beifällig mit seinem runden Kopf. »Ich weise das Personal an, die Zimmer herzurichten.«
Die Frau schlug die Hände vors Gesicht, ihre Schultern bebten, und sie begann wieder zu weinen. »Ich fürchte, meine Tochter wird viel Güte nötig haben. Wie konnte diese entsetzliche Sache geschehen? Ich habe alles getan, um mein Kind zu beschützen. Bei ihrer Schönheit und ihrem makellosen Ruf hätte sie einen respektablen Herrn heiraten können. Wer wird jetzt noch an die Tugend meines Kindes glauben, mein Herr? Wer wird sie zur Frau wollen, ein Mädchen, das zwei lange Jahre von Verbrechern gefangengehalten wurde?«

Ich wollte gerade vorschlagen, ihre Tochter könne in irgendeiner Stellung bei uns im Gästehaus arbeiten, doch Chaglas Rückkehr bewahrte mich glücklicherweise davor, ein so großzügiges Angebot zu machen, bevor ich das Mädchen überhaupt gesehen hatte.
Er half der alten Frau vom Stuhl. »Sie müssen für morgen wieder zu Kräften kommen«, riet er mitfühlend und führte sie die Treppe hinauf.
An diesem Tag bekamen wir unseren Gast nicht mehr zu sehen. Sie blieb in ihrem Zimmer, während Chagla am Stromaggregat herumbastelte und ich die Lecks inspizierte, die sich während der jüngsten Regengüsse im Dach gebildet hatten. Als es Chagla gelungen war, die Stromversorgung wiederherzustellen, hatte sich das Unwetter gelegt, und wir konnten den klaren Himmel ausnutzen, um kleinere Reparaturen am Dach vorzunehmen. Wir brauchten zwar vorerst noch kein Licht, aber ich war froh, daß die Ventilatoren funktionierten und die alte Dame sich etwas von der drückenden Luftfeuchtigkeit erholen konnte.
Zu meiner Freude hielt das schöne Wetter an. Am nächsten Morgen konnte ich nach Wochen wieder zu meinen frühmorgendlichen Meditationen auf die Terrasse gehen. Als ich den Garten durchquerte, sah ich eine weißgekleidete Gestalt durch die Haustüre schlüpfen, und da wußte ich, daß die alte Frau sich schon aufmachte, um ihre Tochter zu treffen.
Ich bedaure es immer, wenn die schweren Gewitter mich während der Monsunzeit daran hindern, auf die Terrasse hinauszugehen, denn in dieser Jahreszeit ist der Blick auf die Narmada das aufregendste Spektakel,

das man sich vorstellen kann. Wenn ich mich der Terrasse nähere, höre ich die fernen, von den Monsunregen angeschwollenen Wasserfälle durch die Marmorfelsen donnern wie die Brandung bei Flut, und unterhalb des Gästehauses brodelt und blubbert das Wasser um Stromschnellen herum, welche die Steine im Flußbett auswaschen, bis sie die ovale Form der *lingam* annehmen, die das Sinnbild Schiwas sind.

Aus irgendeinem Grunde tragen nur die Kieselsteine in der Narmada die Markierung, die das dritte Auge Schiwas bedeutet, sowie die drei Linien der Asche seines Asketen. Erst dadurch werden sie zu den geschmeidigen *lingam*, die an Hausaltären wie auch in mächtigen Tempeln mit denselben Worten verehrt werden: »In den lebendigen Steinen der Narmada ist Gott zu finden.«

Ich saß im Dunkeln und sprach meine Gebete, bis die ersten Strahlen des Tageslichts den Himmel über den in Monsunnebel gehüllten Feldern am jenseitigen Ufer des Flusses erhellten. Ein starker Wind schob Wolkenbänke auf unsere Hügel zu. Ich beobachtete, wie sie im Sonnenlicht Formen und Farben wechselten, während sie zum östlichen Horizont eilten, ähnlich Tierherden oder den Zinnen mittelalterlicher Städte, manche gelb, manche rauchfarben, manche weiß mit dem rosigen Hauch der Schneckenmuscheln.

Als ich meine Meditationen beendete, war der Himmel blau, und nicht eine Wolke war zu sehen. Ich beschloß, das schöne Wetter auszunutzen und zu Tariq Mia zu spazieren, gespannt, seine Reaktion auf die Geschichte der alten Frau zu vernehmen.

Seit meinem letzten Spaziergang war am Wegesrand hinter dem Gästehaus ein dichtes Unterholz aus Farnen gesprossen, und von dem Unwetter des Vortages tropfte noch Wasser aus dem üppigen Laubwerk. Blüten von Kriechgewächsen – blaue Winden, weißer Jasmin, orange-rosa Eisenkraut. Affen schnatterten von den Ästen herab, als ich mich ihnen näherte, und einmal blieb ich stehen, um einen radschlagenden Pfau zu beobachten, der vor einer fernen, mir unsichtbaren Pfauhenne seinen Paarungstanz vollführte.

Vor lauter Freude, im Freien zu sein, merkte ich gar nicht, daß ich auf der Hügelkuppe angekommen war, bis ich eine Gruppe Frauen aus dem Dorf sah, die mir von den Dschain-Höhlen aus zuwinkten.

Sie riefen, ich solle zu ihnen kommen.

»Sahib, sehen Sie, was wir gefunden haben!«

»Sahib! Kommen Sie, schnell!«

Eine Frau lief zu mir, nahm meinen Arm und zog mich zu einer Höhle, wo die anderen Frauen um ein schwarzes Bündel kauerten.

»Wir sind hierhergekommen, um trockenes Feuerholz zu suchen, und haben diese Sachen gefunden.« – »Was sollen wir damit anfangen, Sahib?«

Meine Hände fühlten sich plötzlich trotz der Hitze kalt an. Drei Gewehre und zwei Schachteln Kartuschen lagen, in Wachstuch gewickelt, im Schlamm.

»Schickt eure Männer nach Rudra, sie sollen die Polizei holen.«

Die Frauen sahen mir zu, wie ich das Wachstuch wieder um die Waffen schlug, und stellten lauthals Vermutungen an, wer die Gewehre versteckt haben mochte.

»Jemand soll Tariq Mia sagen, er möge seine Dorfleute drinnen behalten, bis er von mir hört. Ihr übrigen geht in eure Häuser zurück und bleibt dort, bis die Polizei euch sagt, daß ihr ohne Gefahr hinausgehen könnt.«

Als ich zum Bungalow kam, wies ich den Wächter an, darauf zu achten, daß das Personal das Grundstück nicht verließ. Er lief hinaus, um zu sehen, ob jemand das Gästehaus verlassen hatte, und ich trug das Wachstuchbündel in mein Büro. Ich war davon überzeugt, daß es etwas mit der Tochter der alten Frau zu tun hatte.

Ich schloß den Stahlschrank auf, in dem ich Bargeld für den Notfall verwahre, und verstaute die Gewehre und Kartuschenschachteln auf einem Stapel unbenutzter Ordner im untersten Fach. Während ich den Schrank verschloß, ging die Tür zu meinem Büro auf.

Eine schlanke junge Frau stand im Flur. Obwohl ihr weißer Sari aus grob gewebter Baumwolle war, verlieh er ihr ein beinahe majestätisches Aussehen, als sie darauf wartete, hereingebeten zu werden. Ich sah, daß sie eben gebadet hatte. Ihre dichten schwarzen Haare, die offen bis zur Taille herabhingen, waren noch naß. Sie hielt den Blick sittsam von mir abgewandt, aber ihre Demut wirkte wie ein Magnet: Sie zog zwingend meinen Blick auf sich. Während ihre länglich geformten Augen einen Gegenstand auf meinem Schreibtisch betrachteten, streiften die Wimpern ihre zartfarbigen Wangen.

»Ich bin gekommen, um Ihnen für die Güte zu danken, die Sie meiner Mutter erwiesen haben«, sagte sie leise. Ihre sanfte Stimme klang angenehm in meinen Ohren.

»Ihrer Mutter?«

»Ja. Wir haben uns auf der Straße getroffen.«

Ich zog ihr einen Stuhl heran, bemüht, meinen Schrecken zu verbergen. »Bitte. Bitte nehmen Sie Platz. Ist Ihnen wohl? Kann ich Ihnen etwas anbieten?«

Sie setzte sich mit so sparsamen Bewegungen, daß nichts von der Geschmeidigkeit ihres schlanken Körpers oder der fließenden Anmut ihrer Haltung ablenkte.

»Möchten Sie etwas essen? Brauchen Sie Geld oder ...«

»Meine Mutter hat sich bereits meiner Bedürfnisse angenommen«, unterbrach sie mich würdevoll.

Ich war auf eine derartige Selbstbeherrschung nicht gefaßt und konnte kaum glauben, daß sie eine solch furchtbare Tortur durchgemacht hatte. »Wo ist Ihre Mutter?«

»Sie ruht sich aus, bevor wir aufbrechen. Ich habe ihr gesagt, sie soll sich hinlegen.«

»Könnten Sie sie holen?«

»Bitte, Herr. Sie ist sehr müde. Bitte lassen Sie sie noch ein wenig ruhen.«

»Ich muß sie aber leider dringend sprechen.«

»Kann nicht ich Ihnen statt ihrer dienen?«

»Das weiß ich nicht. Man hat in unserem Dschungel Gewehre gefunden. Es wird eine Stunde dauern, bis die Polizei da ist, und bis dahin können Ihre Mutter und Sie fort sein. Aber Sie müssen mir unverzüglich sagen, ob Sie verfolgt werden. Ich bin für die Sicherheit meines Personals verantwortlich.«

Sie sah mich an, und ich glaubte Trotz in ihrer Miene aufblitzen zu sehen; dann schlug sie wieder sittsam die Augen nieder. »Niemand ist meinetwegen in Gefahr.«

»Woher wollen Sie wissen, ob Ihre Entführer Ihnen nicht auf der Spur sind?«

»Vielleicht glauben Sie mir, wenn ich Ihnen erzähle, warum ich entführt wurde.«

Sie faltete die Hände auf dem Schreibtisch. Ich konnte nicht umhin, die elegante Form ihrer schmalen Finger zu bemerken. Dann sah ich, daß die Nägel bis zum Fleisch abgekaut waren, und dieses Anzeichen von Nervosität rührte mich in einer Weise, wie es ihre Selbstbeherrschung nicht vermocht hatte. Als würde sie meine Gedanken lesen, schien sie mit einemmal ein verletzliches junges Mädchen zu werden.

»Es hat Wochen gedauert, bevor ich selbst erfuhr, warum man mich geraubt hatte, Herr. Ich kann Ihnen nicht viel über diese Wochen sagen, außer daß wir tiefer und tiefer in den Dschungel flüchteten, an einen Ort, den meine Entführer die Ruhestätte des Unsterblichen nannten, wohin kein Polizist ihnen zu folgen wagte.

Aus jener Zeit habe ich nur den bitteren Geschmack meiner Angst in Erinnerung, und meine Erschöpfung, und fremde Männer immer in der Nähe, so daß ich selbst bei meinen intimsten Verrichtungen ihr rohes Gelächter hören und den Gestank ihrer ungewaschenen Leiber riechen konnte. Und während der ganzen Zeit war es meine schlimmste Angst, vom Anführer der Bande geschändet zu werden.

Eine Aura finsterer Macht schien ihn wie eine Wolke zu umschließen, und er starrte mich immerzu an. Einmal sah ich ihn den Zipfel seines Turbans ins Wasser tauchen, um sich den Staub vom Gesicht zu wischen, und unter der schwarzen Schmiere kam helle Haut zum Vorschein. Für mich blieb er dennoch schwarz, im Sinne von etwas Bösem, Abschreckendem. Als ich seine Män-

ner ihn Rahul Singh nennen hörte, verwandelte das Entsetzen meine Gliedmaßen in Stein. Sogar in Shahbag wußten wir von Rahul Singhs Untaten. Ab diesem Tag suchte ich mich zu verstecken, wann immer ich mich von ihm betrachtet fühlte. Doch seine Augen waren unentwegt auf mich gerichtet und beobachteten mich wie ein Panther, der sich an eine Ziege heranpirscht.«
Sie preßte ihre Handgelenke an die Schläfen. Einen Augenblick dachte ich, sie würde ohnmächtig, doch sie strich beinahe kokett die Haare zurück und fuhr fort:
»Schließlich gelangten wir an den Ort, wo der Unsterbliche schlafen soll. Es war eine öde Stätte. Keine menschlichen Behausungen. Nur die Schreie wilder Tiere und das Kreischen der Hyänen. Wochenlang hatte ich im Dschungel gelebt, und jedesmal, wenn ich mich hinlegte, fürchtete ich mich vor Schlangen. Nun wurde ich in einer Höhle gehalten wie ein Tier. Da flehte ich Gott an, mich sterben zu lassen. Leider entdeckte ich, daß der Wille zu leben stärker ist als die Sehnsucht zu sterben.«
Sie lachte, aber ihr Lachen war ohne Heiterkeit. »Und eines Nachts geschah das, was ich am meisten fürchtete. Rahul Singh erschien in meiner Höhle. Er stellte eine Laterne zwischen uns und setzte sich. Mir war, als ob Stunden vergingen, indes er mich nur schweigend anstarrte mit diesen Augen, die rot waren von Staub. Ich hoffe, Sie werden nie eine solche Angst erfahren, wie ich sie damals verspürte, Herr, als ich darauf wartete, daß er zur Tat schritt.
Schließlich sagte er: ›Ich bitte um Verzeihung für das Leid, daß ich dir angetan habe.‹ Ich begriff die Schüch-

ternheit nicht, mit der dieser Mann, der allein mit seinem Namen Furcht einflößte, nun sagte: ›Gott kennt meine Seele, und er weiß, ich hätte dich nicht diesen Demütigungen ausgesetzt. Aber ich lebe auf der Flucht vor der Ungerechtigkeit, und du mußt leben wie ich.‹

Ich flehte ihn an, mich freizulassen. In meiner Verzweiflung versuchte ich ihn gar zu bestechen: ›Meine Mutter ist keine wohlhabende Frau. Aber sie wird betteln oder stehlen, um ein angemessenes Lösegeld für mich zu bezahlen.‹

›Wir haben dich nicht um des Lösegeldes willen mitgenommen.‹

›Aber was werden Sie dann mit mir machen?‹

›Das weißt du nicht? Du, die du in so vielen Leben vor dem jetzigen meine Frau gewesen bist? Das weißt du nicht?‹

›Nein!‹ schrie ich. ›Nein, nein und nochmals nein!‹ Ich weiß nicht, was ich mit meinem Nein noch alles ableugnete außer der wahnsinnigen Idee, von der mein Entführer offenbar besessen war. Ich wußte nur, daß dieser Verrückte mir eröffnete, er würde mich niemals nach Hause gehen lassen. Ich schrie und schrie, als er sagte: ›Niemand wird dir ein Leid antun. Du stehst unter meinem Schutz.‹ Ich schrie und dachte, ich werde nie mehr in unser *haveli* zurückkehren dürfen, nie wieder die Süße meines früheren Lebens genießen, wo jede Bewegung, jeder Laut danach beurteilt wurden, ob sie angebracht waren. Ich schrie, weigerte mich zu glauben, daß ich gezwungen sein würde, den Rest meines Lebens bei diesen rauhen Verbrechern zu verbringen. Aber wer sollte mich an dieser öden Ruhestätte des Unsterblichen hören?

Ich kann Ihnen nicht sagen, wie lange ich geschrien habe, nur, daß ich selbst verrückt geworden sein muß; denn als ich wieder zur Besinnung kam, befand ich mich in einer Lehmhütte, und Dorffrauen nahmen sich meiner an.«

Ihr dichtes Haar war ihr über die Schultern gefallen. Sie strich es unwillig zurück und hob die Arme, um es im Nacken zu einem Knoten zu winden. Durch diese Geste drückten sich ihre runden Brüste gegen den dünnen Stoff ihres Saris, und ich sah ein Muttermal in ihrer Halsbeuge. Verlegen, weil mich ihre Schönheit dermaßen zu erregen vermochte, noch während sie mir ihre entsetzliche Geschichte erzählte, senkte ich den Blick und begann in den Papieren auf meinem Schreibtisch zu kramen.

»Wieder in der Gesellschaft von Frauen, gewann ich langsam meinen Verstand zurück und begann meine Flucht zu planen, aber als ich die Frauen bat, mir zu helfen, lachten sie nur. ›Wie willst du Rahul Singh entkommen? Er kennt diese Berge besser als irgendeiner unter den Lebenden.‹

Ich flehte sie an, mir beizustehen, diesem Mörder zu entfliehen.

›Rahul Singh ist kein Mörder!‹ herrschten sie mich an. ›Er hat die höchsten Orden für seine Tapferkeit in zwei Kriegen mit Pakistan verliehen bekommen. Als sein Militärdienst zu Ende war und er nach Hause kam, waren seine Angehörigen tot und seine Ländereien geraubt. Niemand wagte ihm zu helfen. Der Mann, der ihm sein Land genommen hatte, besaß die Protektion der Politiker seines Ortes. Rahul Singh hat nur getan, was jeder

Ehrenmann tun würde, wenn ihm Gerechtigkeit versagt wurde. Er schwor den Mördern seiner Familie Rache und hat sie alle getötet. Natürlich ist er seither ein Gejagter. Aber er hat nie jemandem etwas zuleide getan, der es nicht verdiente.‹

Ich erzählte ihnen, daß er mir ein Leid angetan hatte, indem er mich meiner Familie raubte. Wieder und wieder bat ich sie, mir bei der Flucht zu helfen. Sie lachten und zeigten mir die Geschenke, die er für mich dagelassen hatte. Und als er kam, um mich wieder in den Dschungel zu holen, übergaben sie mich ihm, als wäre ich seine Braut.«

Wie hypnotisiert von ihrer leisen Stimme, lauschte ich gebannt, doch aus irgendeinem Grund schien mir die Haltung des Mädchens verändert. Nun erzählte sie ihre Geschichte, als führe sie ein Theaterstück auf. Ihre Mimik wechselte, je nachdem, ob sie ihre eigenen Worte oder die ihrer Bewacherinnen sprach. Sie wirkte nicht mehr verletzlich, als sie die folgenden Monate schilderte, in denen sie, weil sie keine Waffen hatte außer denen des *haveli,* alle Künste einsetzte, um das Begehren Rahul Singhs zu erregen.

»Zu diesem Zeitpunkt wußte ich, oder ahnte es zumindest, daß die Dorffrauen recht hatten und er mich ohne meine Einwilligung nicht anrühren würde. Also bestrafte ich ihn, indem ich sein Verlangen nach mir entfachte und dann über seine Not lachte, wenn ich ihm zeigte, wie ungeschlacht ich ihn fand, wie sehr es ihm an den Feinheiten mangelte, die ich bewunderte.

Er ertrug meinen Haß und meine Beleidigungen. Jedesmal, wenn er auf Raubzug ging, kam er mit einem Geschenk für mich zurück, für das er sich, wie seine Männer erzählten, unter Lebensgefahr in einen Basar gewagt hatte. Und wenn er im Lager war, saß er wie ein stummes Tier vor meiner Höhle und ertrug die schlimmsten Grausamkeiten von mir.«

Ihr Gebaren war jetzt von einer Verschlagenheit, die ich allmählich hartherzig, ja abstoßend fand. Ihre Schönheit setzte mich nach wie vor in Erstaunen, doch nun erkannte ich in ihren Gesten die Kunstgriffe der Kurtisane, als sie mir schilderte, wie Rahul Singh ihr neue Kleider und einmal sogar eine Garnitur Fußglöckchen vor die Höhle gelegt hatte.

»Vermutlich war es die Langeweile, die mich dazu verleitete, die neuen Kleider und die Fußkettchen anzulegen und mich im Tanzen zu üben. Er stand vor der Höhle und sah mir zu, als wolle er beweisen, daß es eine größere Kunst gebe als alle meine Künste, nämlich die Fähigkeit, jemanden so zu lieben, wie er mich liebte. Und ich? Ich tanzte, als mache es mir Vergnügen, doch in Wirklichkeit tanzte ich, um ihn zu verspotten.

Eines Abends konnte er meine Grausamkeit nicht mehr ertragen. Unter den Bäumen vor meiner Höhle, wo kein Licht war außer dem der Sterne, die durch den dichten Blätterbaldachin schienen, und kein Laut, der ihm hätte widersprechen können, außer dem Schrei der wilden Tiere, rief er mir zu: ›Weißt du nicht, daß du mein bist? Du bist in vielen Leben mein gewesen, aber jedesmal habe ich dich verloren. Diesmal habe ich meinen Dolch gezogen, bevor das Schicksal zustoßen kann. Ich lasse dich nicht fort.‹

Er streckte die Arme nach mir aus, und plötzlich wußte ich, daß er die Wahrheit sprach. In dieser Nacht ließ ich mich umarmen von dem Mann, der mich gefangengenommen hatte. Von seinen Berührungen geleitet, erfuhr ich, daß ich seinen Körper in hundert Leben gekannt hatte, bevor er mich nun, als Jungfrau, erneut nahm, auf der dünnen Baumwolldecke, die alles war, was unsere Leiber vor dem Erdboden schützte.«

Ich starrte sie an, vernahm kaum ihren Bericht von ihrer heimlichen Vermählung im Tempel von Supaneshwara. Ich konnte nur daran denken, was ihre Mutter empfinden würde, wenn sie entdeckte, daß ihr unschuldiges Kind den Satan verführt hatte, von dem sie geraubt worden war.

»Nach der Heirat fürchtete er, die Polizei könnte mich in Gewahrsam nehmen, um seiner habhaft zu werden, und er wünschte, daß ich den Gebrauch eines Gewehres erlernte, um mich zu verteidigen, wenn er fort war.

Er brachte mich zu seinem Geheimversteck und unterwies mich im Schießen. Wir waren so glücklich, dort in unserer Abgeschiedenheit. Ein großer Krieger schlafe irgendwo in der Nähe, erzählte er mir, und Honigbienen umkreisten angeblich seinen Kopf. Er lachte und sagte, seine Männer hielten ihn selbst für unsterblich, weil er von einer dieser Bienen gestochen worden war. Ich wollte auch von einer solchen Honigbiene gestochen werden, damit wir immer zusammenbleiben konnten, und manchmal machten wir uns auf, den Krieger zu suchen, aber wir haben ihn nie gefunden, da unser Verlangen füreinander uns ablenkte.

Als wir ins Lager zurückkehrten, begab er sich wieder mit seinen Männern auf Raubzüge. Während er fort war, rief ich mir immer wieder die Geschichte von den Bienen ins Gedächtnis, um meine Angst um seine Sicherheit zu beschwichtigen. Ich wußte, daß er sich bei jedem Raubzug in Lebensgefahr begab, nur um etwas für mich zu kaufen, einen Schleier für meinen Kopf oder eine wohlriechende Essenz, die ich mir auf den Puls strich. Wissen Sie, er war ein seltsamer Mensch. So großzügig, daß er nicht wußte, *daß* er großzügig war, und doch zögerte er stets, etwas von anderen zu erbitten.«

Ich hob die Hände, um ihr Einhalt zu gebieten, da ich befürchtete, ihre Erzählung sollte bezwecken, mein Mitgefühl für ihren Entführer zu wecken und mich von den in meinem Schrank verschlossenen Gewehren abzulenken. Sie beachtete mich nicht.

»Erst als ich schwanger wurde, glaubte mein Mann aufrichtig, daß ich ihn liebte. Da wurde er leichtsinnig. Er wollte genügend Geld haben, um in einen fernen Teil des Landes zu ziehen, wo niemand von ihm gehört hatte, wo wir alt werden könnten wie ein beliebiges Ehepaar und unseren Kindern beim Spielen zusähen, während wir im Schatten eines Zedrachbaumes säßen.

Einer seiner Raubzüge führte ihn in die Nähe von Shahbag. Weil er mir eine Freude machen wollte, ging er in den Basar, um etwas für mich zu kaufen, das mich an meine Kindheit erinnerte. Er hatte vergessen, daß der ganze Basar sein Gesicht kannte. An den Mauern hingen noch alte Plakate aus der Zeit, als er mich entführt hatte. Ehe er entkommen konnte, traf die Polizei ein.

Er wurde beim Schußwechsel schwer verletzt. Den anderen gelang es, ihn in unser Lager im Dschungel zu schaffen, und ich pflegte ihn Tag und Nacht. Aber ich wußte, daß er im Sterben lag. Er hat kein einziges Mal

die Augen aufgeschlagen, nicht einmal, um mir Lebewohl zu sagen.
Ohne ihn als Anführer konnte die Bande nicht weiterbestehen. Wir teilten, was wir hatten, und ich versteckte mich in einem Dorf, wo ich auf meine Niederkunft wartete. Mein Kummer war zu groß, um das Leben in mir zu erhalten. Ich verlor das Kind.«
Sie trat ans Fenster und sah lange Zeit stumm auf den Fluß hinab. »Vorigen Monat habe ich meiner Mutter eine Nachricht geschickt. Ich wollte zu ihr nach Shahbag zurückkehren und herausfinden, wer Rahul Singh verwundet hatte, um Rache zu nehmen an den Männern, die meinen Mann und mein ungeborenes Kind getötet hatten.«
Sie drehte sich zu mir um. Alle Künstlichkeit war aus ihrem Benehmen geschwunden. Jetzt sprach aus ihren Augen die Verzweiflung eines eingefangenen Tieres.
»Vielleicht hat mein Mann mit seiner Willenskraft bewirkt, daß Sie meine Gewehre fanden. Er wollte nie, daß ich sein Leben lebte, auf der Flucht vor der Polizei. Aber sagen Sie mir, Herr, wie lange kann ich unser Geheimnis bewahren, Herr?«
»Geheimnis?«
»Ich bin Rahul Singhs Frau. Irgendein ehrgeiziger Polizist wird mich beschuldigen, an den Verbrechen meines Mannes beteiligt gewesen zu sein. Können Sie sich vorstellen, was dann mein Schicksal sein wird? In einer Zelle eingesperrt? Eine Frau, bekannt als Kurtisane und Ehefrau eines Banditen?«
Ein schüchternes Klopfen war an der Türe zu vernehmen. Ich wurde einer Antwort enthoben, denn die alte

Dame trat ein. Sie sah entschieden kräftiger aus, und Freudentränen glitzerten in ihren Augen, als sie mir mehrmals für die Erlaubnis dankte, im Gästehaus zu wohnen. Dann nahm sie ihre Tochter bei der Hand, und sie verließen mein Büro.

Ich sah sie über das Gras, dem der Monsun eine samtene Üppigkeit verliehen hatte, zum Tor gehen, zwei Gestalten in Weiß. Das Mädchen hatte seinen schlanken Arm um die gebeugten Schultern der älteren Frau gelegt.

Zu meiner Verwunderung schlugen sie nicht den Weg nach Rudra ein, sondern gingen zu den Klippen über dem Fluß. Ich konnte sie in der Ferne unter einem Baum stehen und beim Reden die Köpfe zusammenstecken sehen. Plötzlich umarmte die junge Frau die alte und war verschwunden. Ich rieb mir ungläubig die Augen, aber als ich wieder hinsah, stand immer noch allein die einsame Gestalt der alten Frau da, die sich an den Baum lehnte und in den Fluß hinabblickte.

Ein Motor war in der Ferne zu hören, während die alte Frau langsam zu Boden sank und sich vorsichtig nach vorn beugte, um in die Stromschnelle unterhalb der Klippe zu sehen. Das Motorengeräusch konnte nur von dem Polizeijeep sein, der auf dem Weg zum Gästehaus war, und ich wußte nicht recht, was als nächstes zu tun sei. Ängstlich beobachtete ich die alte Dame und fragte mich, ob ich ihr zu Hilfe kommen sollte. Zu meiner Erleichterung richtete sie sich jedoch auf und machte sich langsam auf den Weg nach Rudra.

Das Heulen des Jeepmotors war jetzt viel näher. Ich schloß den Schrank auf, wickelte die Gewehre aus und legte sie nebeneinander hinter meinem Schreibtisch auf den Fußboden. Dann stapelte ich die Kartuschen neben die Gewehre und setzte mich an den Schreibtisch, um auf die Polizei zu warten.

Ich hörte ein Rasseln: Es war Chagla, der sein Fahrrad an dem Zaun vor dem Gästehaus ankettete. Im nächsten Moment trat er in mein Büro, eine kummervolle Miene trübte sein pausbäckiges Gesicht. »Was für eine traurige Begebenheit, Herr. Eine Tragödie.«

»Bevor wir uns zu sehr aufregen, wollen wir hören, was die Polizei zu sagen hat.«

»Die Polizei! Wozu ist die Polizei jetzt nütze, Herr?« fragte er bedrückt. »Ich habe unseren Gast auf der Straße getroffen. Sie sagte mir, sie gehe nach Hause, weil ihre Tochter tot ist.«

»Unsinn, Chagla. Die Tochter war hier in meinem Büro, es ist erst eine halbe Stunde her.«

»Das kann nicht sein, Herr. Die alte Dame sagte, ihre Tochter hat sich ertränkt, um sich ihrer Festnahme zu entziehen.«

Der Polizeijeep bremste vor unserem Tor und hielt. Der Hauptmann rief seinen Leuten Befehle zu, während er durch den Garten rannte. »Stellt einen bewaffneten Wächter an das Tor! Jemand soll das Personal zusammentrommeln und fragen, ob in der Nachbarschaft Fremde gesehen wurden.«

»Was ist los, Herr? Warum ist die Polizei ...«

»Rasch, Chagla«, unterbrach ich ihn. »Sagen Sie mir, was die alte Dame Ihnen erzählt hat. Schnell, bevor die Polizei hier ist.«

»Daß ihre Tochter sich ertränkt hat, Herr. Sie habe es

mit eigenen Augen gesehen. Können Sie eine solche Tragödie fassen?«

Dann sah er die Waffen auf dem Boden hinter meinem Stuhl. Er starrte überrascht auf die Gewehre. »Aber Herr, woher haben Sie die vielen Waffen? Und die schreienden Polizisten, was ist ...«

»Hat die alte Dame sonst noch etwas gesagt?« drängte ich.

»Nur, daß sie froh ist, daß ihre Tochter in der Narmada starb, denn das werde sie von all ihren Sünden läutern.«

Die Türe flog auf, und Chagla trat verwirrt von den Gewehren zurück.

»Ich wünsche eine Liste der Waffen«, brüllte der Polizeihauptmann dem Wachtmeister zu, der ihm ins Büro folgte. »Seriennummern, Kartuschentype, irgendwelche Anzeichen, ob sie aus einem Armeelager gestohlen wurden.«

Der Polizeihauptmann zog ein Notizbuch hervor und setzte sich mir gegenüber an meinen Schreibtisch. »Und jetzt, Sahib, fangen Sie von vorne an. Sagen Sie mir alles, was Sie wissen.«

12. Kapitel

Manchmal, wenn ich das Gefühl habe, daß mein Dasein eine allzu starre Routine annimmt, verlasse ich die vertraute Umgebung meines Hauses am Fluß und verbringe einen Tag in der Tempelstadt Mahadeo.
Gewöhnlich treffe ich am Nachmittag in Mahadeo ein und gehe schnurstracks zu den Basaren, die sich hinter den Tempeln oberhalb des Flusses ausbreiten.
Während meiner Zeit als Staatsbeamter hatte ich keinen Grund, einen Basar zu betreten, da meine Frau die Besorgungen für unseren Haushalt erledigte. Meine wenigen Einkaufsausflüge führten mich ausschließlich in klimatisierte Geschäfte. Wenn ich nun durch die Straßen schlendere und die vergnügten Gesichter feilschender Kunden und die herablassenden Mienen der Ladenbesitzer beobachte, kommt mir in den Sinn, wie eingeschränkt doch mein früheres Leben war.
Oft verirre ich mich beim Durchstreifen des Labyrinths von Geschäften, die so dicht aneinandergebaut sind, daß sie fast wie ein einziges Gebäude wirken, mit balkonbestückten Brücken, welche die schmalen Gassen

direkt über den Köpfen der Menschen überspannen. Um diese Stunde öffnen die Ladenbesitzer ihre Geschäfte für den Abend; ihre einzige Kundschaft sind Bauersfrauen, die Armreifen aus Glas für ihre Töchter aussuchen oder um den Preis für ein Stück Seife feilschen, auf deren Verpackung das Gesicht eines Filmstars abgebildet ist.

Aber wenn bei Anbruch der Abenddämmerung die Bewohner von Mahadeo kommen, um ihre Einkäufe zu tätigen, mutet der Basar wie ein Jahrmarkt an. Bunte elektrische Lichterketten flackern an den Balkonen. Kinder zupfen mit den Lippen an Zuckerwatte. Straßenhändler schreien, kahlgeschorene Priester bahnen sich einen Weg zu den Tempeln am Flußufer, Hausfrauen zetern, Frauen drücken feuchtes Henna in komplizierten Mustern auf die Hände kichernder Schulmädchen, junge Männer schlüpfen verstohlen in Geschäfte, wo Bauernschnaps verkauft wird, weißgewandete Pilger beeilen sich, ihre Einkäufe für die Abendandachten zu vervollständigen.

Anstatt sich von der Gläubigkeit, der sie tagtäglich begegnen, inspirieren zu lassen, messen die Händler von Mahadeo Frömmigkeit an Leichtgläubigkeit. Seit Generationen leben sie von den Narmada-Pilgerreisenden, und ich beobachte amüsiert, wie sie mit untergeschlagenen Beinen in ihren von Petroleumlampen erleuchteten Geschäften sitzen, die Pilger mit allem Nötigen versorgen und sie zum Kauf vieler Dinge, die sie nicht brauchen, überreden: noch eine Packung vom teuersten Weihrauch, noch mehr safranrote Stoffreste, noch eine Handvoll der kostspieligsten glückbringenden Steine.

Aber gewiß doch mindestens ein Dutzend Tonlampen, um sie auf dem Fluß schwimmen zu lassen?
Meine Faszination angesichts von soviel Energie, die sich in dem Basar entlädt, läßt mich jedesmal verweilen, und gewöhnlich ist es schon spät, wenn ich zu der Steintreppe komme, die sich über die ganze Länge der vierzig dicht aneinandergedrängten Tempel am Flußufer erstreckt.
Die flachen Stufen, vielleicht zwanzig an der Zahl, führen von den Vorhöfen der Tempel zum Wasser hinab und beherbergen wie der Basar einen ganzen Kosmos geschäftiger Menschen. Bettler und heilige Männer; Priester, welche die Andächtigen in der Huldigung des Flusses unterweisen; Horoskopdeuter und Handleserinnen; Händler mit Körben voller Ringelblumen, die den Götterbildern als Opfer dargebracht werden, oder mit Glasbildern von den Göttern als Souvenirs; Frauen, die nach dem rituellen Bad ihre Saris auf den Stufen trocknen, welche noch warm sind von der Hitze des Tages; Pilger, die Öl in die Tonlampen gießen, um sie auf dem Fluß schwimmen zu lassen.
Oberhalb der Treppe erheben sich, gleich einer Stadt, die Tempel. In den Vorhöfen wimmelt es von Familien, welche durch die reliefgeschmückten steinernen Bögen treten, um den Götterbildern ihre Opfer darzubringen. Wenn sie herauskommen, läuten sie die Tempelglocken und halten ihre Kinder in die Höhe, damit sie die Klöppel schlagen. Während das Geläute noch durch die Dunkelheit hallt, gehen die Familien die Treppe hinab und legen Süßigkeiten vor die Bettler und heiligen Männer, die auf den Stufen sitzen.

Die Mannigfaltigkeit der Menschen hier läßt mein Interesse nie ohne Nahrung, und oft komme ich mit den Pilgern ins Gespräch. Über den Fluß scheinen die einsamen Lichter meines Gästehauses wie ein Leuchtturm in der Schwärze des Dschungels; sie fordern mich auf, zurückzukehren und nachzusinnen über das, was ich erfahren habe.
Wenn ich mich nämlich mit einem Fremden auf diesen Stufen unterhalte, erfahre ich Dinge über den Fluß, die ich zuvor nicht wußte.
Einmal saß ich zum Beispiel hinter einer Frau, welche die vor ihr auf einem Tuch ausgelegten billigen Glasmalereien, Abbilder der Götter, betrachtete, indes der Verkäufer sie beschwatzte, eines zu kaufen.
Ich konnte ihr Gesicht nicht sehen, nur das dichte, in ihrem schlanken Nacken zusammengefaßte schwarze Haar und ihre feinen Finger, die die Bilder eins nach dem anderen ins Licht hielten. Ich stellte mir gerade ihr schönes Gesicht vor, da stieß ein Kind sie von hinten, und das Bild fiel ihr aus der Hand. Sie griff in ihre Tasche, um die zerbrochene Ware zu bezahlen, und noch während der erzürnte Verkäufer das Kind beschimpfte, wandte er sich einem anderen Kunden zu.
Als ich die Frau sich bücken sah, um die Glasscherben aufzulesen, bevor sich ein Passant in den Fuß schnitt, kam ich ihr zu Hilfe. Sie wandte sich um, mir zu danken, und mir stockte der Atem vor Erstaunen, weil sie so häßlich war, während ich sie mir so schön vorgestellt hatte. Eine große Nase saß schief in ihrem beinahe männlichen Gesicht und überschattete die dünnen Lip-

pen, die sich in einem Kinn verloren, das ähnlich einem Henkel aufwärts gebogen war.

»Die Leute erschrecken immer, wenn sie mich das erste Mal sehen«, sagte sie leise, als sie mir die Scherben aus der Hand nahm.

Ich hätte weinen mögen über meine Grausamkeit. »Nein, nein. Das war es nicht. Ich habe mir die Hand an einem Glassplitter geschnitten.«

»Zeigen Sie her.« Sie hielt meine Hand ins Licht, wie sie es mit den Bildern gemacht hatte. »Kein Schnitt zu sehen.«

Schweigend lasen wir die restlichen Scherben auf. Als wir alle eingesammelt hatten, legten wir sie in eine Zeitung, welche die Treppe heruntergeweht wurde. Zu meiner Verwunderung zog die Frau ein Stück Glas aus der Zeitung und setzte sich auf die Treppe, um es zu betrachten. Ich setzte mich neben sie. Sie reichte mir die Scherben. Es war ein primitives Bild eines Frauentorsos mit leuchtend rosa Brüsten, auf aquamarinblauem Hintergrund gemalt.

Sie schien die Primitivität der Malerei nicht zu bemerken. »Sehen Sie es nicht? Das ist Schiwas Gemahlin, die Göttin Parwati. Die Göttin hat schwere Bußen auf sich genommen, damit Schiwa ihre Liebe erwidert. Ist es da nicht nur recht und billig, daß eine so große Liebe Musik gebiert?«

Ich muß wohl ein verdutztes Gesicht gemacht haben, denn sie hub schüchtern zu einer Erklärung an: »Die Musiker glauben, daß Schiwa eines Morgens, nachdem er und die Göttin sich die ganze Nacht geliebt hatten – und im Leben der Götter ist eine Nacht wie dreißigtausend Menschenjahre –, aus dem Bett aufstand und sah, daß die Göttin noch schlief. Nie hatte er sie schöner gesehen. Ihre Brüste waren wie vollkommene Kugeln, und auf ihnen ruhte ihr schlanker Arm; ihre zerbrechlichen Armreifen glitten mit jedem Atemzug auf und ab. Bei diesem Anblick wurde Schiwa von solcher Zärtlichkeit ergriffen, daß er ein Instrument schuf, um die unsterbliche Schönheit seiner Gemahlin zu verewigen. Das erste Musikinstrument, die Wina.

Die zwei Kugeln, die der Wina die Resonanz geben, sind Parwatis Brüste. Der Hals der Wina ist ihr schlanker Arm, die Bünde der Wina sind ihre Glasreifen, und die Musik der Wina ist der Ausdruck von Schiwas Liebe.«

Ich betrachtete den gemalten Torso, vermochte aber auch nicht die Spur von Schönheit daran zu finden. Die Frau schien mein Unvermögen zu verstehen, denn sie sagte: »Vielleicht kann nur ein Genie Schönheit in etwas scheinbar Häßlichem sehen. Mein Vater kann es. Und ihn nennt man ein Genie.«

Sie verfiel in Schweigen. Unter uns standen zwei Pilger bis zur Taille im dunklen Fluß. Sie schöpften Wasser mit den Händen und ließen es durch ihre Finger rinnen, während sie sangen: »Om. Om. Om.«

Die Frau zeigte auf sie. »Das rezitiert mein Vater jeden Morgen, bevor er auf seiner Wina spielt. Zuerst schließt er die Augen und holt tief Atem. Dann, wenn ich denke, seine Lungen müssen platzen, wenn er nicht sofort ausatmet, intoniert er Om – mit geschlossenen Augen und reglosem Körper, so daß nur die Vibration

seiner tiefen Stimme zwischen seinen Lippen hervorkommt.
Als Kind glaubte ich Gegenstände im Zimmer von der Vibration zittern sehen zu können, obwohl sich nichts bewegte, wenn ich genauer hinschaute. Aber manchmal konnte ich den reinsten Ton von einer Saite seiner Wina hören, einen Laut, so zart, daß er in der Luft verging, bevor ich ihn mir einprägen konnte. Dann öffnete er die Augen und sagte:

›Om ist die drei Welten.
Om ist die drei Feuer.
Om ist die drei Götter.
Wischnu, Brahma, Schiwa.‹«

Sie lächelte mich an, und wir lauschten eine Weile dem Gesang der Badenden. Plötzlich fuhr sie fort: »Es klingt wie eine einzige Note. Aber in Wirklichkeit sind es dreieinhalb Töne. Können Sie sie hören?«
Ich lauschte aufmerksam. Alles, was ich hörte, war die eine Note, welche die Badenden in die Nacht hinausstießen.
»Nein? Horchen Sie. Es wird durch die drei getrennten Bewegungen des Körpers erzeugt – wenn man die Lippen öffnet, wenn man den Atem ausstößt, wenn man die Lippen schließt. Versuchen Sie es.«
Noch immer verlegen über meine Roheit beim Anblick ihres Gesichts, öffnete ich gehorsam den Mund und spitzte die Lippen. Ich staunte über die Kraft, mit welcher das Om meinem Mund entströmte.
Während sie mir lauschte, rezitierte sie:

»Der erste Laut des Om ist die vordergründige Welt.
Der Laut des wachen Bewußtseins.
Der Laut der groben Erfahrung.«

Ich hielt die Lippen geschlossen und spürte, wie das Om durch meine Nasenlöcher vibrierte. Sie fuhr fort:

»Der zweite Laut des Om ist die
hintergründige Welt.
Der Laut des träumenden Bewußtseins.
Der Laut der tiefgründigen Erfahrung.«

Jetzt war mir, als würden meine Lungen bersten, indes ich mich mühte, den Ton in die Länge zu ziehen, und sie rezitierte:

»Der dritte Laut des Om ist die untergründige Welt.
Der Laut des traumlosen Schlafs.
Der Laut der machtvollen Erfahrung.«

Ich hatte keine Luft mehr in den Lungen, spürte aber immer noch das Vibrieren meiner Lippen, als ich tief Atem holte und sie rezitierte:

»Die halbe Silbe des Om ist Schweigen.
Der Laut der untergründigen Welt.
Er ist das endgültige Ziel,
das Ziel, das unvergleichliche.«

Sie lachte, als sie mich keuchend Atem schöpfen sah, und ich glaubte, sie wolle mich zum Narren halten, um

sich für meine anfängliche Taktlosigkeit zu rächen. Verärgert über ihr Experiment, fragte ich unwirsch: »Warum sind Sie eigentlich in Mahadeo?«
»Ich bin auf einer Pilgerreise.«
»Sie sind nicht wie eine Pilgerin gekleidet.«
»Oh, ich bin nicht auf einer frommen Pilgerreise. Diese Reise gehört zu meiner musikalischen Ausbildung.«
»Ich dachte, Musiker müßten üben und nicht an einem Fluß herumspazieren.«
»Vielleicht haben die meisten Musiker nicht das Pech, ein Genie zum Lehrer zu haben.«
»Und ich nehme an, Sie sind absolut sicher, daß Ihr Lehrer ein Genie ist?«
»O ja. Er ist der beste Winaspieler der Welt. Unser Haus ist immer voll mit berühmten Musikern, die meinen Vater bitten, sie als Schüler anzunehmen. Aber er hat sein Wissen erst zweimal weitergegeben. Mir ...«
Sie verstummte, und ich sah ihr zu, wie sie die Glasscherben in Zeitungspapier wickelte und sorgfältig in ihrem Beutel verstaute.
»Und wer ist der andere?« fragte ich, außerstande, meine Neugier zu zügeln.
Ihre großen Augen schienen mit einem inneren Dunkel zu verschmelzen, als sie traurig erklärte: »Der andere ist der Grund meines Hierseins.«
Nun erst recht neugierig geworden, bat ich sie, mir den Anlaß ihrer Pilgerreise zu erklären.
Sie schüttelte den Kopf. »Das hätte keinen Sinn, solange Sie nichts von meinem Vater wissen.«
»Dann erzählen Sie mir von ihm.«

13. Kapitel

Die Erzählung der Musikerin

Man hat es schwer, wenn man das Kind eines Genies ist. Schon als ich noch ganz klein war, keine drei Jahre alt, wurde mir bewußt, daß mein Vater in einer anderen Sphäre weilte, als hätte er mit Gott eine Abmachung getroffen, die ihn über menschliche Begrenzungen hinaushob.

Niemand verwehrte es mir, mich vor seinem Musikzimmer auf den Fußboden zu legen, um ihm zuzuhören, denn ich war mucksmäuschenstill, wenn seine Finger über die Bünde der Wina glitten und Formen in der Luft schufen, ein vollendetes Klanggebäude, das ich durchstreifen und umrunden konnte und das beim Zuhören eine dermaßen kompakte Gestalt annahm, daß ich glaubte, es würde tausend Jahre bestehen.

Als Kind habe ich mich immer gefragt: Wohin geht solche Schönheit? Welches Geisterpublikum wartet darauf, daß die Klänge sich zu Bögen, Gewölben, Balkonen, Türmen und Domen zusammensetzen, in denen man wohnen kann? Aber ich konnte meinen Vater nicht fragen. Er war von Musikern umgeben, deren stiller Beifall

ihn umschwebte, so unüberwindbar wie tiefes Wasser, während sie seinem Genius lauschten, der ihn auf der Leiter der Musik, die er mit seiner Wina so behutsam gestaltete, in eine unbekannte Dimension entführte.
Wann immer ich mich meinem Vater zu nähern suchte, schlug das Meer schmeichelnder Bewunderung über meinem Kopf zusammen, bevor ich die lächelnde Gestalt erreichen konnte, die mich teilnahmslos betrachtete, als sei ich ein junger, herrenloser Hund, der sich in sein Musikzimmer verirrt hatte. Von meinem Vater ließ sich wohl kaum sagen, daß er die Gegenwart anderer Menschen wahrnahm, es sei denn, sie störten seine Musik. Und deswegen nahm er mich nicht wahr. Wohl aber meine Verzweiflung.
Verzweiflung ist eine Gefühlsregung, und Gefühlsregungen waren für ihn wie Schwärme von leuchtenden Fischen, die durch seine Melodien schwammen. Oder wie bunte Gase, die durch den Äther schwebten, in dem seine Musik weilte.
Als ich sechs Jahre alt war, streckte mein Vater, der unter all den großen Musikern, die ihn anflehten, zu seinen Füßen sitzen zu dürfen, nie einen Schüler angenommen hatte, zum Erstaunen des ganzen Hauses seine Hand aus – gleichsam eine Brücke für mich bauend, auf der ich den uns trennenden Abgrund der Lobpreisungen überqueren konnte – und erbot sich, mich in Musik zu unterweisen.
Meine erste Musiklektion zog sich über mehrere Monate hin. Während der ganzen Zeit durfte ich kein Instrument berühren. Ich durfte nicht einmal die sieben Noten der Tonleiter singen: sa, re, ga, ma, pa, dha, ni, die

den Noten do, re, mi, fa, so, la, ti der westlichen Musik entsprechen.
Mein Vater forderte mich vielmehr auf, mich abends, wenn die Vögel sich auf den Bäumen niederließen, zu ihm zu setzen.
»Horch«, sagte er mit gedämpfter Stimme, als würde er beten. »Horche auf den Gesang der Vögel. Hörst du, wie die Halbtöne und Kleinintervalle aus ihren Kehlen strömen? Wenn ich zehn Leben lang üben würde, könnte ich diesen leichten Wasserfall aus Tönen nicht erzeugen und ... psst, höre genau hin.«
Eifrig bemüht, ihn nachzuahmen, beugte ich mich auf meinem Sitz nach vorn. »Hast du gehört? Wie das Lied auf einem einzigen Ton endete, als der Vogel sich in dem Baum niederließ? Die größten *ragas* müssen so enden, daß nur die Schwingungen einer einzigen Note in der Luft verharren.«
In der Hoffnung, ihn zu erfreuen, nickte ich eilfertig, aber er sah es nicht. »Weißt du, warum die Vögel in der Morgendämmerung und bei Sonnenuntergang singen? Wegen des Lichtwechsels. Ihre Lieder sind eine spontane Hingabe an die Schönheit der Welt. Das ist wahrhaftige Musik.«
Dann sagte er mir, er würde glücklich sterben, wenn er imstande wäre, auch nur fünf- oder zehnmal in seinem ganzen Leben eine solche Musik hervorzubringen.
»Die Menschen sind Toren«, sagte mein Vater, als wir durch den Dschungel hinter unserem Haus spazierten. »Sie denken, nur Menschen geben sich der Schönheit hin. Aber ein äsendes Reh läßt seine Nahrung fallen, um der Musik zu lauschen, und eine Königskobra schwenkt

freudig ihren geblähten Hals. Horch. Hörst du diesen Pfauenschrei? Das ist die erste Note der Tonleiter. Sa.«
Wir blieben unter den Bäumen stehen und warteten, und als die Pfauen wieder schrien, ahmte meines Vaters Stimme sie nach, und die Pfauen verstummten und lauschten.
Mich dünkte, wir spazierten nur zum Vergnügen über die Felder rings um unser Haus oder durch den Dschungel. Ich merkte nicht, daß mein Vater mir die sieben Noten der Tonleiter beibrachte, wie es in den klassischen Lehrbüchern beschrieben ist.
Bei Sonnenuntergang warteten wir, bis die Kuhhirten ihr Vieh in die Dörfer zurücktrieben. Dann sagte mein Vater: »Hörst du das Kalb nach seiner Mutter rufen? Das ist die Note Re.«
Wir sahen meiner Mutter zu, die den Ziegen auf unserem Feld hinter dem Haus Gemüseschalen hinwarf. »Hörst du die Ziegen? Wenn du dreimal ganz schnell Ga singst, ist es das Meckern einer Ziege.«
Wir wateten hinter den Reihern in die Reisfelder. »Ma. Der Schrei des Reihers.«
Am Abend: »Pa, der Gesang der Nachtigall.« In den Straßen des Basars, während wir den Pferdekutschen folgten: »Dha, das Wiehern eines Pferdes.«
Und als der Zirkus in die Stadt kam, war mein Vater freudig erregt über die Gelegenheit, mich die letzte Note der Tonleiter zu lehren. »Hörst du das Ni, wenn der Elefant trompetet?«
Dann sang mein Vater die Noten der Tonleiter und ahmte dazu die Tiere nach, die wir gesehen hatten – das Stolzieren des Pfauen, die Panik eines verirrten Kalbes,

das groteske Gekasper einer Ziege, den gleitenden Flug des Reihers, die in einem Baum nistende Nachtigall, das Aufbäumen eines Pferdes, die Kraft eines wütenden Elefanten –, bis die Natur der Noten mir zur zweiten Natur wurde. Er sang auch die *ragas,* in denen eine der Noten dominierte, so daß mein ungeübtes Ohr mit allen wichtigen *ragas* vertraut war, bevor ich überhaupt ein Instrument in den Händen hielt.

»Es gab keine Kunst, bevor Schiwa die Schöpfung tanzte«, begann er, als er mir erklärte, wie die Melodie geboren wurde. »Die Musik lag schlafend in einem reglosen Rhythmus – tief wie das Wasser, schwarz wie die Dunkelheit, schwerelos wie die Luft. Dann schüttelte Schiwa seine Trommel. Alles zitterte vor Verlangen, zu existieren. Das Universum brach ins Sein hervor, als Schiwa tanzte. Die sechs mächtigen *ragas,* die Säulen jeglicher Musik, wurden aus Schiwas Mienenspiel geboren, und durch ihre Schwingungen wurde das Universum ins Leben gerufen.

Die Melodien dieser sechs *ragas* stützen die Harmonien alles Lebenden. Wenn sie miteinander verschmelzen, werden sie zu Schiwas Trommelschlag, der das Universum zum Einsturz bringt.

Aber sie sind alle männlichen Geschlechts. Und Musik kann niemals still, kann niemals ohne Begehren sein. Leben muß neues Leben schaffen, sonst wird es zum Tod. So wurden den sechs *ragas* sechs Ehefrauen beigegeben, sechs *raginis,* um sie die Liebe zu lehren. Ihre Kinder sind die *putras,* und auf diese Weise lebt die Musik und vervielfältigt sich.«

Dann sagte mein Vater, ich müsse die Gefühlsregungen kennenlernen, durch die *ragas* und *raginis* miteinander kommunizierten. »Jeder *raga* ist einer bestimmten Jahreszeit, einer Tageszeit, einem Gefühl zugeordnet. Aber erst das Gefühl ist der Schlüssel, der die Seele eines *raga* erschließt.«

Einen Monat lang gingen wir jeden Tag gemeinsam zur Tanzakademie, um Schiwas Schöpfungstanz zu studieren. Ich beobachtete Mädchen in meinem Alter, die sich mühten, Gefühlsregungen auszudrücken, die sie nie gekannt hatten, die jedoch die Grundstimmungen des Tanzes waren: Lachen, Verwunderung, Heldentum, Zorn, Gram, Mitleid, Liebe, Furcht, Ruhe.

Manchmal lachte ich über ihr Unvermögen, ihren Stimmungen den nötigen Ernst zu verleihen, und mein Vater wurde unmutig.

»Behandle die Künste nicht so leichtfertig. Sie sind Schiwas Geschenke an die Menschheit. Wenn man beschließt, Musiker zu werden, läßt man sich auf einen Pakt mit Schiwa persönlich ein. Denke daran: Jede Note, die du spielst, schickt neue Musik ins Universum. Du kannst sie nie zurückholen.«

Ich dachte, mein Vater spräche mit sich selbst, denn ich verstand nicht, was er meinte. Aber nun konnte ich endlich die Frage stellen, die mir immer im Kopf herumgegangen war: »Und wohin geht die ganze Musik?«

»Sie kehrt zu dem Klang zurück, der so allumfassend ist wie still, dem Klang, den wir das Geheimnis des *gandharwaweda* nennen.«

»Hast du ihn schon mal gehört?«

»Nein, aber jeden Tag versuche ich ihn zu erlauschen, während ich spiele. Du mußt auch auf ihn lauschen. In den *wedas* heißt es, wenn man die Wina im richtigen

Rhythmus spielt, wenn man ihre Noten und ihren Charakter bewahrt, dann kann ein Mensch Erlösung erlangen, wenn er diesen Klang hört.«

Mein Vater suchte stets nach Wegen, mir das Verbindungsglied zwischen meiner Musik und der Welt verständlich zu machen. Er ging mit mir in die kleine Straße der Maler, die sich auf einer Seite des Stadttempels erstreckte, um den Künstlern zuzusehen, die ihre Farben zwischen Steinen zu Pulver zerrieben. Ich blickte den Künstlern über die Schulter, indes mein Vater mich lehrte, welche *ragas* sie mit den Farben aus den kleinen Töpfchen malten, die sie vor ihr Papier gestellt hatten – Sa war schwarz, Re war rehbraun, Ga war golden, Ma weiß, Pa gelb, Dha indigoblau, Ni grün.

Das Bildnis eines schwarzhäutigen Mannes mit einem scharfschneidigen Schwert in der Hand, das die Wolken zu durchschlagen vermochte wie der Blitz, zeigte Megh, den *raga* des Regens. Der Mann mit umflammtem Haupt, der auf einem wilden Elefanten ritt, um die Macht des Feuers zu zeigen, war Deepak, der *raga* der Hitze. Das Mädchen, das sich mit einer Pfauenfeder fächelte, während es aus einem Kelch trank, war Waulika; die Maid, die mit einer Girlande in der Hand vor einer Hütte im Gras lag, war Desi; das Mädchen, das zu seinen Rehen sprach, während es sie nach Hause führte, war Todi.

Als sechs Monate verstrichen waren, konnte ich die Stimmungen, welche jeder *raga* erzeugte, und seine Jahreszeiten rezitieren und sie in den Bildern erkennen, die ich auf der Straße gemalt sah.

Dennoch verging ein ganzes Jahr, bevor mein Vater mir endlich erlaubte, die Wina zum erstenmal über meine

Knie zu legen. Ich war so klein, daß das Instrument über beide Seiten meines Körpers hinausragte und meine gekreuzten Beine nicht einmal den Jocharm berührten. Mein Vater zeigte mir, wie man beide Hände auf die Saiten legte, ohne einen Laut hervorzubringen. »Behandle dein Instrument stets mit Demut. Was ist denn ein *raga* anderes als ein paar Noten? Fünf, sieben. Wenn du einige Halbtöne hinzufügst, vielleicht zwölf. Es ist nur das Gerüst einer Melodie. Und die Wina, das sind nur zwei an einem Stück Holz befestigte Kalebassen und eine Handvoll Drähte. Aber wenn sie vereint sind und du aus ihrer Vereinigung eine Komposition schaffst, muß sie die Sprache der Seele sprechen. Ein *raga* hat nämlich seine eigene Seele. Ohne seine Seele, seine *rasa,* ist ein *raga* nur ein totes Ding.«
Er ermahnte mich, ich müsse jede Musiknote achten, um ihr Leben schenken zu können. »Es war einmal ein großer Musiker, der sich immerzu brüstete, er könne besser spielen als jeder andere. Eines Tages verwandelten sich die Noten der Tonleiter in sieben Nymphen, die vor ihm auf und ab schritten, während er spielte. Plötzlich fiel eine Nymphe tot um. Der Musiker hatte sein Instrument so heftig gespielt, daß er die Note in seinen Saiten erdrosselte. Er hatte die Nymphe mit seinem Stolz ermordet.«
Ich fing an zu weinen, da ich fürchtete, mein Vater würde mir die Schuld am Tod der Nymphe geben. Er lächelte nur über meinen Kummer und fuhr mit seiner Erzähiung fort. »Als der Musiker voll Entsetzen auf die Tote vor ihm starrte, kam ein heiliger Mann vorüber und fragte, ob er das Instrument borgen könne. Er spielte so

süß darauf, daß die Noten-Nymphe ins Leben zurückgerufen wurde. So mußt du dich bemühen zu spielen.«
Und endlich erlaubte mir mein Vater, auf den Saiten meiner Wina die Grundtonleiter zu zupfen. Eine halbe Stunde hörte er meinem Spiel so angespannt zu, als lausche er einem großen Musiker, dann gebot er mir Einhalt. »Der erste Ton der Schöpfung war Om. Jede Schwingung von Om erzeugte neue Töne, die zur Grundtonleiter führten. Denke dir diese sieben Noten als das Om der Musik. Wenn du sie nicht richtig spielen kannst, wirst du nie einen *raga* meistern können.«
Ich war nur ein Kind, aber mein Vater wollte mir begreiflich machen, daß Musik die Mathematik war, mittels deren das Universum sich erfassen ließ. Morgen für Morgen, Monat für Monat hieß er mich wieder und wieder Sa, Re, Ga, Ma, Pa, Dha, Ni spielen. Die eine Hand fuhr an den Bünden auf und ab, die andere zupfte die Saiten der Wina, bis mir die Finger bluteten. Doch mein Vater achtete nicht auf meine Tränen und zwang mich, weiter zu üben, bis sich auf meinen Fingerkuppen Schwielen bildeten. Doch noch immer war er mit der Reinheit meiner Noten nicht zufrieden.
Wäre meine Mutter mitfühlender gewesen, hätte ich sie damals gebeten, meinen Musikstunden ein Ende zu machen. Leider sprach meine Mutter selten mit mir. Meine Häßlichkeit bereitete ihr Kummer. Wenn andere Kinder mich anstarrten und über meine Häßlichkeit kicherten, traten meiner Mutter Tränen in die Augen, aber nie tröstete sie mich oder sagte mir, in ihren Augen sei ich schön.
Von den Tränen meiner Mutter beschämt, versteckte ich mich im Badezimmer und betrachtete mich im Spiegel,

um zu sehen, ob etwas von der Derbheit in meinen Zügen geschwunden sei: Jedesmal sah ich nur zwei Merkmale in dem schwammigen Fleisch meines Gesichtes: diese Nase, die immer größer wurde, als wolle sie sich mit dem Kinn vereinigen, und eben dieses Kinn, das vorspringt wie bei einem Schläger, der seinen Gegner zum Angriff herausfordert.

Mein Vater hatte keinen Blick für meine Häßlichkeit. Nachdem er mich auf meiner Wina üben gehört hatte, spielte er selbst und brachte mir so die Tonleitern bei, welche die *ragas* bilden. Zwei Jahre waren diese Melodiengerüste alles, was ich lernte. Mein Vater spielte einige Noten und fragte mich, was er spielte. Wenn ich den *raga* erkannte, rezitierte er das ihm zugeordnete heilige Sprichwort.

»Jedem *raga* steht eine Göttin vor. Wenn du wahrhaft über die heilige Lehre eines *raga* meditierst, wird seine Göttin dir helfen, seine Melodien zu beherrschen.«

Ich sah ihn grimmig an, als er so sprach, und ich haßte seine Nase und sein Kinn, weil sie in meinem Gesicht so grausam übertrieben ausgebildet waren. Er war kein gutaussehender Mann, aber seine Züge standen wenigstens in richtiger Proportion zu seinem Gesicht, und seine von Natur aus ernste Miene verlieh ihnen Vornehmheit. Ich wünschte, er würde mir ein heiliges Sprichwort und eine Göttin nennen, die mir Schönheit gewähren würden.

Vielleicht tat ich meinem Vater unrecht. Durch die Musik versuchte er mich von meinem Bild zu befreien, damit ich Schönheit lieben konnte, wo immer sie zu finden war, wenn auch nicht in meinem Spiegel.

Eines Tages dann, als ich elf Jahre alt war, gab mir mein Vater das Bild eines Mannes mit verfilzten Haaren und Schlangen, die seine Stirn über den drei Augen umrankten.
»Bhairaw ist ein anderer Name für Schiwa, er bedeutet Feuer der Zeit. Dies ist der *raga*, den du lernen wirst.«
Meine Hände zitterten, als ich das Bildnis des Gottes in der Hand hielt. Sein Körper war mit Asche beschmiert, in den Händen hatte er eine Trommel und einen Dreizack. Fünf Jahre wurde ich nun schon von meinem Vater unterwiesen, und endlich befand er mich für fähig, mit der Ausführung eines *raga* zu beginnen.
Von diesem Augenblick an setzte sich meine Mutter vor das Musikzimmer, wie ein Wärter, der einen Gefangenen bewacht. Sie hatte so lange mit einem Genie gelebt, daß sie Genialität erkennen konnte, wie ein Obstverkäufer im Basar eine sehr gute Mango von einer lediglich guten zu unterscheiden vermag, obwohl er sie nicht selbst gezogen hat. Ich war nicht begabt genug, daß meine Mutter um meine Zukunft hätte unbesorgt sein können. Meine Mutter glaubte, daß eine Frau, der es an Genie mangelte, in einer rauhen, auf Männer zugeschnittenen Welt nur von einem Ehemann beschützt werden könne.
Wenn mein Musikunterricht zu Ende war, nötigte sie mich, Teestunden mit ihren Freundinnen und deren Söhnen zu ertragen. Ich sah die Jünglinge vor meiner Häßlichkeit zurückschrecken, doch als Woche für Woche mit immer neuen Teestunden verstrich und niemand um meine Hand anhielt, war meine Mutter nur um so fester entschlossen, mich gut zu verheiraten.

Wie kann ich meine Qual in den folgenden Jahren beschreiben, in denen ich mich mühte, meinen Vater im Musikzimmer zufriedenzustellen, um dann außerhalb des Musikzimmers meine Mutter über meine Häßlichkeit hinwegzutrösten.

Auf der einen Seite stand die Aufforderung meines Vaters, frei in den Gefilden der Musik umherzuschweifen, wo selbst ein Kind wie ich auf Melodienkissen fallen, über Notenbrücken laufen, auf den gespannten Saiten der Wina schaukeln, aus verschiedenfarbenen Noten Girlanden winden konnte, um sie den Göttinnen der *ragas* zu Füßen zu legen. Doch draußen vor dem Zimmer sah ich das von Sorge zerfurchte Gesicht meiner Mutter, und meine Häßlichkeit, die sich in ihren Augen spiegelte.

Mein Körper begann unterdessen, seine Reife zu zeigen, Veränderungen, die ich nicht übersehen konnte, und sei es nur, weil das Gewicht der Wina zu arg gegen meine knospenden Brüste drückte. Mit diesen Veränderungen meiner äußeren Erscheinung ging eine Veränderung meiner Gemütsverfassung einher. Auf einmal empfand ich alles um mich herum intensiv. Vorbei waren die Zeiten, als ich mit der spielerischen Freiheit eines Delphins durch die Höhlen von meines Vaters Musik geschwommen war. Ich war zu sehr mit meiner Häßlichkeit und der Verzweiflung meiner Mutter befaßt; meine ungewisse Zukunft ragte drohend vor mir auf, so mysteriös wie die Veränderungen meines Körpers.

Just zu diesem Zeitpunkt beschloß mein Vater, mich nicht weiter zu unterrichten. »Du machst zuviel Musik. Ein *raga* ist nicht aus Noten komponiert. Er ist aus der Stille zwischen den Noten komponiert.«

Früher hätte ich ungehemmt über die Worte meines Vaters geweint. Jetzt schlug ich die Augen nieder, damit er meine große Scham nicht sähe. Mein Vater merkte, wie ich litt. Oder vielleicht machte mein Schweigen ihn nachgiebig.

»Ich werde dich unter einer Bedingung weiter unterrichten. Wenn du darauf beharrst, bei mir zu lernen, mußt du bereit sein, eine Braut zu werden.«

Mir schien, daß ich dem Schreckgespenst der Heirat nicht entkommen konnte. In der Gewißheit, daß kein Mann mich zur Frau würde nehmen wollen, bat ich ihn also, mit meiner musikalischen Ausbildung fortzufahren.

»Überlege es dir gut, bevor du ja sagst«, warnte mein Vater. »Denke daran, wenn ich dich die *raginis* lehre, gebe ich dich den Göttern der Musik zur Frau. Meinen Göttern. Ein solcher Kontrakt kann nicht gebrochen werden. Es wird eine von Schiwa persönlich besiegelte Heirat sein.«

Ich versicherte ihm demütig, daß ich verstanden hatte, und mein Vater setzte meine Ausbildung fort.

Von nun an trugen mich meines Vaters Unterrichtsstunden in ein anderes Universum empor.

Er tauschte meine Wina gegen den gefälligeren Sitar. Mein Verlangen nach Schönheit trat beim Spiel auf diesem sanfteren Instrument deutlich zutage, während er mich die Verzierungen lehrte, durch die sich der große Musiker vom Schüler unterscheidet.

»Stelle dir einen *raga* als ein Flußbett vor. Die Verzierungen sind das Wasser des Flusses. Im Lehrbuch der *ragas* steht geschrieben, ein *raga* ohne Verzierungen ist

wie eine Nacht ohne Mondlicht, wie ein Fluß ohne Wasser, eine Ranke ohne Blüten, eine Frau ohne Bekleidung.« Er brachte mir die Feinheiten der Zärtlichkeiten bei, lehrte mich biegsam zu sein unter schweren Lasten, Zorn zu besänftigen, und er zeigte mir die Kunst, durch meine Musik zu verlocken, zu seufzen und zu streicheln.
»Du mußt dich als Wasser sehen, das einen Stein überspült und ihn mit der unnachgiebigen Berührung deiner Liebe formt. Denke dich als Seide, die ihre Strenge mit Weichheit verkleidet. Die Gewalt deines Verlangens, die Hitze deines Sehnens muß die Starrheit des *raga* schmelzen.«
Meine Gefühlsregungen wurden unter der Anleitung meines Vaters derart verfeinert, daß ich, als er mir die Betrachtungen verschiedener *raginis* rezitierte, sie mir sogleich vorstellen konnte.
»Dies ist die Betrachtung für Lilawati. Sie zählt sechzehn Sommer, sie trägt Perlenketten, sie hat eine Lotusblüte in der Hand, und sie spricht zu ihren Vertrauten von Liebe, während sie auf ihren Liebsten wartet.«
»Die schwungvolle Madhu-madhawi hat eine goldene Haut und ist von unvergleichlicher Schönheit. Sie sitzt im Frühling lachend mit ihrem Liebsten auf einer Schaukel.«
»Bhairawi ist die Betrachtung der Verlassenheit. Die verabredete Stunde ihres Stelldicheins ist verstrichen, und ihr Liebster ist nicht erschienen. Sie reißt sich ihren Schmuck vom Leibe und die Blumen aus dem Haar. Sie beschmiert ihren Körper mit Asche und betrauert den Verlust ihres Geliebten.«
»Dies ist die Betrachtung für Barari. Ihre Gewänder sind weiß, ihr Haar ist wie Monsunwolken, ihre Taille

ist schmal, ihr Nabel tief wie ein See, ihr Duft süß wie eine Lotusblume. Schmetterlinge folgen ihr, wenn sie zu ihrem Geliebten eilt.«

Denken Sie nur, was mein Studium mir antat – einem heranwachsenden Mädchen, das wußte, daß der Makel ihrer Häßlichkeit jeden Mann daran hindern würde, sie zu begehren; und doch lernte ich nur Sehnsucht auszudrücken.

Doch kann ich nicht sagen, daß mein Leben unglücklich war. Ich hatte bereits ein Wunder erlebt, als mein Vater meine musikalische Ausbildung übernahm. Jetzt geschah das zweite Wunder.

Es war am Abend, um die Zeit, wenn mein Vater für die Götter spielte. Niemand von uns durfte ihn stören, doch zuweilen ging ich in der Nähe des Zimmers umher, um zu lauschen.

Heute abend blieb ich stehen; so hatte ich meinen Vater noch nie spielen gehört. Ich spähte durch die Tür des Musikzimmers und sah einen jungen Mann, der meinem Vater auf der Wina vorspielte. Er war wie ein Bittsteller gekleidet, barfuß, der Oberkörper unbedeckt bis auf das Instrument, das an seiner bloßen Schulter lehnte. Ich betrachtete erstaunt seine schrägen Augen, die schwarzen Haare, die bis zu dem kräftigen Hals hinabfielen, die muskulösen Arme, während seine Finger über die Bünde seines Instrumentes glitten. Er war so schön, daß ich vor seiner Macht die Augen schloß und glaubte, ich hätte ihn mir aufgrund meiner langen Übung im Begehren vorgegaukelt. Als ich die Augen öffnete, sah ich ihn immer noch, und mir war, als hätten zehntausend Honigbienen zugleich in mein Herz gestochen.

Ich weiß nicht, wie lange ich dort stand, doch am Ende legte der junge Mann sein Instrument zu Füßen meines Vaters.

»Werden Sie mich als Schüler annehmen?« fragte er demütig.

»Jedermann weiß, daß ich nie einen Schüler angenommen habe, mit Ausnahme meiner Tochter«, erwiderte mein Vater, ohne sich die Mühe zu machen, seinen Unwillen zu verbergen.

»Dann lassen Sie mich hier wohnen, damit ich Sie wenigstens spielen hören kann. Ich will Ihnen das Essen auftragen oder das Wasser für Ihr Bad heißmachen. Ich will die niedrigsten Arbeiten verrichten, wenn Sie mir nur gestatten, in Ihrer Nähe zu sein.«

»Bist du wirklich bereit, alles zu tun, um von mir unterrichtet zu werden?«

»Je härter Ihre Bedingungen, um so lieber werde ich sie annehmen.«

»Musik ist nicht mit Schmerz verbunden. Du wirst kein besserer Musiker sein, wenn du mehr leidest als andere.«

»Sagen Sie mir nur, was Sie von mir verlangen, und ich werde es tun.«

»Wenn ich dich unterrichte, wirst du einverstanden sein, meine Tochter zur Frau zu nehmen?«

»Ist das alles? Das tu ich gerne.«

Mein Vater winkte mich ins Zimmer, und der Fremde drehte sich um. Ich sah sein erschrockenes Gesicht, als könne er nicht glauben, daß mein Vater solche Häßlichkeit zeugen konnte.

In diesem Augenblick wünschte ich, mein Vater wäre tot. Er sah den Abscheu des Fremden nicht, und wenn, dann hätte es ihn nicht gekümmert. Genie steht in einem merkwürdigen Verhältnis zu der Welt der Menschen: Es nimmt seine eigene Grausamkeit nicht wahr.

Und was für eine hintergründige Grausamkeit das war! Tag für Tag war von nun an meine Häßlichkeit mit der Schönheit des Fremden konfrontiert, während mein Vater uns unterrichtete.

In meinem Haß auf meinen Vater gefangen, vermochte ich nicht jenes Verlangen in mein Instrument zu legen, das ich beherrscht hatte, als niemand zugegen war.

Mein unzulängliches Spiel ließ die Musik des Fremden schier unversöhnlich werden, so daß die Noten seines *raga* von einer eisernen Härte waren, die jede Annäherung verbot.

Mein Vater war über die Heftigkeit des Fremden erzürnt. »Die *ragas* sind das Bauwerk der Gefühlsregungen. Hast du nie die Schwäche der Furcht erfahren? Bist du so stumpfsinnig?«

Die Qual des Fremden über die schroffe Kritik meines Vaters jammerte mich. Aber mein Vater war unerbittlich. »Jeder Kleinkrämer kann die Melodie eines *raga* erlernen. Das ist lediglich eine Sache der Übung. Musik aber ist mehr als bloße Technik. Der *boddhistawa* zerbrach alle Saiten der Wina, eine nach der anderen, und doch setzte sich der *raga* fort, indem er in den Wassern der menschlichen Gefühlsregungen schwang.«

Der Fremde wußte noch nichts von seinem eigenen Genie, er kannte nur sein Talent und seinen Ehrgeiz, und mein Vater forderte diesen Ehrgeiz mit erbarmungslosem Geschick heraus.

»Dein Geschmack ist zu billig, um die großen *ragas* zu spielen. Du bist es zufrieden, bloßes Vergnügen hervorzurufen. Hat dein letzter Lehrer dich nicht in den *upanishads* unterwiesen?

›Je besser das eine, desto vergnüglicher das andere.
Beide Ziele können einen Menschen binden.
Aber der Weise zieht das Bessere dem
Vergnüglichen vor.‹«

Dann wandte sich mein Vater an mich; sein Zorn über mein Unvermögen war so groß wie sein Ärger über des Fremden Mangel an Phantasie.
»Welches sind die zwei Gefühlsregungen, die in jeglicher Musik die zwei Geschlechter regieren?«
»Die heroische für den Mann, die erotische für die Frau«, flüsterte ich voller Furcht, den Blick des Fremden auf mich zu ziehen.
Mein Vater hob die Hände, als flehe er zu den Göttern.
»Was fange ich mit diesen Lehmklumpen an? Äußerlich sehen sie aus wie ein Mann und eine Frau. Warum sind sie nicht lebendig?«
Wir waren verlobt, wir zwei Schüler meines Vaters. Und doch sprachen wir nie miteinander, entboten uns nur hie und da einen steifen Gruß oder ein Lebewohl.
Mein Vater sprach für uns beide, er ermunterte uns mit flammenden Reden, mehr zu werden, als wir waren, und ließ nicht zu, daß wir unsere Scham vor ihm oder einander verbargen.
Einmal, als er wieder einmal mit dem Spiel des Jünglings unzufrieden war, nahm er dem Fremden die Wina

von der Schulter. »Weißt du, was dieses Instrument ist? Sieh dir die Biegung seines Halses an. Seine Brüste, seinen schlanken Arm. Dies ist der Ausdruck von Schiwas Liebe. Kannst du dir eine Frau vorstellen? Oder Liebe?«
Tag um Tag, Lektion um Lektion erfüllte er uns mit Scham, indem er uns nötigte, zu begreifen, was es bedeutete, ein Mann und eine Frau zu sein.
Aber was wir in diesen Jahren eigentlich von ihm lernten, war die Segnung der Stille, wenn wir uns weder mühten, ihn mit unseren Instrumenten zufriedenzustellen, noch seine Stimme hörten, die uns barsch auf unsere Fehler hinwies.
Nach und nach machte der Zorn meines Vaters uns zu Verschworenen. Aus Furcht, seine Wut auf einen Schüler würde sich auf den anderen übertragen, begannen wir einander beizustehen. Wir versuchten, den Fehler des anderen zu erkennen, bevor er begangen wurde, und wurden uns so zunehmend der Stimmungen des jeweils anderen bewußt.
Jetzt beherzigte ich die Lehren meines Vaters. Ich versuchte, das Wasser des Flusses von des Fremden *raga* zu sein, und das Mondlicht seiner Nacht. Und wenn ich an die Worte meines Vaters dachte, ein *raga* ohne den Wasserfall der Verzierungen sei wie eine Frau ohne Bekleidung, versuchte ich, dem Fremden zu vermitteln, was eine Frau fühlte, und ich warb um seine Beachtung, indem ich die auf den Saiten meines Sitar gezupften Noten ausdehnte, so daß er die Qual in meinem Inneren hören könne.
Mit einemmal war es, als sei mir eine Stimme verliehen worden, um ihm von meinem Leid über meine Häßlich-

keit zu erzählen, von meinem Bedauern darüber, daß er von meinem Vater auf diesen unbilligen Heiratshandel festgelegt worden war.

Ich weiß nicht, wo ich diese Raffiniertheit erlernt oder ob ich sie immer in meiner Seele beherbergt hatte, aber ich begann den Fremden mit meiner Schwäche zu verführen, und er wurde heroisch in seiner Musik, um mich gegen die Verachtung meines Vaters zu verteidigen.

Wie Seide ihre Strenge mit Weichheit verkleidet, wie Wasser die Unnachgiebigkeit des Steines aushöhlt, wie Fleisch Stahl umarmt, so umarmte ich die Musik der Wina des Fremden und sagte ihm durch die Saiten meines Sitar, daß ich es wagte, seine Schönheit zu lieben. Und allmählich antwortete seine Musik auf das Flehen in der meinen, bis wir uns der Anwesenheit meines Vaters nicht mehr bewußt waren, nur das Flehen meiner *ragini* hörten, die Gemahlin seines stolzen *raga* zu werden, und die Stille zwischen unseren Noten vor Begehren knisterte.

Zuweilen sah ich seine Augen auf einer Stelle meines Körpers verweilen, die meine Kleider nicht verhüllten, und ich beeilte mich nicht, mich zu bedecken, tat vielmehr, als habe ich nicht gemerkt, daß seine Aufmerksamkeit von meiner Musik abschweifte. Ich begann gar zu hoffen, ich sei nicht so abstoßend, wie ich immer geglaubt hatte. Wir waren jung, wir waren ein Mann und eine Frau, und wir konnten unsere Tage nicht im ständigen Zwiegespräch des Begehrens verbringen, ohne von ihm überwältigt zu werden.

Die Zeit verging, und meine Mutter drängte ungeduldig auf unsere Eheschließung. Der Fremde war unterdessen einundzwanzig Jahre alt, ich war achtzehn, und jeden Tag verlangte sie, daß mein Vater ein Hochzeitsdatum bestimme. Doch mein Vater zögerte. Ich hatte ihn nie in seinem Leben unentschlossen gesehen und konnte nicht verstehen, warum er jeden Tag mit meiner Mutter darum feilschte, eben jene Heirat aufzuschieben, die er doch selbst von seinem Schüler verlangt hatte.

Am Ende sagte er zu meiner Mutter. »Sie sollen in der Nacht des Schiwa zusammen spielen. Dann werden wir ein Datum bestimmen.«

In diesem Jahr, wie immer in der Nacht des Schiwa, war unser Haus voll Musikanten. Die ganze Nacht spielten sie, nacheinander, manchmal gemeinsam, und warteten auf den Augenblick, da mein Vater zu seiner Wina greifen und mit seinem Genie den Gott der Künste preisen würde.

Doch in diesem Jahr erklärte mein Vater den versammelten Musikern, daß heute abend seine Schüler für sie spielen würden. Dann forderte er uns auf, zu ihm aufs Podium zu kommen.

Es war die Stunde, um den Bhairaw zu spielen, den *raga* von Schiwa, die Stunde, wenn die Dunkelheit in Morgengrauen übergeht. Der Fremde spielte den ersten Satz des *raga*. Mein Vater nickte beifällig, während der Fremde die Göttlichkeit des *raga* langsam erschloß und einen großen steinernen Tempel der Musik in die Luft baute. Ich verstand, warum mein Vater gegen alles wetterte, was in der Musik nur vergnüglich ist, als uns die Herrlichkeit des *raga* enthüllt wurde, als er immer strenger, immer monumentaler, immer schonungsloser wurde, als verkörpere er seinen Namen Bhairaw, Feuer der Zeit.

Und nun störte ich seine machtvolle Einsamkeit mit dem Opfer von Parwati, die den Asketen Schiwa zu verlocken trachtet, ihn anfleht, sie zu lieben. Und so spielten wir zusammen, während die Dunkelheit sich in filigrane Schatten verwandelte, und wir spielten noch, als es hell im Zimmer wurde, und auch noch, als die Sonne ihre Macht offenbarte, um endlich, erschöpft von der Verzehrung unserer Musik, gemeinsam auf einer einzigen Note zu enden, als würden wir unsere Musik der Stille übergeben, die ihr folgte.

Als nicht einmal mehr mein Vater diese verlorene Note in der Luft schwingen hören konnte, erhob er sich. »Heute abend habe ich meine Tochter mit der Musik vermählt. Ich habe meine Vaterpflichten erfüllt. Jetzt spreche ich diesen jungen Mann von unserer Abmachung frei. Aber wenn er dennoch wünscht, mein Kind zu heiraten, kann die Hochzeit stattfinden, wann immer meine Frau es wünscht.«

Der Fremde lächelte, als meine Mutter ihm eine Blumengirlande um den Hals legte. Ich wagte ihn nicht anzusehen, aus Furcht, mein Jubel würde meine Augen überlaufen lassen.

Der Fremde verließ nun unser Haus, um zu seiner Familie zurückzukehren, indes meine Mutter die Vorbereitungen für unsere Hochzeit traf.

Zum erstenmal zog ich die Gesellschaft meiner Mutter derjenigen meines Vaters vor. Gemeinsam stellten wir meine Brautausstattung zusammen, schmückten die Zimmer, in denen mein Bräutigam und ich als Mann und Frau leben würden.

Der Priester wurde bestellt, ein günstiger Abend für unsere Hochzeit ausersehen. Wir schickten den Eltern meines Bräutigams Schals und Saris.
Jeden Tag erging sich meine Mutter in Mutmaßungen über den Fortgang der Ereignisse. Jetzt müsse die Familie des Bräutigams bald eintreffen, jetzt müßten die roten Einladungen mit der goldenen Beschriftung ihren Bestimmungsort erreicht haben.
Und dann traf endlich ein Bote von der Familie meines Bräutigams ein.
Meine Mutter und ich verbargen uns vor meines Vaters Musikzimmer und flüsterten aufgeregt miteinander, während der Bote vor dem Podium meines Vaters Geschenke auspackte.
Ich besah die Schals, die sich zu meines Vaters Füßen häuften, und erkannte in ihnen die Geschenke, die wir der Familie meines Bräutigams geschickt hatten, aber ich verstand immer noch nicht, was vorging, bis ich den Boten sagen hörte: »Ihr Schüler dankt Ihnen für seine Freiheit. Er ist meiner Tochter zur Ehe versprochen.«

Seit jenem Augenblick habe ich mein Instrument nicht mehr angerührt und meines Vaters Musikzimmer nicht mehr betreten. Der bloße Klang von Musik ist meinen Ohren verhaßt.
Nun hat mein Vater mich hierhergebracht.
Er sagt, ich muß über die Wasser der Narmada meditieren, das Sinnbild von Schiwas Bußfertigkeit, bis ich mich von meiner Bindung an das Vergangene geheilt habe.
Er sagt, ich muß begreifen, daß ich die Braut der Musik

bin, nicht eines Musikers. Er sagt, ich muß wieder die *ragini* eines jeden *raga* werden.
Aber er verlangt Unmögliches von mir: Begehren in Musik auszudrücken, wenn ich innerlich tot bin.
Glauben Sie, es wird gelingen?
Glauben Sie, dieser Fluß hat eine solche Macht?

14. Kapitel

»Und, glaubst du es?« fragte Tariq Mia und blickte gelassen auf den reißenden Bach hinab, der unter der Brücke hindurch in Richtung Narmada eilte.

Ich sah ihn ungläubig an. »Natürlich nicht. Die Schönheit der Narmada macht sie zu einem idealen Zufluchtsort für jeden, der sich wie ich von der Welt zurückziehen will. Aber wie könnte sie einem Liebenden seinen Kummer austreiben?«

Ich saß auf Tariq Mias Veranda und erfreute mich an den letzten milden Tagen, bevor der schwüle Sommer über uns hereinbrach, und berichtete Tariq Mia von meiner Begegnung in Mahadeo.

Weiße Rauchwölkchen wehten von den Häusern des Dorfes hinter uns zum Fluß hin, Eichhörnchen flitzten über die Marmorplattform, die zu Amir Rumis Grabmal führte. Oberhalb der Moschee wogten die purpurnen Blüten eines Jakarandabaums vor dem strahlend blauen Aprilhimmel.

Es war ein so herrlicher Morgen, daß ich mir nicht erklären konnte, wieso mich plötzlich ein Gefühl überkam, als triebe ich – wie soll ich es beschreiben? – mitten im Leben anderer Menschen, aber es schien mir unmöglich, zu verhindern, daß mein Bericht zur Klage wurde. Ich blickte auf das Schachbrett, das vernachlässigt zwischen Tariq Mia und mir lag.

»Diese vielen Gefühle erschrecken mich«, schloß ich vage. »Gelöste Verlobungen, unerwiderte Liebe und jene bedauernswerte Musikerin. Das alles dünkt mich irgendwie würdelos.«

»Du weißt noch immer so wenig von der Welt«, sagte der alte Mullah, dessen Augen unverwandt auf dem Bach ruhten. »Aber du hast dir einen harten Weg zur Erkenntnis ausgesucht, kleiner Bruder. Hörensagen, nicht Erfahrung. Ich hoffe, deine Ausbildung erweist sich als weniger schmerzlich als die deiner Musikerin.«

»Warum auch nicht? Mein Vater, ein äußerst vernünftiger Mann, ist schon tot. Und ich fürchte mich wenigstens nicht vor meinem Spiegel.«

»Das Schicksal spielt dir Streiche. Erkennst du nicht, daß du hierhergebracht wurdest, um die Welt zu erringen, und nicht, um ihr zu entsagen?«

Die Selbstgefälligkeit des alten Mannes verärgerte mich. »Ich kenne die Welt gut genug. Du in deiner einsamen Moschee hast doch wohl kaum eine Ahnung von der Macht und dem Einfluß, die ich einst ausübte. Oder der Achtung, die ich genoß.«

Tariq Mia lachte über meine Entrüstung. »Du solltest deine Musikerin beneiden, nicht bemitleiden. Denke an dein eigenes Mißgeschick – von der Liebe zu hören, ohne je in ihrer Umarmung dahingeschmolzen zu sein. Schönheit mit deinen Augen zu erkennen und nie ihr

Bildnis in deiner Seele zu tragen. Singe mit mir, wenn du es wagst:

›O Geliebter, siehst Du nicht,
Daß nur die Liebe mich entstellt?‹«

Es ist mir verhaßt, wenn Tariq Mia in dieser Stimmung ist. Ich betrachtete die Schachfigur in meiner Hand. War ich etwa heute morgen den weiten Weg gegangen, um diesen zittrigen alten Mann Liebeslieder singen zu hören, die so gar nicht zu seinem Alter paßten? Doch meine Verärgerung schürte nur Tariq Mias Mutwillen.
»Seit Jahren schon betest du die Narmada an, als wäre sie eine Frau. Was für Lehren hast du aus dieser Bewunderung gezogen? Nicht einmal singen hast du gelernt. Beweise das Gegenteil! Sing mit mir:

›Wälder schwer von Jasmin
Umarmen Dich mit ihrem Duft.‹«

Ich schob das Schachbrett beiseite und stand auf. »Ich bin kein Kind. Diese Spiele kannst du mit deinen Schülern spielen.«
Tariq Mia hob seine faltige Hand, um mir Einhalt zu gebieten. »Setze dich doch wieder, kleiner Bruder. Überlasse mich noch nicht meinen Schülern. Die jungen Leute glauben die Welt zu verstehen. Meine Spiele sind für ältere Männer.«
Beschämt über meine Übellaunigkeit, wollte ich mich setzen, doch meine Wut wurde aufs neue entfacht, als Tariq Mia sang:

»O Fluß, aus Buße geboren,
Von Lachen getauft,
Wälder, schwer von Jasmin ...«

Auf einmal begriff ich, was Tariq Mia mit seiner Neckerei bezweckte.

»Das ist ein Lied über die Narmada!« unterbrach ich ihn. »Das hast du noch nie gesungen. Wo hast du es gelernt?«

Tariq Mia kicherte vor Vergnügen, weil es ihm gelungen war, mich zu überraschen. »Von den Flußsängern. Sie singen für die Asketen, die an den Ufern der Narmada meditieren.«

»Hast du sie oft gehört?« fragte ich neidisch und nahm Platz. »Kannst du es einrichten, daß ich sie singen höre?«

»Leider ist es Jahre her, seit ich den Naga Baba zuletzt sah. Er könnte unterdessen gestorben sein.«

»Ist dieser Naga Baba ein Sänger?«

»Nein, nein. Er ist ein kriegerischer Asket, einer von denen, welche man *naga sadhus* nennt, die Beschützer. Doch von seinen Lippen vernahm ich als erstes die Anrufung der Narmada.«

Ich fragte mich, ob Tariq Mia mich zur Zielscheibe eines weiteren Scherzes machen wollte, der nur ihm selbst verständlich war. »Wie hast du denn einen kriegerischen Asketen kennengelernt?«

»Durch Zufall. Kurz nachdem ich Priester geworden war.« Er lehnte sich auf seinem Polsterkissen zurück und strich über seinen dünnen Bart. Die Erinnerung milderte den Ausdruck seiner stechenden Augen.

»Stelle dir mich als jungen Mann vor, kleiner Bruder. In jenen Tagen pflegte ich mit meinen Büchern zum Flußufer zu gehen und mir einen Teakholzbaum oder ein Bambusgestrüpp zu suchen, das meinem Kopf Schatten spenden würde. Dann vergewisserte ich mich, daß mich niemand hören konnte, und übte mich im Singen der Sufi-Gedichte.

Wenn ich in der Nähe des Flusses war, wurden mir die Texte aus irgendeinem Grunde klarer, und so wanderte ich oft, auf der Suche nach der Einsamkeit, die meinen Studien förderlich war, das Flußufer entlang.

Eines Tages nun, als ich am Hügel umherstreifte, hörte ich in der Ferne eine tiefe Stimme singen. Ich folgte ihrem Klang, bis ich zum Wasserfall kam, fand dort aber niemanden.

Ich blickte in die Runde, sogar in die Bäume hinauf, und sah doch keinen Menschen, wenngleich ich die Worte, die aus der Richtung des Wasserfalls kamen, deutlich verstehen konnte:

›Tropfen für Tropfen so rein,
Ein jeder beladen mit unser aller Sünden,
Fließest du in die wogenden Fluten des Meeres,
O heilige Narmada.‹

Ich starrte auf den Felsvorsprung vor mir. Es war mir unbegreiflich, wie die Stimme unmittelbar aus dem Wasserfall kommen konnte.

Da tönte eine andere Stimme, so hell und klar, daß sie einem Kind oder einer Frau gehören mußte, durch das Wasser:

›O Bote der vergehenden Zeit,
Zuflucht und Errettung,
Du läßt die Angst der Zeiten vergehen,
O heilige Narmada.‹

Außerstande, meine Neugierde zu zügeln, zog ich die Schuhe aus und kletterte barfuß den Felsvorsprung hinab, bis ich unmittelbar vor dem Wasserfall stand. Jetzt war ich nahe genug, um zu erkennen, daß die Stimmen nicht einem übernatürlichen Wesen gehörten. Durch das herabbrausende Wasser konnte ich in einer Höhle hinter dem Wasserfall zwei Gestalten sitzen sehen, vollkommen trocken, während ich von dem sprühenden Schaum durchnäßt wurde.
Ein Kind von sieben oder acht Jahren in einem zerrissenen Baumwollkleid saß einem nackten Mann mit langen verfilzten Haaren gegenüber, der rezitierte:

›Schildkröten und Flußdelphine finden
Zuflucht in deinen Wassern.
Landende Reiher spielen auf deiner stillen Fläche.
Fische und Krokodile nimmst du in deine
Umarmung,
O heilige Narmada.‹

Wärend das Kind die Zeilen wiederholte, wandte der Asket sein Gesicht dem Wasserfall zu. Da erblickte er mich.
›Wie kannst du es wagen, uns zu stören? Wer bist du?‹ rief er und warf unmutig die verfilzten Locken aus dem Gesicht.

Ich stapfte durch das Wasser, um mich vorzustellen, obwohl ich wußte, daß die Naga-Asketen für ihre Wutausbrüche bekannt waren. Das Kind lief derweil ins Innere der Höhle, um sich zu verstecken. ›Niemand. Nur der Mullah einer Dorfmoschee.‹
›Du hast sie erschreckt! Jetzt werde ich sie den Rest des Tages nicht unterrichten können!‹
Da stand ich nun, völlig durchnäßt, das Wasser tropfte auf den Steinboden der Höhle, und wußte nicht, was ich sagen sollte. Da fragte er in manierlichem Ton: ›Hast du auf dem Weg hierher Rinder gesehen?‹
Ich war über seine Frage so erstaunt, daß ich nur stumm nicken konnte.
›Wo? Wo?‹
›Oben auf dem Hügel‹, stammelte ich, erschrocken über seinen plötzlich drohenden Tonfall. ›Oben auf dem Hügel habe ich Kühe gesehen.‹
›Komm heraus. Hab keine Angst‹, rief der Asket dem Kind zu. ›Geh, sammle ein paar Kuhfladen.‹
Die Kleine trat schüchtern mit einem Korb und einem Haufen Blätter aus dem Schatten hervor. Der Asket zupfte ein Blatt nach dem anderen aus ihren kleinen Händen und kleidete den Korb damit aus.
Ich war wie gebannt vom Anblick der grauen Asche, die bei jeder seiner Bewegungen von seinem Bauch rieselte. Noch nie war ich einem Schiwa-Asketen so nahe gewesen. Sein Körper war ausgemergelt, ausgenommen der Bauch, welcher schwer über seine gekreuzten Beine fiel, so daß ich unmöglich sehen konnte, ob er vollkommen nackt war oder ein Lendentuch trug. Fast hätte ich mich gefürchtet vor dem rußgeschwärzten, an der

Hirnschale aufgeschnittenen Menschenschädel und dem eisernen Dreizack, die der Mann neben sich liegen hatte, wenn er sich nicht eine randlose Brille auf die Nase gesetzt hätte. Dies war ein dermaßen absurder Anblick, daß ich beinahe in Lachen ausgebrochen wäre.

Die Kleine lud sich den Korb auf den Kopf und schritt durch eine Lücke im Wasserfall am Rande der Höhle.

›Was willst du von mir, Mullah?‹ fragte der Asket.

›Nichts, ich bitte um Vergebung für die Störung. Ich muß in mein Dorf zurück.‹

›Du bleibst hier, bis das Kind zurückkehrt.‹

Ich wollte ihn nicht verärgern, also sagte ich rasch: ›Oh, gewiß. Wie es beliebt.‹ Er schloß die Augen, und ich saß und schaute ihm zu, wie er atmete. Als er wieder aufblickte, fragte ich nervös: ›Was war das, was Sie das Kind vorhin gelehrt haben?‹

›Shankaracharyas Hymne an die Narmada.‹

Zu meiner Überraschung begann der Asket die Anrufung in Sanskrit vorzutragen. Da ich kein Sanskrit beherrschte, konnte ich nur den Kadenzen seiner Rezitation lauschen, aber mir war, als hörte ich den Fluß in ihren Rhythmen fließen.

Dann war er so freundlich, das Gedicht zu erklären. So elegant war seine Übersetzung, daß ich mich fragte, was er gewesen war, bevor er Asket wurde – ein Akademiker vielleicht oder gar ein Wissenschaftler, so wie er die botanischen Begriffe beherrschte, mit denen er die in dem alten Gedicht erwähnten Pflanzen benannte.«

Tariq Mia hielt nach seinem langen Bericht atemlos inne, und für einen Augenblick durchbrach nur der

Schrei des Regenkuckucks die morgendliche Stille. Ein junger Student in langer weißer Tunika und weiten Hosen trat auf die Veranda und erkundigte sich schüchtern, ob wir etwas brauchten.
Der alte Mullah bat um heißen Tee, dann wandte er sich wieder an mich. »So, kleiner Bruder. Jetzt weißt du, wann ich zum erstenmal das Lied von der Narmada gehört habe.«
»Hast du das Kind wiedergesehen?«
»O ja. Ich habe lange mit dem Naga Baba gesessen und geredet, bis die Kleine zurückkam. Ich werde nie ihre furchtsamen Augen vergessen, als sie mich hinter dem Wasserfall sah.«
»Warum hat sie sich vor dir gefürchtet?«
»Willst du das wirklich wissen?« Tariq Mia hob seine weißen Augenbrauen, und die stechenden Augen über seiner Hakennase ließen ihn einen Moment wie ein Raubvogel aussehen, der in die Jahre gekommen war.
Ich lachte verlegen, mein Jammern von vorhin war mir peinlich. Schweigend sahen wir zu, wie der Student unsere Tassen mit heißem Tee füllte. Als er sich rückwärts von der Veranda entfernte, begann der alte Mullah seine Geschichte.

15. Kapitel

Die Geschichte der Sängerin

Das neuntägige Fasten, welches der Nacht des Schiwa vorausgeht, hatte begonnen, und der Naga Baba machte sich bereit, den Dschungel zu verlassen, um sich auf die Suche nach einer Leichenverbrennungsstätte zu begeben.

Er riß das Blättergerüst nieder, das ihm ein Jahr als Wohnstatt gedient hatte. Nachdem er die verflochtenen Blätter und die vier Stangen zwischen die verzweigten Wurzeln des Baumes gelegt hatte, auf daß ein vorüberziehender Bettler sich daraus ein Obdach bauen könne, ergriff der Naga Baba seinen eisernen Dreizack, den er in ein safrangelbes Tuch eingeschlagen hatte, seinen Sandelholzstab sowie seine Schädelschale und begab sich auf den Weg zur nächsten Stadt.

Heute mußte der Naga Baba nur etwa fünfzig Kilometer gehen, bis er eine Verbrennungsstätte fand, doch in den Anfangsjahren seiner Askese war er bisweilen dreihundert Kilometer gewandert, bevor er Menschen begegnete.

Damals war er ständig erschöpft gewesen, weil er nicht wußte, nach welchen Wurzeln und Beeren er im Dschun-

gel suchen mußte, welche Pflanzen Durst und Hunger zu dämpfen vermochten oder welche Yoga-Übungen den Stoffwechsel verlangsamten, so daß ein Mensch extreme Hitze und Kälte aushalten konnte.
Jetzt dagegen war der Naga Baba imstande, seinen Geist auf seine Meditationen zu konzentrieren, einerlei, wie schlimm seine körperlichen Beschwerden waren, so daß er die Entfernung, die er zurücklegte, oder die Hitze der geteerten Straße unter seinen Füßen nicht wahrnahm.
Während er nun einherschritt, dachte der Naga Baba an die strengen Kasteiungen zurück, denen er sich unterzogen hatte, um zu seinem jetzigen Zustand zu gelangen.
Er erinnerte sich, wie sein Lehrer ihn auf die höchsten Pässe des Himalaya geführt und an einem kleinen, in das Felsgestein gemeißelten Tempel zurückgelassen hatte.
»Wenn du nach dem Winter noch lebst«, hatte sein Lehrer gesagt, »werde ich dich holen kommen.«
Noch heute konnte es der Naga Baba nicht ertragen, an jenen Winter zu denken – die Halluzinationen, welche seine einsamen Todesbetrachtungen hervorriefen; die Schneestürme und die schwindenden Nahrungsvorräte, die er roh verzehrt hatte, weil es kein Holz gab, um Feuer zu machen; die Nagetiere, die vor seinen Augen starben, während er meditierte, ihre steifgefrorenen Kadaver.
Doch am Ende war der Schnee geschmolzen, und der Naga Baba war überglücklich, als er seinen Lehrer am Eingang seines Tempels stehen sah; er glaubte, die schlimmste seiner Prüfungen sei überstanden.

Er wußte nicht, daß sein Lehrer ihn quer durch Indien auf eine so lange Reise schicken würde, daß der Naga Baba, wenn er die Sanddünen und wehenden Steppengräser der Wüste erreichte, vergessen haben würde, wie Schnee aussah.

»Du kannst kein *naga* sein, ohne die menschlichen Grenzen zu überwinden«, hatte sein Lehrer gesagt, bevor er ihn wieder allein ließ. »Lerne, ohne Wasser zu überleben. Wenn ich dich bei meiner Rückkehr hier antreffe, werde ich dich in unsere Gesellschaft aufnehmen.«

Heute schreckte die Aussicht, neun Tage ohne Nahrung und Wasser an der Verbrennungsstätte zu sitzen, den Naga Baba nicht mehr, wie sie es einst getan hatte. Aber er sah die Angst in den Gesichtern der Menschen, die rasch die Straße überquerten, um ihm aus dem Weg zu gehen. Er wußte, daß seine Haut, die grau war von der täglich aufgetragenen Asche, seine verfilzten Haare, die ihm in zottigen Strähnen bis zur Taille fielen, der Menschenschädel, aus dem er aß und trank, gewöhnliche Menschen auf beängstigende Weise an den Tod gemahnten. Auch wußte er, daß die Leute ihm übermenschliche Kräfte zuschrieben, die Fähigkeit, zu schweben und unwiderrufliche Verwünschungen über jeden zu bringen, der seinen Unmut erregte.

Während der Naga Baba nun auf den noch rauchenden Scheiterhaufen am Ufer eines Flüßchens zuging, mußte er beim Gedanken an die Furcht der Menschen lächeln.

»*Jai Shankar!* Gepriesen sei Schiwa!« rief ein Mann. Es war der mönchische Hüter der Bestattungsfeuer, der gezwungen war, auf der Verbrennungsstätte zu leben, weil

er als unrein galt. Der Naga Baba band eine Ecke des safrangelben Tuches auf, das seinen Dreizack umhüllte, nahm eine Prise Asche heraus und rieb sie dem Feuerhüter segnend auf die Stirn. Für gewöhnliche Menschen war der bloße Schatten des Feuerhüters ein böses Omen, doch für den Naga Baba war der Hüter eine verwandte Seele, die tagtäglich dem Tod gegenübertrat, wie er es selbst in seinen Meditationen tat.
Dann reinigte der Naga Baba seinen Geist von allen Ablenkungen und machte sich bereit, über den Gott des Todes zu meditieren.
Er ging an das Flüßchen, um zu baden. Mit noch triefendem Leib setzte er sich dann neben einen Holzstoß, wo soeben ein Leichnam verbrannt worden war. Der strenge Geruch des schwelenden Holzes und der beißende Gestank nach verbranntem Fleisch hingen noch in der Sommernacht, als er einige Händevoll verkohltes Holz von dem Scheiterhaufen nahm und zwischen den Fingern zerkrümelte. Knochen- und Fleischstückchen warf er fort, bevor er die Asche in seine Haare und auf seinen Leib schmierte.
Der Naga Baba kreuzte die Beine zum Lotussitz, legte die Hände auf die Knie und hob zu dem Gesang an, den er neun Tage und neun Nächte an diesem Holzstoß fortsetzen würde.

»Schiwa-o-ham.
Ich bin Schiwa.
Schiwa-o-ham.
Schiwa bin ich.«

Während dieser Zeit kamen immer wieder Leute, um den Naga Baba zu begaffen. Aber sie taten es nur von ferne und am hellichten Tag. Unter ihnen waren etliche, die an seinem in safrangelbes Tuch eingewickelten Dreizack erkannten, daß er einer der großen Naga-Gesellschaften angehörte, welche berühmt waren für die Kriege, die sie zur Verteidigung ihres Glaubens geführt hatten. Die Leute ermahnten ihre Kinder, ihn nicht zu stören, und erzählten sich im Flüsterton von der Zeit des großen indischen Aufstandes, als zwanzigtausend *Naga*-Asketen nackt, aschebedeckt und mit verfilzten Haaren aus ihren Höhlen im Himalayagebirge gekommen waren, um mit den rotberockten Engländern zu kämpfen, die nach einem Weltreich strebten.

Doch wenn in der Nacht der Mond verblaßte, bis er schließlich überhaupt kein Licht mehr gab, hatte niemand den Mut, sich der Verbrennungsstätte zu nähern.

Und dann kam die Nacht des Schiwa.

In dieser Nacht wurde der Herr des Todes der Tod des Todes, und Schiwas Anhänger brachen ihr Fasten und bettelten in den Behausungen jener, die unrein, unberührbar oder ungeweiht waren.

Nachdem er Asche von dem Scheiterhaufen auf seinen Leib geschmiert hatte, ging der Naga Baba zuerst zum Haus des Feuerhüters.

Er vollzog dieses Ritual jedes Jahr, und jedes Jahr vernahm er die Litanei der Grausamkeiten, welche diejenigen erduldeten, die in der Gesellschaft als unberührbar galten. Heute nacht war es nicht anders. Während der Feuerhüter dem Naga Baba Wasser in seine Schale goß, beklagte er bitterlich, daß er ein Ausgestoßener sei, was

den Asketen jedoch nicht hinderte, zwei Schalen Wasser zu trinken, um seinen Durst zu löschen.
Der Naga Baba wischte sich den Mund ab und fragte:
»Kannst du mich dorthin führen, wo die niedersten Kasten wohnen?«
»Geh an den Mangopflanzungen vorbei. Am Rande der Stadt wirst du eine Straßenkehrersiedlung finden.«
Der Naga Baba brach zu der Siedlung auf, und dabei dachte er an die Menschen, denen er in seinen langen Jahren als Asket begegnet war.
Während seiner Zeit bei der Gesellschaft hatte er die Künste eines beschützenden *sadhu* erlernt. Man hatte ihm beigebracht, seinen eisernen Dreizack als Waffe zu gebrauchen. Er hatte Yoga-Verrenkungen vollführt, um zu einer körperlichen Ertüchtigung zu gelangen, welche diejenige eines Ringkämpfers weit übertraf; er hatte seine Hände und Füße gehärtet, so daß sie einen Menschen mit einem einzigen Hieb töten konnten, er hatte sich in Geistesbeherrschung geübt, um einen Gegner zu entwaffnen, ohne ihn zu berühren. Erst dann durfte er sich *naga* nennen.
Begegnete er aber dem Leid gewöhnlicher Leute, dann tat er nichts, um sie zu schützen, außer daß er ihnen einen Aschepunkt auf die Stirn drückte, bevor er weiterzog, immer auf der Suche nach Einsamkeit.
Die Straßenkehrer warteten vor ihrer Siedlung mit Speiseopfern. Sie wußten, wie sehr der Asket sie ehrte, indem er aus ihren Händen aß, und als er ihre Stirnen mit Asche zeichnete, berührten sie dankbar seine Füße, denn solche Segnungen blieben ihnen seitens der Tempel, welche sie nicht betreten durften, versagt.

Jetzt mußte der Naga Baba in einem dritten unreinen Haus um Almosen betteln, ehe er in den Dschungel zurückkehren konnte. »Gibt es ein Bordell in dieser Stadt?«

»Natürlich, Baba. Wir bringen dich hin.«

Der Naga Baba folgte den Straßenkehrern durch die engen Gassen hinter ihrer Siedlung. Er sah die Leute bei ihrem Näherkommen zurückweichen und die Straßenkehrer sich seitwärts wenden, um voller Scham ihre Gesichter zu verbergen. Wütend hob der Naga Baba seinen Dreizack und brüllte: »*Om hamo Schiwaya!* Der Name Gottes ist Schiwa, Herr des Todes!« Und die Leute liefen eilends in ihre Hauseingänge, solche Angst jagte ihnen der nackte Mann mit den wehenden verfilzten Haaren ein.

Es freute den Naga Baba, wenn er die Straßenkehrer hinter vorgehaltener Hand lachen sah, indes sie ihn in einen hell erleuchteten Basar führten und auf die Holztür des Bordells wiesen, die von einer bunten elektrischen Lichterkette umrahmt war.

Filmmusik plärrte vom Balkon des Bordells herab, als der Naga Baba mit seinem Dreizack an die Tür klopfte. Endlich ging sie auf, und ein verschwitzter Mann stand vor ihm, der eine schwarze Schnur als Glücksbringer um den Hals gebunden hatte. Muskeln wölbten sich unter seiner Baumwollweste.

Der Naga Baba streckte ihm seine Schädelschale hin. »Almosen. In der Nacht des Schiwa.«

»Verschwinde!« schrie der Mann. »Wir speisen hier keine Bettler!«

Der Naga Baba hob die Hand, und der Mann wich zurück, als stieße eine magnetische Kraft gegen seine

Brust, obwohl er gar nicht berührt worden war. »Ich bin ein Asket Schiwas. Wagst du es, mich heute abend abzuweisen?«
Eine dicke Frau erschien hinter dem Mann. Ihr Gesicht war von goldenen Ohrringen umrahmt, die im farbigen Schein der Lampen über der Türschwelle wie billiger Tand aussahen. Als sie den Asketen sah, öffnete sie erstaunt die betelfleckigen Lippen.
»*Jai Shankar!* Gepriesen sei Schiwa!«
Die Ohrringe baumelten gegen ihre geschminkten Wangen, als sie sich bückte, um die Füße des Naga Baba zu berühren. Der Asket blickte über sie hinweg in den Salon des Bordells. Hinter einem mit Kunststoff bezogenen Sofa kauerte ein Mädchen, ein Kind noch. Ihr Gesicht verzog sich vor Qual, als ein Mann mit einer Hand ihr Kinn ergriff. Mit der anderen hob er die Kleine hoch, um ihren Mund näher an den seinen zu bringen.
Der Naga Baba konnte das Kind nicht mehr sehen, als die Frau aufstand und sagte: »Ich habe köstliches Pistazien-Naschwerk, eigens für die Nacht des Schiwa gekauft.«
»Ich habe schon gegessen.«
»Nein, nein, du mußt etwas annehmen. Du kannst mein Haus nicht verlassen, ohne mich zu segnen.«
»Dann will ich das Kind heute abend als Almosen annehmen.«
»Sehr gerne, Baba.« Die Frau entwand das Kind den Armen des erzürnten Freiers und trug die kleine Gestalt, die keinen Widerstand leistete, zu dem Asketen. Vor dem Naga Baba richtete sich die Kleine auf – ihr Kopf reichte kaum höher als sein Knie – und starrte zu Bo-

den. Die Frau schlug das Kind auf den Hinterkopf. Es war kein sanfter Schlag.
»Berühre seine Füße mit deiner Stirn, du Dummkopf.«
Das Kind krümmte sich gehorsam zu des Asketen Füßen, indes die Frau mit wissendem Grinsen fragte: »Wohin soll ich meinen Mann morgen früh schicken, um sie abzuholen?«
»Gibst du dem Heiligen ein Almosen in der Erwartung, es zurückzubekommen?«
»Aber ich habe fünfhundert Rupien für sie bezahlt. Ich habe ihrem Vater damit eine große Wohltat erwiesen. Als ich sie kaufte, hatte sie kein bißchen Fleisch auf den Rippen. Sieh, wie gut ich sie ernährt habe, und doch ist noch nicht genug an ihr dran, um einen Mann zufriedenzustellen. Ich bitte dich, nimm statt ihrer das Naschwerk.«
Der Naga Baba hob sein Schädelgefäß vor die Augen der Frau und kehrte es um, so daß sie nichts hineintun konnte.
»Dann nimm sie für die Nacht, meinetwegen für zwei Nächte. Wenn du sie danach immer noch unbedingt haben willst, komm in zwölf, dreizehn Jahren wieder. Dann wird sie mir nichts mehr nützen.«
»Wenn ich dein Haus in der Nacht des Schiwa mit leeren Händen verlasse, wenn du dem geliebten Diener des Zerstörers ein Almosen verweigerst …«
Die Frau wich in das Bordell zurück, eingeschüchtert von den Augen des Asketen, die noch rot waren vom Rauch der Bestattungsscheiterhaufen, von seinem Leib und den verfilzten Locken, die grau waren von der Asche der Toten. »Nimm sie! Und verfluche mich später

nicht, wenn du merkst, was sie für Ärger macht. Sie hat nicht mal einen Namen. Ihr eigener Vater nennt sie Mißgeschick.«

Der Asket rieb Asche auf die Stirn der Frau und nahm die Hand des Kindes. Die kleinen Finger lagen steif in seiner Hand, als das Mädchen mit ihm aus der offenen Tür des Bordells auf die Straße ging.

Sobald sie den Basar hinter sich hatten, ließ er die Hand der Kleinen los. Er half ihr nicht, wenn sie eine Straße überqueren oder über die niedrige Mauer klettern mußten, welche den kleinen Bahnhof der Stadt umschloß. Er machte einfach nur kleinere Schritte und ging langsamer, während er mit seiner tiefen Stimme »*Om namo Schiwa, Om namo Schiwa*« intonierte; er wußte sehr wohl, daß die endlose Wiederholung des Gesanges »Der Name Gottes ist Schiwa, Schiwa ist Gottes Name« die Ängste der Kleinen beschwichtigen würde, so wie die Stimme seines Lehrers ihn mit ihrer hypnotischen Kraft einst zwang, Strecken zu wandern, die er nicht für möglich gehalten hatte. Sie passierten den letzten Laternenpfahl der Stadt und die trüben Lichter der Straßenkehrersiedlung. Der Naga Baba blieb noch immer nicht stehen, obgleich die indische Nacht sich über ihre Köpfe senkte und das Heulen der Hyänen so nahe kam, daß sie wußten, sie waren im Wald angelangt.

Nun nahm der Naga Baba wieder die Hand der Kleinen und half ihr über die Wurzeln, die durch die dunkle Erde des Dschungels brachen, bis sie zu einem Banyanbaum kamen, der so alt war, daß seine zahlreichen Äste bereits neue Wurzeln ins Erdreich getrieben hatten.

Der Naga Baba umrundete den Baum und sammelte Gras, um ein Bett für die Kleine zu machen. Sie folgte ihm dicht auf den Fersen, da die Dunkelheit und das Rascheln der Nachttiere sie ängstigten.
»Wie lange hast du in dem Bordell gelebt?« fragte der Naga Baba, während er das Gras auf dem Erdboden zwischen den verwurzelten Ästen des Banyanbaumes ausbreitete und es flach klopfte, bis es die Festigkeit einer Matratze hatte.
»Wenigstens zwei Regenzeiten.«
»Nun, die nächste Regenzeit werden wir in Amarkantak verbringen. Schlaf jetzt.«
Der Naga Baba setzte sich neben das Kind, die Augen zum Meditieren geschlossen, und besänftigte die tiefe Angst des Mädchens mit dem gleichmäßigen Brummen seines Gesangs, bis sie eingeschlafen war. Er hatte unterdessen beschlossen, nicht in den Dschungel zurückzukehren, wo er zuvor gelebt hatte. Er lag zu nahe an der Stadt, zu nahe an der Bordellbesitzerin, die es sich womöglich anders überlegte und ihre Schläger ausschickte, um das Kind zurückzuholen.
Am nächsten Morgen schälte er eine gefallene Kokosnuß und halbierte sie mit einem einzigen Hieb, um eine Schale für das Kind zu machen. Dann traten sie ihre Wanderung nach Norden an, zur Narmada.
Die Reise währte viele Wochen. Unterwegs lernte das Kind, nach Wasserschlangen Ausschau zu halten, denn wo diese schwammen, war das Wasser rein genug zum Trinken. Es beobachtete, wie der Asket Knollen aller Art aus der Erde grub und über einem offenen Feuer röstete, und war überrascht, wie gut sie schmeckten und sättigten.

Er lehrte die Kleine, Milch direkt aus den Zitzen streunender Ziegen zu trinken und nach Hufspuren von Rindern Ausschau zu halten. Gemeinsam sammelten sie Kuhfladen und ließen sie in der Sonne trocknen. Dann machte der Naga Baba ein kleines Feuer und verbrannte den Dung, so daß er zwischen seinen Fingern zu Asche zerkrümelte, die er über seinen ganzen Körper schmierte, als Antiseptikum und Isolierung gegen Hitze und Kälte. Die Kleine stellte fest, daß sie, wenn er die Mixtur auf ihre Arme rieb, nie von Moskitos gestochen wurde.
Ihre Tage waren nicht einsam. Ständig begegneten sie Menschen, Schafhirten oder Dorfleuten auf der Suche nach Feuerholz, die dem Naga Baba zuriefen: »*Jai Shankar!* Gepriesen sei Schiwa!«
Manchmal brachten sie dem Asketen und seiner kleinen Begleiterin zu essen. Das Kind sah dem Naga Baba zu, wie er die Speisen in vier gleiche Portionen aufteilte – eine, um sie den Tieren hinzustellen, eine für einen Fremden, der vielleicht einer Mahlzeit bedurfte; nur die restlichen zwei Portionen behielten sie für sich.
Als das neue Leben für die Kleine wirklicher wurde als ihr altes, erzählte sie dem Naga Baba von ihrem Vater und ihren drei Brüdern, die als Steinhauer am Straßenrand arbeiteten.
»Nie durfte ich essen, bevor alle anderen gegessen hatten, drum war ich immer hungrig. Und mein Vater hat mich geschlagen.«
»Warum nannte dein Vater dich Mißgeschick?«
»Weil meine Mutter bei meiner Geburt gestorben ist. Dann kam diese Frau in das Elendsviertel, wo wir wohnten, und sagte, sie brauche junge Mädchen als Bedie-

nungen für ihre Kunden. Ich glaubte meinem Vater, als er mir sagte, Gott habe mir eine neue Mutter gegeben, und war froh, als mein Vater mich an sie verkaufte. Aber die Frau hat mich nie wie ihre Tochter behandelt. Sie hat mich bloß für diese Männer im Haus bereit gehalten.«

»Wie ist dein richtiger Name?«

»Ich hatte nie einen richtigen Namen. In dem Haus dort haben sie mich Chand, Mondlicht, gerufen.«

»Warum?«

»Den Namen haben die Kunden ausgesucht. Sie haben gesagt, meine Haut ist so sanft wie Mondlicht.«

»Wenn wir an unserem Ziel angekommen sind«, sagte der Naga Baba liebevoll, »brauchst du solche Männer nie mehr zu fürchten.«

Und sie erklommen die zerklüfteten Satpura-Berge, bis sie das Plateau von Amarkantak erreichten.

Sie befanden sich nun in dichtem Dschungelgebiet, das nur ab und zu von kleinen Flüssen durchzogen wurde, oder sie gelangten unvermutet auf eine Lichtung, in der sich ein See befand. Die Kleine sah wilde Elefanten und weißgesichtige Affen. Sie lernte, Wildherden zu unterscheiden – Nilgauantilopen, Hirschziegenantilopen, Vierhornantilopen. Sie beobachtete, wie die Tiere nahe an den Naga Baba herankamen, weil er sich nicht vor ihnen fürchtete, sogar die Leoparden, deren charakteristisches rauhes Bellen sie des Nachts hörte, und wenn sie einschlief, während der Naga Baba neben ihr, tief in Meditation versunken, sang, wußte sie, daß die Tiere sie ebensowenig beachten würden, wie sie andere Lebewesen beachteten, von denen sie nicht bedroht wurden.

Als sie sich der Narmada näherten, begleiteten Dorfleute sie ein Stück und zeigten ihnen, wo die Bootsführer zu finden waren, welche die Fähren steuerten. Jedesmal, wenn sie an einen der kleinen Nebenflüsse gelangten, versicherte der Naga Baba dem Kind, daß sie ihrem Ziel ein Stück näher seien. So groß war das Vertrauen der Kleinen zu dem Asketen, daß sie ihre Furcht vor den Menschen unterdrückte und ins Wasser watete, um sich von einem drahtigen Bootsführer, dessen Haut von der Sonne dunkel gebräunt war, in ein kleines Boot helfen zu lassen.

Schließlich gelangten sie an die Gestade der Narmada, und der Naga Baba sagte dem Kind, nun sei es bald zu Hause.

»Aber wir müssen auf die andere Seite des Flusses hinüber. Da kann dich niemand finden. Dieses große Wasser ist wie eine Grenze, die mitten durch Indien verläuft. Sogar die Jahre und Tage werden am anderen Ufer anders gezählt. Dort wirst du ein neues Leben beginnen. Ich werde dich lesen und schreiben lehren. Und ich werde dir einen neuen Namen geben.«

»Wie wirst du mich nennen?«

»Uma.«

»Was bedeutet das?«

»Es ist ein anderer Name für die Göttin«, sagte der Naga Baba, während sie die große, flachkielige Fähre bestiegen. Sie war voller Bauern, die ihre Erzeugnisse zu einem Wochenmarkt brachten. »Uma bedeutet Frieden in der Nacht.«

Auf der Fähre stellten sich die Bauern in einer Reihe auf, um sich von dem Naga Baba segnen zu lassen. Er rieb ihnen Asche auf die Stirn, und sie füllten seine Schale mit Münzen und Obst.

Die Kleine schien derweil nur einen Gedanken zu haben – ihren Namen, den sie unentwegt vor sich hin flüsterte. Als sie das andere Ufer erreichten, verlangte der Bootsführer kein Geld, denn er rechnete es sich als Ehre an, den Naga Baba in seinem Boot zu befördern, wie es alle anderen Bootsführer auch getan hatten.

Die Kleine stand am Ufer und winkte, bis sie an der Biegung des Flusses das Boot nicht mehr sehen konnte. Noch immer unaufhörlich ihren Namen vor sich hinsagend, wanderte sie mit dem Naga Baba weiter und weiter flußaufwärts.

Der Naga Baba blieb nicht stehen, bis sie zu einem Wasserfall kamen. »Hinter diesem Wasserfall befindet sich eine Höhle. Dort werden wir im Sommer wohnen. Aber für den Winter und die Monsunzeit müssen wir ein Haus bauen.«

Die Kleine half nun dem Naga Baba große Bananenblätter sammeln, um sie zu einem Dach zu verflechten. Sie sah dem Asketen zu, wie er mit seinem Dreizack Bambuszweige abschnitt und die Stangen in die rote Erde des Flußufers trieb. Dann stellte sie sich auf seine Schultern, um die geflochtenen Bananenblätter über die Stangen zu breiten, und lachte entzückt, als er sie auf die Erde herabließ und sie die Zweizimmerhütte sah, die sie gebaut hatten.

»Bleibt noch eine letzte Zeremonie.«

Der Naga Baba gab dem Kind einen getrockneten Kuhfladen und führte sie zwischen den langen Schatten, die die Bäume warfen, ans Flußufer.

»Weißt du, in welcher Nacht ich dich gefunden habe?«
»Wann?« fragte die Kleine, unsicher, ob der zappelnde Schatten zu ihren Füßen ein Kriechgewächs oder eine Schlange war.
»In der Nacht des Schiwa, des Herrn des Todes. Dein anderes Leben ist in jener Nacht gestorben. Siehst du diesen Sandelholzstab? Ich werde ihn zu Asche zerreiben und auf deine Stirn tun, wenn du deiner neuen Mutter begegnest.«
Erschrocken über die Worte des Naga Baba, warf die Kleine den Kuhfladen auf die Erde und stob durch das Unterholz davon, in dem verzweifelten Bemühen, von dem Asketen fortzukommen.
Ihr Vater hatte ihr gesagt, sie käme zu einer neuen Mutter, als er sie an das Bordell verkaufte. Nun wußte sie, daß der Naga Baba sie erneut verkauft hatte.
Doch der Naga Baba hatte sie schnell eingeholt und trug sie auf seinen Armen zum Fluß. Nur sein schweres Atmen und das Knacken der Halme unter seinen Füßen waren zu hören.
Am Ufer stellte er die Kleine auf den schlammigen Boden und wand seine verfilzten Locken zu einem Knoten oben auf dem Kopf. Dann packte er unversehens ihre Arme und ließ sie ins Wasser gleiten. »Die Narmada beansprucht alle Mädchen als ihr Eigentum. Heute abend wirst du eine Tochter der Narmada.«
Wie gelähmt starrte das Kind in die Augen des Asketen. Asche rieselte aus seinem Haar in ihr Gesicht, die kalte Strömung kroch ihr bis ins Mark. Dann schlug das Wasser über ihrem Kopf zusammen, und sie hörte nur noch das Blut in ihren Ohren rauschen. Sie hatte nicht ein-

mal mehr den Willen zu schreien, denn sie wußte, sie konnte nicht verhindern, daß sie ertränkt wurde, hilflos gegenüber den kraftvollen Händen des Naga Baba.
Doch schon hob der Naga Baba sie wieder aus dem Fluß. Ohne auf ihre Tränen zu achten, verbrannte er seinen Sandelholzstab, und ein moschusartiger, süßlicher Geruch verbreitete sich im Dschungel. Der Asket zerrieb das Sandelholz zwischen den Fingern und zeichnete drei Aschestreifen auf die Stirn des Kindes.
»So«, sagte er zufrieden, »jetzt können wir in dein neues Heim eintreten.«
Er führte das Kind an den alten Bäumen vorbei, die das Flußufer säumten. Auf dem Pfad hob er die Jasmin- und Lantanaranken beiseite, damit die Kleine ihm vorausgehen konnte. Sie umrundeten die drohend aufragenden Schatten eines Bambusdickichts und kletterten schließlich die Felsen hinab zum Wasserfall.
Als sie die Höhle hinter dem Wasserfall betraten, sang der Asket:

»Schildkröten und Flußdelphine finden
 Zuflucht in deinen Wassern.
Landende Reiher spielen auf deiner stillen Fläche.
Fische und Krokodile nimmst du in deine Arme,
O heilige Narmada.«

In diesem Sommer wohnten das Kind und der Naga Baba in der Höhle hinter dem Wasserfall. Der Asket lehrte die Kleine lesen und schreiben, und abends sang er ihr von der Narmada. Im Laufe der Monate hörte sie das Lied der Narmada so oft, daß sie ihn bat, es selbst lernen zu dürfen.

Erst wenn sie eingeschlafen war, begann der Naga Baba mit seinen Meditationen, und in ihren Träumen hörte sie mitunter seine tiefe Stimme singen:

»Schiwa-o-ham.
Ich bin Schiwa.
Schiwa-o-ham.
Schiwa bin ich.«

Als die Regenzeit kam, zogen der Naga Baba und das Kind aus der Höhle in die Hütte, die sie am Flußufer aus geflochtenen Bananenblättern und Bambusstangen gebaut hatten.
Oft waren die Monsungewitter so heftig, daß die Narmada über die Ufer trat und durch das Bambusdickicht und über die Baumstümpfe geradewegs in die Hütte hineinschwappte, als wolle sie das Kind umarmen, das in diesen Tagen lernte, ihr Loblied zu singen.

16. Kapitel

Das Lied von der Narmada

»Bist du damals dem Naga Baba begegnet?« fragte ich. Eine Gruppe von Studenten spähte auf die Veranda, und Tariq Mia winkte sie seufzend in Richtung Moschee.

»Es muß schon spät sein, kleiner Bruder. Meine Studenten warten auf mich.«

Er versuchte aufzustehen, doch seine Beine, steif vom langen Sitzen, gehorchten ihm nicht.

»Bist du ihm denn nun damals begegnet?« wiederholte ich meine Frage, während ich ihm aufhalf.

»Ja, sie haben fast drei Jahre hier am Flußufer gewohnt. Jedesmal, wenn ich Uma wiedersah, kannte sie mehr Lieder vom Fluß. Als sie älter war, ermutigte der Naga Baba sie, auf Tempelfesten zu singen, und sie begannen, von einem Tempel zum anderen zu ziehen.«

Der alte Mullah ließ meine Hände los und streckte vorsichtig seine Glieder. »Als ich sie das letzte Mal sah, sagte sie mir, man nenne sie eine heilige Sängerin. Aber da kam sie allein. Der Naga Baba hatte sie verlassen, um die nächste Stufe seiner Erleuchtung anzustreben.«

Wir gingen langsam zu der Brücke. Seine Finger, die auf meinem Arm ruhten, schienen so federleicht, als gehörten sie bereits nicht mehr zu seinem gebrechlichen Körper. Als wir über die Marmorplattform vor der Moschee gingen, bemerkte Tariq Mia: »Ich hätte nie gedacht, daß der Naga Baba Uma sich selbst überlassen würde. Sie war mehr für ihn als nur ein Kind. Sie war das Kind seiner Askese.«
Ich fragte, was er damit meine. Tariq Mia blieb auf der Brücke stehen und schaute ins Wasser hinab. Sein schmales Gesicht lag im Schatten des Rhododendrons, der die Früchte einer nahen Bananenstaude mit seinen leuchtend roten und orangefarbenen Blütenblättern überstäubte.
»Vielleicht ist es nur die Torheit eines alten Mannes, kleiner Bruder. Aber wenn die Narmada aus Schiwas Buße geboren wurde, dann wurde Uma gewiß aus Naga Babas Buße geboren. Sage mir, welche höhere Erleuchtung konnte er erlangen, indem er sie verließ?«
»Soll ich sie für dich suchen? Im Gästehaus wohnt momentan niemand. Ich habe genügend Zeit zur Verfügung.«
Der alte Mullah schloß mich in seine dünnen Arme. »Solche Leute sind wie Wasser, das durch unser Leben fließt, kleiner Bruder. Wir finden sie nie wieder.«
Ich stand auf der Brücke und sah Tariq Mia nach, der auf die Moschee zuging, wo seine Schüler auf ihn warteten. Er drehte sich nicht um, um zum Abschied zu winken. Seine Augen waren auf die Marmorplattform zu seinen Füßen gerichtet.
Ich machte mich auf den Rückweg ins Gästehaus. Ein starker Geruch nach Pflanzen stieg vom Erdboden auf,

während ich dem Lehmpfad zwischen den Bäumen folgte.

Im Dschungel herrschte reges Leben. Sittiche und Kuckucke, Ringeltauben und Mynah-Vögel kreischten und gurrten über mir; es war die Zeit, in der sie ihre Nester bauten, bevor die Sommerhitze den Wald versengt. Sogar Hirsche und Wildschweine kreuzten den Pfad, ohne daß Stammesfrauen, die am Wegesrand Feuerholz sammelten, sie gestört hätten.

Ich fragte mich gerade, wo die Frauen an diesem Morgen waren, als ich Rufe und Motorengeräusche hörte. Ich rannte den Pfad hinunter zum Gästehaus, weil ich fürchtete, es habe einen Unfall gegeben.

Als ich an die Biegung kam, sah ich eine Gruppe Dorffrauen aus Vano Kisten von drei Jeeps abladen, die in einer Reihe vor dem Gästehaus parkten.

Chagla stand bei den Jeeps und hakte Punkte auf einem Bestandsverzeichnis ab. Hinter ihm winkte Doktor Mitra mit seinen schlaksigen Armen einem großen Mann zu, der zwei Mädchen in Hosen auf das Gelände des Gästehauses folgte.

»Ah, da sind Sie ja!« rief Doktor Mitra mir zu, als er mich sah. »Shankar, Shankar, warte. Ich möchte dich mit deinem Gastgeber bekannt machen.«

Der Mann drehte sich um. Sein kurzes Haar wirkte fast militärisch, so exakt war es geschnitten, und seine hagere Gestalt war nur von einem vorstehenden Bauch verunziert, dessen Rundung eher einem Händler angestanden hätte als einem Herrn, den Doktor Mitra als Professor V. V. Shankar vorstellte, des Landes herausragendste archäologische Kapazität in Sachen Narmada.

»Verzeihen Sie unser plötzliches Kommen«, sagte Professor Shankar mit tiefer Stimme und schüttelte mir die Hand. »Wir führen in einigen Höhlen archäologische Ausgrabungen durch, nur gut sechzig Kilometer von hier. Doktor Mitra schlug vor, daß ich hier wohne und unser Hauptquartier in Ihrem Gästehaus aufschlage.«
Er nickte den zwei Mädchen hinter ihm zu. »Das sind meine Assistentinnen, Sheela und Neena. Sie werden im Camp wohnen.«
Ein Mann mit einem Schnauzbart beugte sich über die Balkonbrüstung, und ein zweiter Mann hinter ihm, dessen pausbäckiges Gesicht ihn kaum älter aussehen ließ als zwanzig, rief ihm über die Schulter: »Professor? Wir haben's geschafft, das Feldtelefon funktioniert. Der Murli möchte Sie sprechen. Irgendein Bauer läßt sein Vieh über das ganze Gelände wandern.«
»Ich bin gleich da, Naresch«, rief Professor Shankar. »Anil, beginnen Sie mit dem Ordnen der Bibliothek.« Er schob sich an den Mädchen vorbei und lief durch den Garten. »Es muß schon ein Notfall sein, wenn mein alter Führer Murli mich um Rat bittet«, rief er uns noch zu.
Ich beobachtete erstaunt das hektische Treiben um uns herum. Am Tor rief Chagla den Dorffrauen zu, ihm ins Gästehaus zu folgen. Als sie an mir vorbeizogen, las ich die Beschriftungen auf den Holzkisten, die sie auf den Köpfen balancierten: »Mikroskope«, »Chemikalien«, »Objektträger«, »Fotoausrüstung«, »Nachschlagewerke«.
Doktor Mitra lachte über mein verdutztes Gesicht: »Ach, kommen Sie, so schlimm wird es schon nicht werden. Sie werden nur Shankar hier haben. Er ist ein

feiner Kerl. Wir sind alte Freunde, müssen Sie wissen. Die anderen werden sechzig Kilometer weg sein. Kommen Sie, verschwinden wir hier, bevor sie uns noch über den Haufen rennen.

Er nahm meinen Ellbogen zwischen seine knochigen Finger und führte mich durch den von Menschen wimmelnden Garten in den Salon, so als führte er einen unter Migräne leidenden Patienten in einen verdunkelten Raum.

»Aber wer ist dieser Professor Shankar?« fragte ich, als die tiefe Stimme des Archäologen, der in sein Feldtelefon brüllte, die Treppe hinabhallte. »Arbeitet er im Auftrag der Regierung?«

»Nicht mehr. Früher hatte er das Archäologieministerium für diesen gesamten Bezirk unter sich. Dann bekam er die Bürokratie so satt, daß er sich aus dem Staatsdienst verabschiedete.«

Doktor Mitra brachte seine lange Gestalt mit einigen Verrenkungen in einem Lehnstuhl unter und sagte: »Nachdem Shankar sich aus dem Staatsdienst zurückgezogen hatte, hat man eine Ewigkeit nichts von ihm gehört. Vor drei Jahren ist er dann mit einem bemerkenswerten Buch wieder aufgetaucht, *Die Erforschung der Narmada.* Offenbar hatte er sich die ganze Zeit damit befaßt. Jedenfalls machte das Buch in Archäologenkreisen Furore, und man bot Shankar den Posten des Vorsitzenden der ›Stiftung zur Erhaltung des indischen Kulturguts‹ an. Seine Ausgrabungen werden von der Stiftung finanziert.«

Die Tür ging auf, und eine der Assistentinnen trat ein. Unbekümmert strich sie sich die dichten kurzen Haare aus den Augen. »Verzeihen Sie die Störung. Könnten

Sie einen kleinen Mittagsimbiß organisieren? Wir haben unserem Führer versprochen, das Lager vor Einbruch der Dunkelheit aufzuschlagen.«

Ich zuckte hilflos die Achseln, und Doktor Mitra verdrehte mitfühlend die Augen. Ich machte mich auf die Suche nach Chagla.

Als wir bald darauf ins Eßzimmer marschierten, zeigte sich, daß es der Köchin und Herrn Chagla, von der unerwarteten Herausforderung beflügelt, gelungen war, ein reichhaltiges Mahl zuzubereiten.

Die Expeditionsteilnehmer zogen ihre Stühle an den Tisch und bedienten sich ungehemmt aus den aufgetragenen Schüsseln. Dabei unterhielten sie sich unentwegt über die Ausgrabungen und ließen sich nicht einmal von den Hausdienern stören, wenn diese warmes Brot und Reis auftrugen.

An der Tafel herrschte eine Lebhaftigkeit, die Erinnerungen an meine Zeit als Regierungsbeamter weckte, wenn wir geschuftet hatten, um den Fertigstellungstermin für den nächsten Etat einzuhalten.

»Wird diese Ausgrabung ein Buch ergeben, das so gut ist wie *Die Erforschung der Narmada,* Professor?« fragte der Assistent mit dem Schnauzbart. Ohne auf eine Antwort zu warten, verriet er uns: »Professor Shankar betet die Narmada an, müssen Sie wissen. Deswegen ist er ein solcher Experte auf diesem Gebiet.«

»Unsinn«, wies ihn Professor Shankar zurecht. »Ich liebe diesen Fluß. Aber anbeten ist ein zu starkes Wort.«

»Warum?« warf Doktor Mitra ein. »Immerhin ist die Narmada der heiligste Fluß Indiens. Unser Gastgeber wird der erste sein, dies zu bestätigen.«

Professor Shankar blickte auf, und ich spürte, wie mich die grimmig-intelligenten schwarzen Augen hinter den dicken Brillengläsern musterten.

»Ich liebe nur die Unsterblichkeit des Flusses, nicht seine Heiligkeit«, sagte er trocken.

»Was meinen Sie mit Unsterblichkeit?« fragte ich, verlegen, weil nun alle Augen auf mich gerichtet waren.

Professor Shankar setzte seine Brille ab und putzte sie sorgsam mit einem Taschentuch. Ich sah die tiefen Einkerbungen auf beiden Seiten seiner wohlgeformten Nase, als er sich mir zuwandte. »Sehen Sie, die Narmada ist ein sogenannter erodierender Fluß. Er hat eine sehr schnelle Strömung, die das Flußbett auswäscht und immer tiefer in den Stein schneidet. Aber die Narmada hat ihren Lauf nie geändert. Der Fluß, den wir heute sehen, ist derselbe, den die Menschen sahen, die hier vor hunderttausend Jahren lebten. Ein derart beständiger Nachweis für die Anwesenheit von Menschen an ein und demselben Ort – das ist für mich Unsterblichkeit.«

Doktor Mitra schüttelte den Kopf. »Unveränderlichkeit vielleicht, aber doch gewiß nicht Unsterblichkeit?«

»Nein, nein, Mitra. Ich meine Unsterblichkeit im buchstäblichsten Sinne. So sehr, daß der Hindu-Kalender an den jeweiligen Ufern der Narmada verschieden ist. Denk nur, vor Tausenden von Jahren diktierte der Weise Vyasa an diesem Flußufer das längste Epos der Welt, das *Mahabharata*. Und in unserem Jahrhundert lieferte diese Region den Schauplatz für Kiplings *Dschungelbuch*. Dazwischen haben zahllose andere Menschen ihre Spuren an diesem Fluß hinterlassen.«

Eine der Assistentinnen zwinkerte ihren Kollegen zu. »Zum Beispiel Kalidasa. Sein großes Gedicht *Der Wolkenbote* und sein Drama *Shakuntala* beschreiben beide die Hügel hinter diesem Gästehaus.«
Ich sah, daß diese Unterhaltung für die Assistenten des Professors ein vertrautes Spielchen war. Das andere Mädchen sagte: »Und Shankarcharya hat vor zwölfhundert Jahren ein Gedicht auf diesen Fluß gemacht.«
»Und die Gedichte, die Rupmati und Baz Bahadur schrieben, nachdem ihnen die Narmada gar nicht weit von hier als eine Quelle erschienen war, die unter einem Tamarindenbaum entsprang?« fragte einer der Männer.
Professor Shankar lachte und schob seinen Stuhl zurück. »Sehr richtig. Und das versorgt uns Archäologen mit viel zuviel Arbeit, um Zeit zu verschwenden.«
Er zog ein Taschentuch aus seiner Tasche, wischte sich den Schweiß aus dem kurzgeschnittenen Haar und geleitete Doktor Mitra und seine Assistenten aus dem Eßzimmer. Gleich darauf ließen die Jeepfahrer ihre Motoren aufheulen, und der Konvoi des Forscherteams rumpelte die Lehmstraße entlang.
Als sie fort waren, senkte sich eine bedrückende Stille über das Haus. Eine Aura der Verlassenheit schien das Eßzimmer zu durchziehen. Selbst die Hausdiener bewegten sich träge, als sie den Tisch abräumten.
Chagla warf mir einen deprimierten Blick zu. »Sie haben so viel Leben hereingebracht, nicht, Herr? So viel Leben, so viel Spaß …«
»Besorgen Sie lieber frische Vorräte, Chagla«, unterbrach ich ihn ungeduldig. »Sie haben gesehen, wieviel sie gegessen haben.«

Der Ablauf der nächsten Woche wurde von den Archäologen bestimmt. Sie hatten unterdessen das gesamte erste Stockwerk des Gästehauses mit Beschlag belegt. Professor Shankar hatte eine Wohnung für sich. Die anderen Wohnungen waren in ein Laboratorium, eine Bibliothek und einen Gemeinschaftsraum umgewandelt worden; letzterer enthielt das Feldtelefon und die Landkarten.

Jeden Morgen überwachte Herr Chagla persönlich die Säuberung der Zimmer, aus lauter Sorge, ein übereifriger Dienstbote könnte ein Fragment aus ferner Vergangenheit fortwerfen, weil er es bloß für einen Gesteinssplitter oder einen Lehmklumpen hielt.

Für den Fall, daß ich überraschend im Gästehaus gebraucht wurde, ließ ich meine Besuche in Tariq Mias Dorf vorerst ruhen, aber dennoch stellte ich, wenn ich von meinem morgendlichen Spaziergang zurückkehrte, meist fest, daß der Professor bereits zum Forschungsgelände aufgebrochen war. Im Laufe des Vormittags kehrten dann einer oder mehrere von seinen Assistenten zurück und verschwanden im Laboratorium, wo sie den ganzen Tag arbeiteten. Oder sie brüllten ins Feldtelefon und baten Professor Shankar um Instruktionen, und ihre Stimmen hallten durch die offenen Fenster in den Garten. Zur Mittagszeit erfüllten die gute Laune meiner Gäste und ihr großer Appetit das Eßzimmer mit ausgelassener Lebhaftigkeit.

Um fünf Uhr leerte sich dann der Bungalow, wenn die Assistenten zum Lager aufbrachen. Herr Chagla nahm eine letzte Inspektion der Wohnungen vor, bevor er auf sein Fahrrad stieg und nach Rudra zurückkehrte, und ich konnte für ein paar Stunden die Ruhe des verlassenen Gästehauses genießen, bis auch Professor Shankar vom Gelände heimkehrte und mir abends auf der Terrasse Gesellschaft leistete.

Manchmal saßen wir nur schweigend da und betrachteten die fernen Silhouetten der Pilger, die ihre Lampen auf dem Wasser schwimmen ließen. Wie Ameisen bewegten sie sich die Tempeltreppen von Mahadeo hinauf und hinunter.

Zuweilen sprach Professor Shankar, an einem Glas Wassermelonensaft nippend, von dem Fluß.

Einmal fragte ich ihn, warum der Fluß für ihn nicht heilig sei. Seine Antwort war dermaßen abfällig, daß ich die Frage nie mehr wiederholte.

»Bloße Mythologie! Zeitverschwendung! Wenn etwas an diesem Fluß heilig ist, dann sind es die individuellen Erfahrungen der Menschen, die hier gelebt haben.«

Professor Shankar wies in die Dunkelheit. »Schauen Sie, links von Ihnen, wo der Wasserfall ist. Während der Recherchen für mein Buch habe ich in jenem Gebiet einige Höhlenmalereien entdeckt. Unsere Auswertungen der Gesteinsproben beweisen, daß sie aus dem Paläolithikum stammen, der Altsteinzeit. Mithin müssen sie zu den ältesten Beweisen für menschliches Leben in Indien zählen. An derselben Klippe weiter unten finden wir Werkzeuge aus späteren Zeitaltern – jüngere Steinzeit, Eisenzeit, Bronzezeit.«

Er leerte sein Glas. »Dieser Fluß ist ein ungebrochenes Zeugnis menschlichen Lebens. Deswegen bin ich hier. Und nun erzählen Sie mir, weswegen Sie hier sind.«

Ich wußte, wie töricht meine Antwort sich für ihn anhören würde, trotzdem sagte ich: »Ich habe mich von der Welt zurückgezogen.«

»Was haben Sie davor getan?«

»Ich war Beamter. Ein ziemlich hoher sogar.«

Er wartete, daß ich fortführe, aber ich brachte es nicht über mich, ihm von den Privilegien meines früheren Lebens zu erzählen: dem Heer von beflissenen Schreibern, den eigens reservierten Zugabteilen, den Bittstellern. Oder wie oft ich meine Kollegen der Korruption erliegen sah und wie mein Drang, der Welt zu entsagen, mit jedem Mal stärker geworden war.

»Dies ist kein Ort, um sich zurückzuziehen, mein Freund«, sagte Professor Shankar schließlich und machte Anstalten zu gehen. »Zu viele Menschenleben treffen an diesen Ufern aufeinander.«

Ich nickte zustimmend, obwohl der Archäologe sich bereits auf den Weg über den dunklen Rasen hin zu den Lichtern der Veranda gemacht hatte und mich nicht mehr sehen konnte. Ich dachte an die Menschen, denen ich begegnet war, seit ich das Gästehaus leitete, und an Tariq Mias Bemerkung, sie seien wie Wasser, das durch unser Leben fließe, um uns etwas zu lehren. Vielleicht hatte der alte Mullah recht. Vielleicht hatte mich das Schicksal an das Ufer der Narmada geführt, damit ich lernte, die Welt zu verstehen. Plötzlich, zum erstenmal seit der Ankunft der Archäologen, fiel mir wieder Tariq Mias Erzählung über den Naga Baba und seine Lebensaufgabe ein.

»Professor Shankar«, rief ich dem Archäologen nach. Er drehte sich erwartungsvoll um. »Ich weiß noch immer so wenig von dem Fluß. Wenn Sie Flußsängern begegnen, könnten Sie sie zu mir schicken? Ich würde so gerne eine Rezitation des Liedes von der Narmada hören.«

Er zog sein Taschentuch hervor und wischte sich über den Kopf. Das Geräusch des Stoffes auf dem kurzen Haar war deutlich zu vernehmen. »Ich denke, ich könnte meinen alten Führer Murli bitten, nach ihnen Ausschau zu halten.«

»Würde es Ihnen denn keinen Genuß bereiten, einen Narmada-Sänger zu hören?«

Er winkte ab. »Mir nicht, mein Freund. Die Flußsänger singen von Göttern und Göttinnen. Ich bin nur ein Mensch. Ich kann nur Lieder von anderen Menschen verstehen. Das übrige überlasse ich Ihnen.«

Er setzte seine Brille ab und sah auf die Uhr. »Übrigens nehme ich morgen meine Assistenten zu einer Stelle flußaufwärts mit. Wir werden unser Camp direkt neben den Ausgrabungen aufschlagen, also rechnen Sie damit, daß wir etwa eine Woche weg sind. Ich kann mir vorstellen, Sie werden froh sein, wenn Sie ein paar Tage Ihre Ruhe haben.«

Zu meiner eigenen Überraschung behielt Professor Shankar nicht recht. Obwohl ich die Gesellschaft der Hosenmädchen und auch der zwei jungen Männer genossen hatte, die immer Zigaretten rauchten und mit der unerschöpflichen Energie von Städtern Leben in das Gästehaus gebracht hatten, dachte auch ich, ich würde meine Einsamkeit genießen, wenn sie fort waren.

Ich gab sogar Herrn Chagla für die Woche frei.

Als sie dann tatsächlich abgefahren waren, fühlte ich mich so einsam, wie ich es nie erwartet hätte. Auf einmal vermißte ich die lebhaften Abendessen mit den jungen Archäologen und ihre ansteckende Begeisterung, wenn sie über die Fortschritte in ihren Ausgrabungen berichteten. Und ich vermißte Professor Shankar und das Vergnügen, das es mir bereitet hatte, mit jemandem zu plaudern, der wie ich im Dienste der Regierung gestanden hatte.

Wenn ich nun vor Morgengrauen auf meiner Terrasse saß und meditierte, mußte ich mir eingestehen, daß ich die Archäologen darum beneidete, einer Welt anzugehören, die ich selbst aufgegeben hatte. Nun hatte ich wohl die Muße, nicht aber das Bedürfnis, Tariq Mia aufzusuchen. Ich hatte keine Lust, mit dem Mullah eines kleinen Dorfes zusammenzusitzen, in dem die Zeit stillzustehen schien, so unberührt war es von den Ereignissen in der Welt. Mit gewisser Beunruhigung stellte ich fest, daß ich mich langsam an jenen anderen Rhythmus, den die Archäologen in das Gästehaus gebracht hatten, gewöhnt hatte, den Rhythmus meines früheren Lebens.

Ohne ihre Gesellschaft dehnten sich die Tage endlos dahin, und meine kleinen Aufgaben und Pflichten, die sich aus der Verwaltung des Gästehauses ergaben, ließen die Zeit auch nicht schneller verstreichen. Ich war erleichtert, als sich die Woche ihrem Ende zuneigte und ich mich langsam darauf freuen konnte, Professor Shankar und seine Assistenten im leeren Gästehaus begrüßen zu dürfen.

An dem Abend, bevor die Archäologen zurückkehren sollten, saß ich auf der Veranda des Gästehauses und genoß den leichten Flußwind, der jeden Abend eine halbe Stunde vor Sonnenuntergang aufkommt, als eine der Wachen unter der Veranda hüstelte, um meine Aufmerksamkeit zu erregen.

»Da ist eine Frau am Tor für Sie, Sahib.«

»Was will sie?«
»Ich weiß nicht, Sahib. Sie sagt, sie muß mit Ihnen sprechen.«
»Ich denke, Sie holen sie besser her.«
Einen Moment später kehrte der Wächter zurück, gefolgt von einer jungen Frau in einem karmesinroten Sari. Sie trug ein einsaitiges Instrument über der linken Schulter. Als sie näherkam, sah ich, daß sie silberne Fingerzimbeln an ihrer rechten Hand befestigt hatte.
»Ich glaube, Sie haben den Wunsch geäußert, das Lied vom Fluß zu hören, Sahib. Ich bin Flußsängerin.«
Ich fragte, wie ihr Name sei und wer sie zum Bungalow geschickt hatte. Sie sagte nichts, gab mir nicht einmal mit einem Kopfnicken zu verstehen, daß sie meine Fragen gehört hatte. Aber seltsamerweise fühlte ich mich durch ihre Schweigsamkeit nicht brüskiert. Bemüht, meine Aufregung zu verbergen, führte ich sie auf die Terrasse.
Jenseits der Terrasse streifte das Sonnenlicht die Bewässerungskanäle am anderen Flußufer, und sie glitzerten silbern inmitten der grünen Felder. Die Sängerin legte ihr Instrument auf den Steinboden, faltete die Hände und wandte sich zum Fluß hin.

»Die Weisen haben gesagt,
Wer immer dich preist,
Frühmorgens, frühabends, bei Nacht,
Darf sich in seiner Menschengestalt,
Die er erlangt durch das Leiden
So vieler Wiedergeburten,

In Ehren den Füßen
Von Schiwa nähern.
  Dann höre mein Loblied,
  O heilige Narmada.
Du begnadest die Erde
Mit deiner Gegenwart.
Die Frommen nennen dich Kripa,
Die Gnade selbst.
  Du läuterst die Erde
  Von ihren Unreinheiten.
  Die Frommen nennen dich Surasa,
  Die heilige Seele.
Du durchspringst die Erde
Wie ein tanzender Hirsch.
Die Frommen nennen dich Rewa,
Die Springende.
  Schiwa aber nannte dich
  Die Erquickliche
  Und taufte dich lachend
  Narmada.«

Sie forderte mich mit einer Handbewegung auf, mich zu setzen, und griff nach ihrem Instrument. Das Klappern ihrer Fingerzimbeln legte einen leichten, rhythmischen Schlag unter das dumpfe Brummen des Instruments.

»O kupferfarbenes Wasser
  Unter kupferfarbenem Himmel,
  Aus Schiwas Buße wurdest du Wasser.
  Aus Wasser wurdest du eine Frau,
  So schön, daß Götter und Asketen,

Die Lenden hart vor Begehren,
Von ihren Betrachtungen ließen,
Um dir nachzustellen.

Einmal, und nur einmal,
Im drehenden Rad des Seins,
Wurde der Schreckliche zum Lachen bewegt.
Aufblickend von seiner inneren Betrachtung,
Um dich zu sehen, sagte der Zerstörer:
O Maid mit den schönen Hüften,
Erregerin der Narma, der Lust,
Sei bekannt als Narmada,
Heiligster der Flüsse.«

Der Himmel über uns färbte sich metallen, und das weiche Licht überzog das Gesicht der Sängerin mit einem goldbraunen Schimmer.

»O Fluß, aus Buße geboren,
Von Lachen getauft,
Deine ungebärdigen Strömungen
Sind wie kupferne Adern im Gestein der
Vindhya-Berge,
So wie Götterblut den Leib eines Elefanten
vergoldet.
Und an deinen Gestaden
Durchstoßen die Staubgefäße der grüngoldenen
Nipablüten, dich begehrend,
Die Blütenblätter, die sie umschließen.
Wälder, schwer von wildem Jasmin,
Umarmen dich mit ihrem Duft,

Und näherst du dich, so schlagen
Sogleich die Mangobäume zum Blühen aus.«

Die Sonne sank, und ein Farbenmeer überflutete den Himmel, spielte auf den Zügen der Sängerin.

»Die Weisen, die an deinen Ufern meditieren,
Sagen, du bist zweimal geboren,
Einmal aus Buße,
Einmal aus Liebe.

Sie sagen, der Asket, der mit der Göttin tändelte,
Vermischte den Schweiß seiner Glut mit den
  Tropfen
Der Liebesmühen aus ihren Brüsten
Und schuf dich aus dem Born seines göttlichen
  Begehrens.
  Dann verwandelte er dich in einen Fluß,
  Um die Gelüste der heiligen Männer zu kühlen,
  Und nannte dich Narmada,
  Stillerin der Begierden.

Sogar Schiwas Erguß
Wird in deinem Flußbett zu Stein gekühlt,
Jeder einzelne Samen wird,
Deinen blauschwarzen Wassern entwunden,
  zum Götterbild
Und in den Tempeln an deinen Gestaden
Mit Blumengirlanden geehrt.«

Die Sängerin schloß die Augen und wiegte sich hin und her. Sie schien in eine Art Trance zu verfallen.

»O Fluß, aus Liebe geboren,
Von Lachen getauft,
Deine purpurnen Wasser gleiten wie ein Gewand
Von deinen abfallenden Ufern.

Kalidasa fragt, wer kann es ertragen, dich zu lieben?
Denn wer erträgt es, eine Frau zu verlassen,
deren Lenden entblößt sind,
Hat er erst einmal die Süße ihres Leibes geschaut?

Springende Antilopen
Zeichnen deinen Lauf.
Vögel schwärmen durch die heiligen Bäume
Und beschatten die Anger deiner Dörfer.
Rosenapfelbäume verdunkeln dein Wasser
Mit dem Schimmer reifender Früchte.
Wilde Mangos fallen in deine wirbelnden
Fluten,
Gleich Blumen im Haar einer Maid.«

Die Sonne war am Horizont verschwunden, und im Zwielicht wurde das Gesicht der Sängerin undeutlich.

»In den Schriften steht geschrieben,
Du warst zugegen bei der Geburt der Zeit,
Da Schiwa als goldener Pfau
Das Meer der Leere durchzog.

Du gemahntest den Zerstörer,
Die Schöpfung erwarte seinen Befehl,
Und seine grausamen Federn ausbreitend,
Schuf Schiwa diese Welt und den Berg,

Wo er sitzt und meditiert
Bis zur Zerstörung.

Du warst zugegen bei der Schöpfung,
Auf Schiwas Befehl bleibst du allein
Bei der Zerstörung bestehen.«

Sie drehte sich zu mir um, und auf einmal wirkte sie nicht mehr jung. Vielleicht war es der unbeleuchtete Bungalow, der sich wie der Schatten eines verlassenen Tempels hinter ihr erhob, was sie nun alterslos erscheinen ließ.

»Es prophezeien die Weisen, welche die
  Wahrheit wissen,
Um Mitternacht, wenn die dunkle Flut kommt,
Wirst du dich in ein Mädchen verwandeln,
So strahlend wie eine Lüstersäule.
Einen Dreizack in deiner schlanken Hand,
  wirst du sagen:
›Weise, verlaßt eure Waldeinsamkeit!
Zögert nicht! Die Zeit der großen Zerstörung ist da.‹

Während der Zerstörer tanzt,
Wird alles zerstört,
Und ich allein biete Zuflucht.

Nehmt euer Wissen der Menschheit mit
Und folget mir.
Ich führe euch in die nächste Schöpfung.‹«

Eine Gestalt durchquerte den Garten. Als sie näherkam, erkannte ich Professor Shankar, aber die Sängerin sah ihn nicht. Sie wiegte sich im Einklang mit ihrem Instrument, das Gesicht dem Fluß zugewandt, und sang Shankarcharyas Hymne:

»O Bote der vergehenden Zeit,
O Zuflucht und Errettung,
Du läßt die Angst der Zeiten vergehen,
O heilige Narmada.

Du beseitigst die Makel des Bösen.
Du erlösest vom Kreislauf der Schmerzen.
Du enthebst von den Bürden der Welt,
O heilige Narmada.«

Professor Shankar trat auf die Terrasse, und das Gesicht der jungen Sängerin erstrahlte in einem breiten Lächeln.

»Schildkröten und Flußdelphine finden Zuflucht
in deinen Wassern.
Landende Reiher spielen auf deiner stillen Fläche.
Fische und Krokodile nimmst du in deine
Umarmung,
O heilige Narmada.
Barden und Asketen besingen deine Wunder.
Spieler, Betrüger und Tänzer preisen dich.
Wir alle finden Zuflucht in deiner Umarmung,
O heilige Narmada.«

Die Sängerin faltete die Hände und hob sie in Richtung Fluß. Einen Moment lang stand sie mit gebeugtem

Haupt über dem dunklen Gewässer, dann legte sie ihr Instrument auf den Boden und kam auf uns zu.
Ich kramte in meiner Tasche nach Geld, aber sie ging an mir vorbei, ließ sich auf die Erde hinab und berührte Professor Shankars Füße.
Professor Shankar half ihr auf. »Geht es dir gut, Uma?«
»Ja, Naga Baba. Man sagte mir, du wünschtest, daß ich komme.«
Ich starrte die beiden verblüfft an, außerstande zu begreifen, was hier vorging.
»Wohin wirst du von hier aus gehen?«
»Ich bin auf dem Weg zur Küste.«
Professor Shankar lachte. »Um einen Ehemann zu finden, so wie die Narmada ihren Herrn der Flüsse fand?«
»Du kannst in die Zukunft sehen, Naga Baba. Du weißt, ob es so sein wird.«
»Die Zukunft offenbart sich einem jeden, wenn es an der Zeit ist. Komm, ich fahre dich nach Rudra zurück.«
»Sie?« fragte ich. »Ein Asket?«
»Nicht mehr.«
»Aber Sie können nicht der Naga Baba sein!«
Ich wartete darauf, daß er mir widersprach. Aber er musterte mich nur durch seine dicken Brillengläser.
»Aber Sie können nicht der Naga Baba sein!« rief ich, verärgert über das Schweigen des Archäologen. »Der ist irgendwo in einer Höhle auf der Suche nach höherer Erleuchtung.«
»Nein. Er ist wieder in die Welt eingetreten.«
Ich packte Professor Shankar am Arm. Er rührte sich nicht, und doch war mir, als würde ich rückwärts gestoßen, und meine Finger verloren den Halt.

Professor Shankar quittierte meine Erregung mit höflicher Gleichgültigkeit, während ich mich verzweifelt bemühte, eine Frage zu formulieren.
»Was wollen Sie wissen?« fragte er schließlich.
»Warum Sie Asket geworden sind, und warum Sie es nicht mehr sind. Was all das bedeutet.«
»Ich habe keine großen Wahrheiten zu vermitteln, mein Freund«, antwortete er geduldig. »Ich sagte Ihnen bereits, ich bin nur ein Mensch.«
Ich mochte meinen Ohren nicht trauen. »War denn so viel Leid nötig, um etwas derart Offensichtliches zu erkennen?«
Professor Shankar schwieg, und erneut machte mich sein Schweigen wütend.
»Ist das Ihre Erleuchtung? Haben Sie dafür all die Unbilden ertragen?«
Er schenkte mir ein ironisches Lächeln. »Wissen Sie nicht, daß die Seele vierundsechzigtausend Geburten durchwandern muß, um ein Mensch zu werden?«
Er wandte sich ab und sagte so leise, daß ich es kaum hörte: »Nur dann kann sie wieder in die Welt eintreten.«
Professor Shankar ging auf die Sängerin zu, die am Ende der Terrasse wartete, während ich versuchte, die Bedeutung seiner Worte zu entschlüsseln.
Er legte den Arm um Umas schmale Schultern, und sie gingen durch den dunklen Garten zum Tor. Ich stand in der Dunkelheit und sah ihnen nach, unfähig zu glauben, daß er jemals ein nackter Asket gewesen war, aber auch unfähig, mir das Gegenteil zu beweisen.
Die Türen des Jeeps schlugen zu, und seine Scheinwerfer bohrten sich in den Dschungel, warfen eigenartige

Schatten auf die Bambushaine. Lichtstreifen durchfurchten die Dunkelheit, während der Jeep dem gewundenen Pfad nach Rudra folgte. Ich sah dem Spiel der Lichter zu und fragte mich zum erstenmal, was ich tun würde, sollte ich das Gästehaus jemals verlassen.

Der Jeep verschwand hinter dem Hügel in die Nacht, und ich kehrte zur Terrasse zurück.

Die Tempelglocken von Mahadeo klangen zu mir herüber. Hinter mir im Gästehaus knipsten die Dienstboten die Lichter an.

Ich beugte mich über die Brüstung und blickte auf den Fluß.

Unterhalb der Terrasse floß das Wasser dahin, eine schwarze Masse unter dem mondlosen Himmel.

Noch an der Flußbiegung flackerten die Tonlampen, während die Strömung sie dem Meer zutrug.

Glossar

ahimsa	Gewaltlosigkeit
Amir Rumi	berühmter Sufi-Dichter, 16. Jhd.
Asche	Kennzeichen der Asketen. Das Bad in der Asche soll Geisteskräfte verleihen; das erste Aschebad in der Mythologie nahm Schiwa in der Asche des Liebesgottes Kama, den Schiwa in Brand setzte, weil er ihn in seinen Meditationen gestört hatte
Baba	wörtlich: Großvater. Anrede für einen älteren Mann
Benares	auch: Varanasi, Kasi; eine der sieben heiligen Städte der Hindus, am Ganges gelegen
Betel	Pflanze, deren Blätter und Saft verdauungsfördernd wirken
bidi	stumpenartige Zigaretten, aus Blättern gerollt
boddhistawa	erleuchtetes Wesen, Lehrer der Wahrheit
Brahmanen	Angehörige der obersten Kaste des Hinduismus; ursprünglich ausschließlich Priester

Chandidas	ca. 1350–1430 v. Chr. Bengalischer Poet, dessen Lieder sich mit jeder Form der menschlichen Liebe befaßten und den großen Hindu-Reformer Chaitanya inspirierten
Chisti	Sufi-Mystiker im 12. Jhd., der sich in der Stadt Ajmer niederließ und den Mystikerorden der Chisti in Indien einführte. Gilt als einer der vier Gründerheiligen des Indo-Sufismus. Starb 1236 in Ajmer.
dhoti	langes Wickelgewand der Männer, das von der Taille in Falten bis auf den Boden fällt
dikscha	Initiationszeremonie
Dschaina	uralte indische Religion. Ihr letzter Reformer, Mahavira (500 v. Chr.), gilt allgemein als der historische Begründer des modernen Dschainismus. Im 1. Jhd. n. Chr. spalteten sich die Dschaina in zwei Hauptsekten – die Swetambaras oder Weißgekleideten und die Digambaras oder Luftgekleideten, deren strenge Regeln den Besitz von Kleidung verboten.
Gandharwaweda	die Wissenschaft von Musik, Gesang, dramatischer Dichtung, Tanz
Großmogul	der Herrscher Akbar (1542–1605), der von 1556 bis 1605 als Mogulenherrscher regierte
gulab-jaman	in Fett gesottene Milchspeise
Harmonium	rechteckiger Kasten mit zwei Blasebälgen und Tastatur. Früher nahm man an, daß die Portugiesen es im 17. Jhd. als Pedalinstrument nach Indien brachten, aber

heute ist es ein Handinstrument, das der Musiker spielt, indem er mit gekreuzten Beinen auf dem Boden vor der Tastatur sitzt

haveli — Wohnhaus, um ineinander übergehende Innenhöfe erbaut; in Nordindien auch als Ausdruck für Atelier verwendet

Jehangir — (1569–1627) ind. Großmogul, Sohn Akbars, Mogulenherrscher von 1605 bis 1627

Kaaba — würfelförmig gebaute Kultstätte des Islams in Mekka; Moslems wenden sich beim Gebet in ihre Richtung

Kabir — (1440–1518) Reformer der zwei großen indischen Religionen seiner Zeit – Islam und Hinduismus. Belegte die Rituale beider Religionen, die Götzenanbetung der Hindus wie die theologischen Haarspaltereien der Moslems, mit Verachtung, verdammte die Priester beider Religionen zur Hölle. Die dschainistische und buddhistische absolute Absage an die Gewalt verwarf er mit der Begründung, daß Leben sich erst durch Jagen und Gejagtwerden erhalte. Der Begründer der Sikh-Religion war von Kabirs Beharren auf Wahrheit, Erbarmen, Selbstbeherrschung sehr beeinflußt. Aus der heiligen Hindu-Stadt Benares verbannt, verfolgt von dem Moslemherrscher Sikandar Lodi und den herrschenden Klassen, war Kabir bei den Massen ungemein beliebt

Kailash — mythischer Berg des Gottes Schiwa; im Himalaya, nördlich des Manasa-Sees gelegen

Kalidasa	größter Poet und Dramatiker Indiens, eines der neun Juwele am Hofe König Vi-Kramadityas in Ujjain. Da es in Ujjain mehrere Könige dieses Namens gab, variieren Kalidasas Lebensdaten von 400 v. Chr. bis 200 n. Chr. Über sein Schauspiel *Shakuntala* schrieb Goethe: »Willst du den Himmel, die Erde, mit einem Namen begreifen Nenn ich Shakuntala dich, und so ist alles gesagt.«
Kama	Liebesgott, von einem Blick aus Schiwas drittem Auge in Brand gesetzt, als er den meditierenden Gott störte. Wurde dann bekannt als Ananga, der Körperlose
Kamarupa	alter Name für die heutige indische Region Assam, einem Gebiet, das mit uralten erotischen Kulten in Verbindung gebracht wird. Das Land Kamas genannt, weil hier Kama, der Gott der Liebe, seinen Leib (*rupa*) wiedererlangt haben soll
Kamasutra	verfaßt von Vatsjajana; ein Lehrbuch der Erotik, das die meisten Aspekte und Techniken des Werbens und der sexuellen Vereinigung abhandelt
Khusrau	erster und größter Schüler von Nizamuddin Auliya. Poet und Musiker, dem die Erfindung des modernen Sitar und der Urdusprache zugeschrieben wird. Starb 1325 in Delhi
lingam	Phallus Schiwas, symbolisiert die regenerative Religion. Von dem Fluß Narmada

	elliptisch geschliffene Steine, als Abbild Schiwas verehrt
Mahabharata	epische Dichtung der Hindus, vermutlich das längste Gedicht der Welt. Soll von dem Weisen Vyasa diktiert worden sein. Hauptthema ist der Krieg zwischen den Kauravas und den Pandavas, in welchem der göttliche Wagenlenker Krischna König Arjuna die Philosophie erläutert, die zu einem der zentralen Texte der Hindus wurde, dem Bhagavad Gita oder Gesang des Göttlichen
mahout	Elefantentreiber
Mekka	Geburtsort des Propheten Mohammed; heiligste Stadt des Islam
Mirabai	(ca. 1450–1520) Hindu-Dichterin und Mystikerin, eine Rajput-Königin, die ihren Gemahl verließ, um ihrem Gott Krischna zu huldigen. Ihre Lieder an Krischna werden in ganz Indien gesungen
Mullah	Ehrenbezeichnung für islamische Würdenträger und Gelehrte, wörtlich »Herr«
Narmada	heiliger indischer Fluß; entspringt in Madhja Pradesch, durchfließt die Bundesstaaten Maharaschtra und Gudscharat, mündet im Arabischen Meer
naga sadhu	nackte Asketen, Anhänger Schiwas. Auch als Beschützerasketen bekannt
Nawab	Titel der Muslimherrscher
Nizamuddin	Viertel in Neu-Delhi, der Hauptstadt des modernen Indien. Enthält den Schrein von Nizamuddin Auliya, einem der Be-

gründer des indischen Sufismus, sowie das Grabmal von Amir Khusrau, seinem berühmtesten Schüler, dem die Erfindung des modernen Sitar und der Urdusprache zugeschrieben wird. Seit dem 13. Jhd. Mittelpunkt der *Quawwal*-Musik

Om — heilige Silbe des Hinduismus. Gilt als Symbol für verschiedene Trinitäten

paan — mit gewürzten Betelnußsplittern und Limonenpaste gefüllte Betelblätter; wirken verdauungsfördernd

paanwallah — Paanverkäufer

paisa — kleinste Einheit der indischen Währung ($^1/_{100}$ Rupie)

Parwati — Gemahlin Schiwas

puranas — wörtl.: alte Sammlung von Texten, die legendäre Berichte von alten Zeiten darstellen. Die *puranas* enthalten sehr viel älteres, mündlich überliefertes Material, ihre schriftlichen Daten setzen jedoch vergleichsweise spät ein: 1. Jhd. v. Chr. bis 6. Jhd. n. Chr. Es gibt 18 große *puranas* und 88 untergeordnete Werke, die ebenfalls *puranas* genannt werden, aber nicht als sehr wertvoll gelten

putras — Söhne und Töchter

quawwali — Sänger der *quawwal* (wörtl.: Aphorismen), das sind Lieder zum Lobe Gottes. Die *Quawwal*-Musik verbreitete sich im 13. Jhd. in Indien; sie wurde von den heiligen Sufi-Sängern verwendet, die dem Volk ihre Botschaft in verständlicher Form darbringen wollten. Die *quawwals* werden gewöhnlich von einer Sängergruppe gesungen, wobei einer oder zwei als Hauptinterpreteure fungieren; Solo- und Chorgesang erfolgen im ständigen Wechsel

raga	wörtl.: Schattierung, Färbung. Man sagt, jeder *raga* färbt das Gemüt des Zuhörers mit einer besonderen Gefühlsregung oder musikalischen Atmosphäre. Modale Melodien, die den höchsten Ausdruck der klassischen indischen Musik darstellen
raga-wiwodha	1609 von Somanatha komponiert. Bedeutende Melodienfolge mit Anlehnungen an Melodien der klassischen indischen Musik
ragini(s)	Töne, Melodienfolge
rasa	wörtl.: Saft. Gemütszustand; in der Musik die Seele des Vortrags. Die älteste Abhandlung über indische Kunst, die Natya Shastra – zuweilen auch der fünfte Weda genannt –, definiert *rasa* als die beständige Stimmung des Publikums, die nur einem Musiker vermittelt werden kann, der die *rasa* selbst erfahren hat. Die Natya Shastra identifiziert acht *rasas,* deren jede eine Färbung und eine führende Gottheit hat: Liebe, Gelächter, Zorn, Pathos, Entsetzen, Widerwillen, Heldentum, Verwunderung. Nach der Ankunft Buddhas kam eine neunte *rasa* hinzu, die gelassene Heiterkeit
rigweda	eine der Sammlungen des Weda
Rupie	die indische Währung
sadhu	heiliger Mann; Asket

Sahib	Herr
samosa	mit Gemüse gefülltes Fladenbrot aus Blätterteig
Sari	Kleidungsstück indischer Frauen; eine einzige Stoffbahn – sechs Meter lang – wird zum langen Rock um die Taille gewickelt und mit ihrem einen Ende über die Schulter gelegt
Shankaracharya	(ca. 700–810) Religionslehrer und Reformer, zu seinen Lebzeiten von vielen für eine Inkarnation Schiwas gehalten
Schiwa	einer der drei Götter der Hindu-Trinität – Brahma, Wischnu, Schiwa. Für seine Anhänger der höchste Gott. Galt auch als Prä-Hindu und ältester Gott in Indien, als er als Gott des Todes verehrt wurde
Sitar	lautenähnliches Zupfinstrument
Sufi	islamische Mystiker, eine Sekte der Sunniten. Der Indo-Sufismus gründete sich auf dem Begriff der mystischen Liebe mit zwei Hauptdogmen: Streben nach Vereinigung mit Gott durch Beschreiten des Heiligen Weges unter Anleitung eines speziellen Führers und ekstatische Wahrnehmung des Göttlichen durch Gottes Erleuchtung. Der Indo-Sufismus verbreitete sich im 13. Jhd. auf dem Subkontinent. Der im Indo-Sufismus sehr starke Begriff des Führers oder Lehrers führt zur Verehrung von Sufi-Heiligen und Feiern zur Wiederkehr ihrer Todestage an ihren Schreinen, um ihrer endgültigen Vereinigung mit Gott zu

gedenken. Sufis glauben, die mystische Liebe müsse geistig kultiviert und emotional erregt werden, was zu dem großen Einfluß der *Quawwali*-Sänger führt, als Mittel zur Erlangung der Ekstase, in welcher Gott zu finden ist

Sutra	wörtl.: Faden oder Schnur. Auch eine Bezeichnung für literarische Formen, die gewöhnlich den Charakter von Aphorismen haben
tablas	Trommelpaar; die Diskanttrommel wird mit der rechten und die Baßtrommel mit der linken Hand geschlagen
tanpura	eine längliche Kalebasse mit vier Saiten, wird verwendet, um zur Begleitung eines Hauptinstruments oder einer Singstimme ein Dröhnen zu erzeugen
Tansen	(1550–1610) Einer der größten Musiker und Sänger Indiens. Eines der neun Juwele am Hofe des Herrschers Akbar. An seinem Grab wächst ein Tamarindenbaum, und man glaubt, daß Sänger, die Blätter von diesem Baum essen, eine vollere und reinere Stimme bekommen
tapas	asketische Hitze oder Glut; eine Art psychische Explosion, die im Falle der Götter zur Schöpfung von Universen und bei Menschen zur Erlangung derartiger Kräfte führt, daß selbst die Götter vor ihnen zittern. Schiwa als der höchste Asket hält durch seine *tapas* das Universum in Gang
Tulsidas	(ca. 1527–1620) Dichter und religiöser Re-

	former, der von seinen Eltern ausgesetzt und von einem Wanderasketen aufgezogen wurde. Soll auch von den Ideen der nestorianischen Christen beeinflußt gewesen sein
upanishads	etwa 150 Abhandlungen. Esoterische Lehren, mit großer Wahrscheinlichkeit im 6. Jhd. v. Chr. aufgezeichnet. Gelten allgemein als Ursprung der metaphysischen Hindu-Forschung
Vindhya-Gebirge	Höhenzug; Grenze zwischen Nordindien und der indischen Halbinsel
Vyasa	wörtl.: Bearbeiter der *wedas.* Halblegendärer Weiser von hohem Alter, gilt als Verfasser des Mahabharata. Soll der Großvater jener zwei königlichen Geschlechter gewesen sein, die die Protagonisten des Krieges im Mahabharata sind
wanaprastha	Waldeinsiedler oder Waldbewohner
Vatsjajana	(5. Jhd. v. Chr.) größte indische Kapazität auf dem Gebiet der Erotik. Er selbst soll Asket und ehelos gewesen sein
Vizekönig	im Kaiserreich Indien der Repräsentant des englischen Königs und Kaisers von Indien; Regierungschef in Britisch-Indien
weda	das göttliche Wissen der Hindus. Man nimmt an, daß die Hymnen zwischen 2500 und 1000 v. Chr. geschrieben wurden. Es gibt vier *wedas – rig, yajur, sama, atharva.* Der *rigweda* ist der älteste
Wina	Indiens ältestes Saiteninstrument, bestehend aus einem breiten hölzernen Griff-

	brett, zwei Kalebassen unter dem Steg, 24 Bünden und zwei Brummsaiten
Wischnu	ein Gott des Hinduismus
yaar	Freund, Kumpel
Yoga	eine der sechs Schulen der orthodoxen Hindu-Philosophie. Auch eine Form der geistigen und körperlichen Disziplin, wie sie Patandschali in seinen Yoga-Sutras festgelegt hat. Ferner ein Kodex für asketische Übungen, ursprünglich in der Hauptsache prä-arisch. Auch der Hauptausdruck der indischen Meditation

Danksagung

Mein Dank gebührt Sonny und John für die Versorgung mit Notizbüchern; Martand für unsere Diskussionen über die Narmada; Naveen für seinen Ratschlag bezüglich der letzten Geschichte; Prinzessin Sita für ihre Übersetzungen aus dem Sanskrit; Mr. Jain von den Manoharlal Munshiram Publishers in Neu-Delhi für seine Hilfe beim Auffinden wissenschaftlicher Texte; Dr. B. K. Thapar, weil er mich an seinem Wissen über die archäologischen Funde rund um die Narmada teilhaben ließ; Sonny und Aditya für ihre Anmerkungen zum Manuskript; und schließlich dem französischen Sanskrit-Gelehrten, der mich beim Stöbern in einem Buchladen in Delhi mit Shankaracharyas Anrufung der Narmada bekannt machte.